U0632747

枕桥有味道

李鸿 主编

民主与建设出版社

·北京·

© 民主与建设出版社，2019

图书在版编目（CIP）数据

杜桥有味道 / 李鸿主编. —北京：民主与建设出版社，2019.10
ISBN 978-7-5139-2672-0

Ⅰ.①杜… Ⅱ.①李… Ⅲ.①散文集－中国－当代
Ⅳ.①I267

中国版本图书馆CIP数据核字（2019）第219643号

杜桥有味道
DUQIAO YOU WEIDAO

出 版 人	李声笑
主　　编	李　鸿
责任编辑	刘　芳
封面设计	北京中尚图文化传播有限公司
出版发行	民主与建设出版社有限责任公司
电　　话	（010）59417747　59419778
社　　址	北京市海淀区西三环中路10号望海楼E座7层
邮　　编	100142
印　　刷	炫彩（天津）印刷有限责任公司
版　　次	2019年10月第1版
印　　次	2019年10月第1次印刷
开　　本	710mm × 1000mm　1/16
印　　张	22.5
字　　数	279千字
书　　号	ISBN 978-7-5139-2672-0
定　　价	79.80元

注：如有印、装质量问题，请与出版社联系。

《杜桥有味道》编委会

顾　　问：卢树威

名誉主编：潘永希

主　　编：李　鸿

编　　委：徐丽娇　俞国江　王凤仙　何方伟　吴方华

摄　　影：项道志　俞国江　何方伟及部分摄影协会会员

特别鸣谢：东海翔集团有限公司和杜桥镇乡贤会

序

相对于临海，乃至整个台州来说，我一直认为我们杜桥人有点特殊，这种特殊表现在杜桥人的品性上：豪爽、执着、精明。这样的品性是如何形成的？我想，这与一方水土有关。

要追溯杜桥历史，自然得从新石器时代开始。彼时，就有人类在此繁衍生息，出土的几片木炭、黑陶可为佐证。越窑青瓷碎片的出土，标志着溪口、章安一带两晋时期的繁荣。至宋，筑塘围垦，围海造田，标志性的一页是北宋熙宁五年（1702年）置杜渎盐场。自此，人口迁入渐多。至南宋，王氏家族从温州永嘉迁入，潘氏从黄岩大澧迁入，一时人丁兴旺。史载，建桥一座，名曰"涂下桥"。屋以桥聚，人以桥居，遂形成村落与街市，民以农耕为主，煮盐捕鱼为辅。元至正年间，民俗惇庞，仁美足风。明时，人尚淳良，士、农、工、商安居乐业。至清，为避海患，拆房作城，弃田舍庐，向内遣界三十里，一时户口星散，居民流离。清康熙年间，复展界，回故土，民风近古，诉讼渐息，家敦伦纪，人怀长厚，协和亲逊，相视成风；大姓殷富者率循典章，诗礼耕读传家，平民男耕女织。至乾隆，设集市日，一时贸易繁盛，为海乡贸易总汇……

从这一段历史看，杜桥人尚属"海滨之民，餐风宿水，百死一生"。

同时，这也造就了杜桥人的禀性，在此尤为显著的是豪爽、执着、精明。具体到事例上，我们便可以看到文本中的许多故事。作家龚先生于重庆开笔会，看上一副茶晶眼镜，但缺了一条腿，连黄铜镜框也破旧不堪，但他又觉茶晶近视镜片难得一见。两难之际，传来杜桥乡音："临海同乡，我给你配一副架子吧！"再见之日，解难者还叫上三位同行，把龚先生拉到火锅店请吃了牦牛肚、羚羊舌，连配的眼镜架子也不收钱。无独有偶。几年前，引奭兄援疆，一日晦气，把眼镜坐坏了，去市上眼镜店修理，有意用临海方言招呼。服务员说，这口音与老板极像。于是乎，修好眼镜，也不收钱。理由是：你是老板老家的人。这样的事例不胜枚举，我们可以私下想想：何方人氏竟能如此豪爽？杜桥人！当这三个字出口时，我们的脸上满是自豪与荣光。

若要说起杜桥人的执着，我还得从眼镜说起。杜桥人不但卖眼镜，还搞眼镜收藏，研究镜框与脸形的关系、框色与肤色的和谐，乃至怎么配起来人才显得有精神。为了一副未见过的竹雕眼镜，不惜三四天时间，一路与人周旋，甚至要写一部《眼镜史志》留给子孙后代，让他们永远记住先人艰苦的创业史。从这一点看，杜桥人并非泛泛，而是有目标，有大志，有追求，有情怀的人，从胸前挂着大木盘走街串巷卖眼镜到要写一部《眼镜史志》，这是一种执着的追求，这种追求是一种精神向往，这是一种勇猛精进的精神，也是一种文明向另一种文明的演进。这不得不令人惊叹杜桥人有宏大的目标、坚忍不拔的意志和惊人的创造力。

再说精明。我仍然要举文本中的例子来加以佐证。作家龚先生一日去杜桥淘古玩，看中一尊破残的慈航道人木雕，估计是明末清初的老物件。主人说可以卖，二十出头的主人儿子却执意不卖，理由是他正在琢磨慈航与观音在雕法上的区别。这是一种精明，当然，这种精明里也同样包含着执着的追求。同样，这位小主人出门淘宝，看到清代竹刻大师王若芳深雕的《岁寒四友图》的两扇橱门时，两眼放光，用四倍于常价的价格买下。这一下，已身无分文，他只好背着宝贝橱门从江山一路跋山涉水走回家。后来，他就拿这两扇橱门做范本，细心揣摩，反复临习。现在，他已有了自己的木雕厂，并且积累了相当数量的木雕精品。这两扇王若芳深雕橱门成了他的镇宅之宝。

从这种小事上看，你不得不佩服杜桥人的精明。作为杜桥人代表的那个小青年，无论是不卖慈航道人木雕，抑或以四倍价格落得身无分文买得两扇王若芳深雕的橱门，其旨意不仅仅在于收藏古玩，而是挖掘古董中博大精深的历史和文化内涵，抢救文化遗产，注以新鲜血液，让老物件焕发灿烂的新时代容光；同时，也创造了精神和物质的双重财富。所以，你不得不佩服我们杜桥人的精明，也感叹于他们旺盛的创造力。

当然，杜桥人的优点不仅限于此。

有人说杜桥人是中国的犹太人，他们能把左口袋里的东西卖给右口袋。这话虽然夸张，却道出了杜桥人的本质：善于经营。其实，这也是有历史渊源的。明清时期，杜桥设街立市，有柴爿行街、鱼行街、猪行街、米行街、东街、中街、西街、庙前街等，立一、六为集市日，集市贸易繁盛，成为海乡贸易总汇。手工业颇为发达，有三缸、五匠、六坊，各种行业的手艺人遍布街市与乡村。新中国建立后，尤其是改革开放后，手工业与商贸十分发达，杜桥成为大名鼎鼎的浙东南三桥之一。

杜桥人还重教崇文。早在宋时就始办义塾，清代有旦华之四大书院，民国年间创办各类小学76所，开明志士与社会贤达积极投身于创办实业教育，倡导实业强国。20世纪80年代，杜桥中学亦曾经辉煌，成为一方教育重镇，这也是我们当年美好的青春记忆。

今日的杜桥更是快马加鞭。杜桥人走南闯北，眼镜、建筑、机械、纺织、医化、船舶、绳缆、工艺品等走向全国。20世纪80年代初，老友严帮山率农民建筑工程队走出国门，成为台州第一支打出国界的农建队；四兄绳业为"神四"至"神十"飞船保驾护航；东海翔的遮阳布、防水布、太阳伞远销欧美；眼镜行业更是笑傲全球，家家户户遍地开花。有人说：哪里有人，哪里就有卖眼镜的杜桥人。在迪拜，有中国的眼镜城，那是中国的，也是杜桥人的。这一切都是杜桥人艰苦创业、吃苦耐劳、百折不挠、追求卓越的结果。这是历史的必然，也是时代的必然，同样也是杜桥人品性的必然。因为，杜桥人的品性是：豪爽，执着，精明。

其实，这也是一种精神，即"杜桥人精神"。

是为序。

台州市作家协会主席　金岳清

2019.8

第一辑　视角杜桥

第一辑　视角杜桥

一个美好的地方，无论是初见，还是重逢，都会让人充满期待充满情感。杜桥就是这样一个地方，风光旖旎，山川秀美。从杜桥走出去的人，更有一种「桥」的精神和品格，他们默默地打拼着，杜桥的辉煌，就是靠一代一代的杜桥人，不断地创造出来的。

东经 E121°27′37.91″

王安林

　　题目用了一个地理坐标，这是我特地上网查找的。当然，我的朋友
中有许多是来自杜桥的，他们智慧、富有文化涵养，都有着除物质以外
更高的追求。所以，如果是说杜桥，你完全可以去征求他们的意见。而
关于杜桥，我的概念中就是"东经 121 度"。

　　时间可以让人忘记一切，也可以让人固执地保留一种偏见。那还是
我在临海发电厂做工人时，师傅中有一个姓郑的。那时并没有电视，每
当广播中有台风预警的消息传出，提到"东经多少度"时，他总会担
忧地说："千万不要到东经 121 度。"在他的担忧中，我就将"东经 121
度"理解成了杜桥。他经常会与另外一个来自双港白水洋姓朱的师傅斗
嘴，为各自家乡的优劣争得面红耳赤。在他们的争论中，我知道了台
州地域的大致分布，以临海为中心，灵江上游者被称为"上乡人"，而
灵江下游者被称为"下乡人"。两种称呼并没有褒贬之分，只有在两个
师傅的争辩中，它们才带上了赞扬和歧视的色彩。如果以经济条件、物
质的丰富性而论，下乡人肯定是占了上风，因为在郑师傅的口中，最常
说的一句话是："杜桥熟，临海足！"这句话当然不是他的首创，是对
"湖广熟，天下足"的改造。而我的脑海中往往是良田大海港口，他们
餐桌上的鱼虾几乎就是直接从深海游过来的。靠海，几乎成为他们生命

中的骄傲，连台风这样的东西都成为他们吹嘘的资本。也就是说，"东经121度"的高度是上乡人永远无法企及的。而这时候，朱师傅会说自己村里面是出过进士举人的。他会炫耀祠堂里面悬挂的匾额，眼睛里面放射出无敌的光芒。当时，我几乎就从他二人身上看到了物质与精神之间的较量。而且对两个不同地方有了自己想当然的画像。我想象中的杜桥，有着辽阔的大海，有海鸥和沙滩，当然必须有渔港和码头，那里的人富有，但不重视读书，在他们的心目中，财富应该比读书更加重要。

几年后，我调往检察院，而检察院每年对口的乡镇工作队就是杜桥区。20世纪80年代的某天，我终于亲眼见到了那个仅限于想象的杜桥。我一直弄不清杜桥区与杜桥镇的关系。也许那时临海除了城关镇，只有一个杜桥镇。而彼时的杜桥是完全称得上临海除城关以外的首富，在那个像模像样的小镇，我看到的依然是那些让我们这些"上乡人"无法享受的物质生活。他们穿金戴银，甚至可以一掷千金。我记得当时去处理一个诈骗案件，不明真相的群众居然包围了我们办公的区公所。面对那些富有而鲁莽的人群，当时的我不得不产生深深的忧虑，甚至担心。

当然，那已经是三十多年前的杜桥了。今天，当杜桥的朋友说"你不来杜桥看看吗"时，我知道自己所有的回忆都是泛黄的旧照片。我几乎是被一盆杜桥麻糍引诱去了杜桥的。当我面对陌生的杜桥，顽固地说起当年的往事时，朋友没有反驳。他说带我去一个地方。"也许，"他笑笑说，"你突然就会有了新的想法。"

从那些崭新的街道出来，我们走过一些老旧的小巷。周边的环境渐渐地为我营造出一个旧杜桥的模样。穿过一片竹林，我们看到一条小河，对着小河有一条小巷。走进小巷，那幢建筑似乎是顺理成章地就出现在了眼前——有着西欧的风情，而与它所处的环境又是如此的默契。正门上方书有"玉溪小筑"四字。我想，难道前面那条小河叫玉溪？然而，不管那条小河是不是叫玉溪，"玉溪小筑"这样的名字都是可人的。进门是一个安静的院子。这时，你才有一种"生活在别处"的感觉，具有教堂仪式感的色彩、形状与中式庭院式的布局浑然天成。上楼时，朋友向我介绍"小筑"的前世今生。我隐约听到了主人李彦彬的名字，毕业于上海暨南大学，留学日本……但这些都不重要，重要的是他喜欢读书藏书，购下大量书籍在这儿建下了藏书楼，取名"耘书楼"。心中暗想，既然取名"耘书楼"，因何又叫"玉溪小筑"？置身于楼中，就像当年来到杜桥，一直分不清杜桥镇与杜桥区的区别。然而，心中有另外一种情愫悄悄滋长，这幢建筑虽然几经修葺，风风雨雨，差不多也有百年沧桑。打量着那些书柜书桌上面的木头纹理，我似乎看到了杜桥这个地方的文脉。在一个物质相对富裕的地方，有那么些人依然没有忘记精神的追求。就在这幢小楼里面，有多少文人墨客在此说古论今，用一种精神的力量将身边的世界与外面的世界相连。

从小楼出来，我们沿着小巷往前走，一边依然是玉溪小筑的建筑，然后，在将要穿过一个圆形门廊时，朋友让我抬头看二楼上面。然后，我看到二楼窗户上方墙面上的阳刻楷书"耘书楼"三字。原来，我们刚才就在这上面回忆历史。打量着边上来来往往的行人，"耘书楼"真的是一个精神世界的建筑，它可以高高在上，又可以让所有的世俗生活并不在此阻断，按自己的原状流动。这是不是就是杜桥人的追求？这时，朋友接到了一个电话。他告诉我，是他在清华读博士的女儿打来的，她的博士论文答辩顺利通过了。"也许，"他说，"她马上会去英国。"此刻，我想起当年的那个郑师傅，他总爱说"东经121度"。我想，这不光是杜桥的地理坐标，也许还是杜桥的人们在向世界暗示他们所处的一个位置。

杜桥古玩人

龚泽华

这是一群很一般的人，但他们又是很不一般的人。他们就是杜桥镇的一群古玩人。

他们的祖先是很一般的农民、渔民和盐民，但杜桥的农民、渔民和盐民又很不一般。这里的农民跟别处不同，他们得与大海斗，筑堤造闸，开河浚浦，御咸养淡，把沟泷纵横的海涂改造成万亩良田，这需要更大的坚韧。这里的渔民也与别处不同，他们敢赴远洋捕大鱼，结队捕捞，形成渔帮，还成立渔会，展现一种团伙力量。盐民，他们面前的困难更多，要抗山洪与海潮的夹击，抗海涂淤涨，须付出更大的艰辛和毅力……

杜桥的古玩人，血管里流着祖先的血，骨子里凝聚了祖先的钙质。他们做着一般的事，却发挥着不一般的精神。他们走南闯北，他们栉风沐雨，他们踩陷阱破阴谋，他们为现代社会创造财富。他们在百般折腾中涅槃，从而他们自己的人格也得到了升华。

游猎四方

大概是 20 世纪 90 年代中期，我在重庆遇上他。记得是参加一个笔会。闲暇，我在一家古玩店门口，他向我打了招呼。那时，我买了一副清代的茶晶眼镜，近视的度数正适合我，可惜缺了一条腿，黄铜的镜框也破旧不堪。茶色水晶近视片非常难得，可没法戴呀！我正在长吁短叹，一个亲热的声音牵引了我的眼睛："临海同乡，我给你配一副架子吧！"说话的是个中年男子，微笑着，一脸阳光，脖子上挂着一个木框，框子里排着各式眼镜。我笑了，早听说杜桥人天南海北卖眼镜，没想到在重庆遇上了。"老乡见老乡，两眼泪汪汪！"一番激动，一番寒暄，告别之时就定下再见之日。

那天来了三个卖眼镜的，到宾馆后，他硬把我和另一个临海人拉到一家火锅店。眼镜配好了框，硬是不收钱，还请我们撮了一顿，全是在临海吃不到的牦牛肚、羚羊舌之类。我们庆幸自己额角头高，来运气了，没想到这正是杜桥人的义气。仔细想想，就会明白他们这种义气不是心血来潮。他们走南闯北，游猎四方，难免遇上天灾人祸，靠的就是同乡人，当然，还有被他们的义气和大气感化的异乡朋友。久而久之，义气和大气就成了他们的性格。

餐桌上，给我配眼镜的翁兄，讲话像竹筒倒豆子，呱啦呱啦，真是知无不言，言无不尽。他说，眼镜明朝才有，是从西域传过来的，很贵，汉人用一匹好马才能换到一副，开始叫"爱逮"，眼镜是汉语的名字。关于眼镜的典故他讲了不少，还说杜桥人卖眼镜是从卖草药开始的。真新鲜！原来，"文革"前后，在家不能搞副业，实在无法开支怎么办？闯！闯到外面去找钱。到四川买了杜仲、川贝，到江苏、福建卖。买卖当中发现，老花镜、近视镜很有市场，这个商机立刻被他们抓住了。于是，他们从宁波、温州买了材料，自己加工成成品，到全国各地兜售……这就是杜桥眼镜产业的发端。

我也是三句不离本行，便插了一句："你喜欢眼镜吗？我建议你可以搞点眼镜收藏。"

这一下，翁兄来劲了。他说他开始说不上喜欢不喜欢，只为生计奔走，后来接触到各种眼镜，有玳瑁架、木头架、弹簧架；形状有圆的、方的、椭圆的、半圆的……觉得好看好玩，玩着玩着就琢磨起道道儿来：脸型和框形的关系，脸型、脸色和框色的关系……怎样配饰才漂亮、才精神……这里边有大学问呀！然后就自然而然收藏起老的或者特异的眼镜来了。他说他已经收藏了几百副了，反正有喜欢的就不放过。他眼睛突然发起亮来，异常兴奋地说："在云南打洛的一个集市上，我看到一个老苗（苗族打扮）戴着一副从未见过的竹雕眼镜，一追追了三四天，在西双版纳才追到。用一副眼镜、一百元钱，才换下来。"

我知道他还有一个雄心大志。他说过些年跑不动了，回家写一本《眼镜史志》，留给子孙后代，叫他们别忘了先人的创业史。想不到，他比我们想得更远，我搞收藏，老实说，还只是玩玩而已，也许还为投点闲钱，以后发点小财。他的话触动了我。我一个文化人搞收藏是应该把自己的发现和心得写成文字，传给后来的人。

边吃边聊之间，他竖起大拇指夸他的杜桥同乡说："你们应当去杜桥下沈和横楼看看，那里有好东西。平日就有一百多人在外面收购古董。'杜桥拾宝客'，一支队伍，名气很大。"

翁兄无意之中给我和杜桥牵了根红线。从此，我与杜桥的古玩人结下了不解之缘。

父子两代

下沈和横楼两村，像一个蹩脚的"丁"字，护卫在杜桥镇的边上。村前村后不是菜地，就是水田，沟沟潭潭很多，浅浅的水有点臭，长着乱七八糟的野草，人过处还惊起一些飞蚊和稻虱。村子里没有高屋，全是矮房，有些破旧。可是十几年后再来，却面貌焕然一新。这里幢幢新楼，别墅已成群落，一无当年贫穷的影子。这是后话。

下沈村几乎家家门前摆放着古旧破残的桌椅眠床，那古色古香对我们这些爱古的人来说，无疑是一道吸引眼球的风景。

一家道地上，有一老一少两人，正在拾掇旧家具。老的五十开外，见了我们，便热情相迎。那少的依然蹲着，专注地摆弄着手中的花板。

我先进入他家。昏暗的房里放满了民俗味很浓的旧木器。打开橱门，还有一些晚清和民国的瓷器，不是我们所要的档次，也没见着字画和玉器。我却相中一尊破残的慈航道人的木雕，贴金的，大约是明末清初的物件。我问主人这佛像卖多少钱。突然，门口亮起一声很响亮的声音："那尊观音像不卖！"小伙子不知什么时候进来的，灯光下，这才看清他大约二十出头的年龄，五官排列成很严肃的阵势。我问："有生意不做，为什么？"他笑一笑，咧着一口白牙说："我喜欢。再说，我正在琢磨慈航和观音在雕法上的区别，也就是道像和佛像的区别……"我立即喜欢上他了——这年轻人有钻劲，农家古玩人中罕见的。我又试探了一句："我出大价钱，你说多少便多少。"他摇摇头，"不卖就是不卖。"（观音在道教为慈航）当爸的拉着我说："别理他，牛脾气！"

这家人姓杜。老杜大哥非常热情，陪着我走东家串西家，转完下沈转横楼，家家都像是他的亲戚，可见平日他们关系很好。后来，我才知道，这里人都这样，一家客全村客，不只是热情好客，而是有一种团伙情结。也不能用"共同富裕"四个字来概括，而是几百年来生活和劳动造就的带有区域特点的共性（集体无意识）。

一路上，父亲跟我讲了他儿子的许多故事。他呼呼地抽着烟，神情里似乎也在品味儿子的所作所为。

一次，他儿子小杜和村里几个后生去江山一带"跑地户"，后来跑散了。小杜看到两片橱门，是清代竹刻大师王若芳深雕的《岁寒四友图》，清劲洒脱，栩栩如生。他惊呆了，立即要户主开价。主人见买主这副贪婪和急切的模样，口气硬硬地说，"有人出过四千，舍不得卖。"小杜脸红了，掏遍衣袋，也只有四千二。他颤颤地说："全给你了，这两片板归我！"主人一答应，他背起橱门就跑，跑得飞快，生怕有人抢似的，心里是害怕主人反悔。他快活得昏了头，主人家在后面笑骂了一声"傻瓜"，他也没听见。他父亲说，这两片橱门叫一般人买，顶多也只千把元钱。

小杜回家的路可苦了。伙伴们去了江西，可他回家的路费却没了，只能靠两条腿走。跋山涉水，鞋子走烂了，他用塑料袋裹脚，用绳子系了，像个大粽子。脚破了，咬着牙，一步一颠地走；肚子饿了，沿路讨吃，也偷挖过人家地里的番薯充饥。他简直是个讨饭的，可心里美得像个旅行客，心里甜甜的。这就是一个淘宝者的感受。回到家，不换衣，不洗澡，先打开两片大花板，看得两眼发亮。后来，他学雕花，就拿这两片花板做范本，自称王若芳的十代徒孙。他对人说："以后办木雕展览馆，这两片花板就是镇馆之宝"。

父亲和儿子也经常斗气吵架，为的就是买卖两字。往往是父要卖，儿不卖，就成了矛盾。卖是为了生活，是现实需要；不卖是为了积累，是未来要求。争吵的结果总是父亲做出让步。如今，儿子有了木雕厂和相当数量的精品积累，其实跟父亲的让步分不开。父亲知道，儿子是在抢救文化遗产，是在收藏历史和民俗，应当支持。一个文化不高的农民能认识到这一点，已经很不容易了。

从老杜大哥叨叨的叙述里，我看到了父子两代人在收藏理念上是有很大差别的。老一代人对历史文化这东西比较麻木。他们忠实于现实生活，担负着自己的那份命运——用他自己的话说，"命没有后生人好"，为自己，为儿女，要生活下去。所以，他们要赚钱。杜桥人搞收藏，也是在生活中发现的商机。老一代杜桥人很敏智，一下便抓住了，为生活开辟了一条生财之道。

杜桥古玩业的发端来自婚嫁习俗。那时，农民普遍贫困化，娶媳妇只要求有二十四条腿——桌柜眠床的腿，可许多人家连这也办不到。那怎么办？聪明的杜桥人便去收购旧家具。廉价的旧家具买来后，修修补补，重新刷漆，成了婚嫁的新家具。没多久，竟然引来一批又一批收购旧家具、旧建筑构件的，价格比新木器高出好几倍。杜桥人笑了，笑他们傻。后来，笑不出了。爱琢磨的杜桥人发现，这些旧木器、旧破烂里面有很值钱的东西，那便是文化和历史。从此，他们看破烂的眼光也变了，能够以文化和历史的含量来估摸这些破烂物件的经济价值了。老一代的经历注定他们的出发点以赚钱为核心，所以，两代人的碰撞在所难免。

如今，杜桥的两代古玩人，相互理解，取得了和谐，一起与时俱进。

脱颖而出

我第一次见到他时，他很年轻，约莫二十出头。对他，杜桥人无人不晓，堪称小镇名流。

我在小厂门口等了半个多小时，他才出来，一身油污，两手铁锈，高高的额头下闪着一双颇有洞察力的眼睛。他的生活都写在他身上了。

我们走在杜桥的老街上，窄窄的，两边房子很瘦，老态龙钟，干枯的板壁向人们展示着它们的沧桑。他一路走一路说，像好学生背诵课文，滔滔不绝。我听不清，也记不清，印象最深的是一间破屋里住着的泥塑艺人；还有百年洋糕店和光绪铸铁店……好像杜桥的掌故都装在他的肚子里。我的钦佩早融进他那快节奏的话声里。

一路上都有人跟他打招呼。我这才知道他的小名叫"庞二"，即庞家老二。

他知道我的来意，便直奔他的家——一个很小的阁楼，比上海亭子间大不了多少。一张床孤独地靠在北墙，被三面破砖残瓦紧紧地包围着，几乎没有一件完整的明清瓷器，也不见有让人动心的宣炉宋玉，真让人怀疑这是一个收藏家。可从他的眼神里，我知道这些破罐、砖和瓷片已融进了他的生活，成了他人生追求的一部分。

这些破烂在他嘴里都活了，一个个都有姓名，都有年龄，都有出生地。几片夹炭黑陶，佐证了杜桥5500年的人类活动历史；几片越窑青瓷碎片，道出了章安和溪口一带两晋时期部落氏族的繁荣；几颗炭墨和小块朱砂，说明汉代在杜桥和章安一带便有文人活动……他的神态里混合着对历史的热情和对科学的理性。这真是一个古玩人中脱颖而出的人物。他的执着、坚韧、热情和理性，还充分地凝聚在他的日记本里。

他每天记日记。他拾的瓷片、人家送的破烂、看到的碑文和其他古物、买来的古玩杂件，他一一记在日记里，有分析考证，有悬疑待查，有旁征博引，有追本究源，有照片，有绘图……一摞几大本，真像一个学者，一个大学问家。

可是，他仅仅是一名中学毕业生；可是，他仅仅是一名低收入的普通工人。他也要吃喝玩乐，结婚生子，但他没有在各种困难面前退却，以一种超人的热爱，征服了自己，升华了自己，也征服了世俗，征服了世人的误解。他成了"杜桥通"。后来，领导和群众都推荐他去修《杜桥志》。他得到社会的承认和支持。

别看他走路昂着头，一副很高傲的样子。其实，他很谦虚。第一次见面，他就请教了好多问题。如怎样鉴定古玉，我说真传一句话，"新老看包浆，年代看刀工"，关键在多上手。几年后，他大概还没弄明白，又提出新的问题，"包浆作伪怎么看，有强抛光，有染色，有人工侵蚀……"总之，他好疑、好问、好学，所以才有所发现。他发现古代五大算术家之一的李镠是杜桥人，著名数学著作是《衍元海鉴》；发现明代杨文的抗倭功绩，御史蔡民玉凿河建闸造福梓里；发现丞相谢深甫长孙女嫁在杜桥，丞相杜范夫人也是杜桥人……他揭开尘封的历史，为杜桥找到不计其数的历史文化遗珠，为杜桥今日的精神文明建设注入了历史的营养。

适者生存

适者生存。达尔文的进化论帮杜桥的古玩人完成了嬗变、涅槃和角色的转换。

我的朋友老方就是这样：开始从一个古玩爱好者，变成一个古玩经营者；经营失败，又嬗变成一个企业家；再从一个企业家，转换成收藏家和书画家。这过程，有失败的痛苦，有成功的快乐，酸甜苦辣，尝尽人间百味。

走进他的第一收藏室，一切噪声、一切尘俗都被挂在墙上的山峰夕照、松风月影所抚慰而平静了。张熊、竹禅、蒲华、汪铎、陈摩、石园、石伽……全是原装裱的真迹。

他指着一幅蒲华小册页说，"几千几万的钱不能让我做梦，这小小的旧画片，却常常叫我在梦里笑醒。"

他的执着，他的追求，他的热爱，无须再让我多做注脚了。

他一幅一幅介绍着，额角亮晶晶的，两眼闪闪发光，我知道他异常兴奋，也非常享受。他又说，"品味它，更胜品味山珍海味。今天我们拾掇它，不仅仅为了欣赏艺术，更在于保护遗产，将更多的艺术遗产留给子孙后代"。

他带我进入第二收藏室，脸上绽现一种特殊笑容。他说："这里边全是赝品"。

我十分惊诧，"你收藏假画？"

说罢，我仔细地端详他的面容，有心在寻找他在古玩店关门时的那份失落和痛苦。没有，一点也没有，而是一脸的坦然。

这里挂着许多大名家的画，有王震的、吴昌硕的、黄宾虹的、蒲华的、丰子恺的……有仿得形神兼备的，当然也有画技不佳的；有老仿的，也有新充的。

他知道我很惊讶，便说："有的是我打眼买的，但不心痛，因为它让我兴奋过，快活过，也温暖我的心。别说是假东西，它们带领我进入书海，进入网络，逼着我去研究，它们丰富了我的精神世界，也长了我许多知识。"

他的形象猛然在我眼前长高了，仿佛有点伟大。前些年，他办企业赚了钱，天天陶醉在麻将桌上。那时，我真瞧不起他，骂他是成了"鸦片鬼"，非败家不可。当他输了几十万，重蹈收藏之路后，他的收藏理念得到了涅槃。他成功了。

他沾沾自喜地说，"仿品也是艺术品，有的水平很不错。有的老充头也有收藏价值。"

我钦佩他的进步，送他一声"OK"。

第三室是他的画室。墙上的画，水平不比一些中国美术家协会会员差。他说，"我的进步，得益于收藏。"

没错，好的藏品不仅是人的精神营养品，也是书画创作的营养品。

最后，他送我出门时说，"我并不想成为什么画家。适者生存，我这块料只适应做个玩家。"

是的，我十分赞同。他的几个转身充分说明一个人不能迷失自己。人都在寻找一条适合自己的路。

他，我的一个杜桥朋友，终于找到了一条适合他自己的路。

我眼中的杜桥

张驰

　　历史记忆中的杜渎、涂下桥，到 1956 年更名的杜桥，再到今天的杜桥，这片大地可谓物换星移，沧海桑田。要想将它的变迁、成长、发展以及它的传统、个性、梦想揉成一堆文字，形成一篇文章，并非易事。我想凭自身的经历，以自己的视角，将眼中的杜桥呈现在世人面前。

　　在我眼中，杜桥像一颗"蓬勃的卫星"。是的，自 1989 年 3 月浙江省人民政府正式批准它为"对外开放重点工业卫星镇"以来，这颗盘旋在台州湾畔的"卫星"就像众多自然天体的演化：不断地集聚，不断地旋转，不断地膨胀，也不断地凝固。现在看来，它还是临海的"卫星"，台州的"卫星"，日复一日绕着临海转、台州转。凭我的直觉，终有一天它极有可能"脱卫成行"，抑或挪移到更加纵深的轨道上去，绕着杭州转、上海转也未为可知。

　　杜桥算我的第二故乡。1991 年寒假期间，我就来过这里。那一次，我是途经临海，转道椒江，乘轮渡至前所，再经大汾一路颠簸才得以抵达，乘坐的是现在已绝迹的"三轮卡"。

　　那时节，杜桥还小，但留给我的印象却一点也没有我在内地所经历过的众多小镇的影子，屈指可数的几条街巷完全可以用"沸腾"二字

来形容：街巷两边满满的都是摆放着的货物，有铁器、竹器、服装、眼镜，各色零食，更多的还是各类干鱼海货、渔网绳索……要从这样的街巷穿行，稍不留意就会踩到别人的物什，碰到别人的屁股。我不明白为什么这里的人们喜欢将货物堆放在路上叫卖，而不是放置在商店里。也正是从那时起，集市日、赶集、露天市场等这些商业概念第一次印入我的脑际。

也是在那一次，我第一次经历了购买彩券的盛大场景。那是一个小雪纷飞的日子，在一个叫作"庙前"的地方，搭起了一排长长的帐篷，整齐摆放的桌子上平铺着一盒一盒的彩券，而外围则挤满了购买的人群。印象中，两元一张的彩券即刮即开，只要对上中奖号码，便可到领奖处领取诸如电视机、自行车、电风扇、高压锅之类的奖品。我发现，不论男女老少，购券人要么一小打一小打地买，要么一大盒一大盒地搬，很少有一张两张购买的，那阵式，能感受到杜桥人都很有钱。

1994年夏天，我终于从合肥调到了杜桥，做了一位新杜桥人。按照调令，我的工作单位在山项中学。然而，我并没有到学校去教书，而是被镇政府借用，让我创办《杜桥教育》，负责电大教学点的日常管理，兼为镇政府做些文秘、宣传之类的工作。

那时的杜桥，经过1992年的撤并，已将原先的杜桥区改成杜桥镇，而周边的山项、大汾、西洋等乡也都并到了镇辖范围。与我第一次来这里的印象相比，镇区的范围并没有扩大多少，热闹而繁华的所在，依然停留在诸如解放街、柴爿巷、西街、庙前、杜西路等处，镇区常住人口也不过万余人。当时的镇政府还在解放街中段的老电影院边上。

初来乍到，语言交流是一件难事。到了街上，想买点什么、吃点什么都很费劲。也许是出于对我的尊重，大凡与我接触过的领导，一见到我，就会下意识地改用普通话与我交流。其实，他们说普通话时也非常吃力。而回到家里，岳父母们也照例改用普通话与我沟通，尽管他们说得也十分生硬。如此这般，我学方言的机会并不多，以至于错过了最初半年难得的适应期。

从对我工作岗位的安排以及给我语言交流上的感觉，我发现杜桥人在骨子里确有一股善于接纳、敢于变通的禀赋。这也令我想起当初创办《杜桥教育》时的情景。那是一本按月一期的内刊，每期出刊四十到五十个页码不等。尽管是内刊，我还是把它当成正规刊物来办，为了美观起见，需要借助电脑店的力量。那时，解放街就一家电脑店，使用的还是386式的DOS系统，针头式打字机。因为稀缺，一张16开的白纸，打印要三块钱，复印也要五毛钱。如果都用打印、复印，每期刊物的成本会很高；如果改用蜡纸刻写、油印出刊，花费我的时间与精力也会太多，每月出刊根本不可能，且刊物的质量也难以保障。为了既提高效率又节约成本，还能保障美观，我让打印店老板想办法。这位仁兄为了稳住这笔业务，一半也是为我的诚心与毅力所打动，在万般无奈的情况下，答应采用蜡纸打印，再专门为我添置一台油印设备。就这样，字体是打印的，刊物是油印的，效率提高了，成本也下来了。

印象中，1995 年是杜桥这颗"卫星"高速膨胀、有序旋转的关键年份。这一年，台州市将杜桥命名为"全市首批十个文明示范镇"之一，随后又在这里召开了全市小城镇建设试点工作座谈会。镇政府推翻了原有的 4 平方公里的镇区规划，而通过了崭新的 9.8 平方公里的规划方案。大街小巷，放眼望去，最为显眼的一个大字就是"拆"字，而最为普遍的场景则是搅拌机、脚手架与房梁屋顶插满的国旗。

那时节，浦岸头周边、庙前区块、杜西路一带许多低矮的老房子仿佛一夜之间就撤除了；而新开的杜川路、南大路、府前街、杜北路等街路也业已硬化。派出所搬了，邮政局搬了，杜桥中学、杜桥小学新建了，法庭、司法所、工商所、眼镜商城、新华书店、华吉宾馆、银行等一系列功能性建筑也都耸立在这些新开的街路两旁，丰满着日渐拉开的框架。

那年六月，镇里分管宣传的领导告诉我说，"《杜桥教育》停了吧！镇里有一台摄像机没有人用，现在正是需要大力宣传的时候，你还是来搞电视吧！"对于电视，我纯粹是门外汉，连照相机也不曾用过，心里丝毫也没有底气。反正领导说了，我也就硬着头皮答应了。事后也听说，为了将那台 M9000 的老式摄像机交给我用，镇里的领导还郑重其事地召开了一个会议。

列宁说过，社会一旦有某种需要，那么，这种需要本身就远远超过十所大学造就人才。就了了这种需要，我平生第一次与电视打起了交道。大约半个月后，仅仅靠一台放像机、一台录像机，外加一只遥控板，我便在杜桥广播站堂而皇之地办起了"每日新闻联播"。其中的艰难与适应，我不想全面展开，只想说，这台摄像机是我的另一双眼睛，它让我有幸参与并观察到了杜桥那几年高速发展的进程，并记录下了那一个个庄严、紧张、冲突、对抗抑或热闹、喜庆、文明与繁华的历史瞬间。

从那时起，杜桥先后展开了省级文明镇、省级教育强镇、省级卫生镇、省级综合改革试点镇等，多个带"省"字头的示范镇创建工作，各类动员会、现场会、协调会、分析会、汇报会名目繁多，夜以继日。任务之重、压力之大、困难之多，唯有当时的镇党委、政府班子和机关干部才能真切地感受到。那是杜桥大干快上、只争朝夕的发展阶段：白天，领导们的嗓子基本上都是哑的；晚上，他们办公室里的灯光基本上都是亮的；而周六日加班、开会或处理公务也基本上是正常的。

那时，领导们挂在嘴边最多的一个字就是"动"：宣传发动、思想触动、政策拉动、利益驱动；量化行动、统筹带动、督查推动、考核逼动；激发能动、争取主动、灵活机动、善于变动……真可谓"动"得苦口婆心，"动"得声嘶力竭。而那时的杜桥也确实在"动"：每天都有行动，人人都在行动。

1996年10月，我加入了杜桥书法协会，开始有机会与杜桥文化界的朋友们接触。当时，尚在杜桥一家机械厂工作的彭先生是我接触较多的朋友之一，他还专程为我镌刻过两枚石印：一方为"天马行空"的闲章，一方为笔名的藏书章。尽管他的文化程度只有高中毕业，却是书画、镌刻的好手，更难能可贵的是，他对杜桥的历史文化研究十分专注，在省内外各类文史刊、报发表过大量研究文章。有一回，与他探讨杜桥的历史文化时，他告诉我，杜桥自古以来就是两条腿走路，一条是手工业与商贸的发展，一条是教育事业的发展。自宋以来，这里就逐渐养成了重视文教、遵循典章、崇尚协和、务实守业的文化传承与社会风尚。大约是在转天，他又专程给我送来一张写满史料的手抄文稿，是有关杜桥民风的史料记载，让我参考；并告诉我，他正在计划撰写一部全方位的《杜桥志》，工作量太大，如果一直在厂里上班，很难保证精力到位。

如今，他已调到市文广新局专职从事文物保护与文化研究工作，而由他执行主编的厚厚一卷《杜桥志》也由浙江人民出版社公开出版发行，这也是目前浙江省公开出版的第一部镇级史志，字数多达112万余字。翻开沉甸甸的《杜桥志》，还真的专门辟出了"民风"一节，并清晰地读到了当年他手抄给我的那些文字：

宋时，先民以农耕为主，煮盐捕鱼为辅。

元至正年间，民俗敦庞，仁美足风。

明时，人尚淳厚，士、工、商、农安心乐业。

清康熙年间，涂人民风近古，狱讼渐息，家敦伦纪，人怀长厚，协和亲逊相视成风。大姓殷富者率循典章，诗礼耕读传家，平民男耕女织，以度年岁……

说起杜桥重教崇文的文化传承，可以追溯到宋代。据史料记载，宋宝庆年间，在杜桥桑园就首创了义塾，至清乾隆九年（1744），隶属涂桃区的大汾也创办了汾川曝书楼，后各地陆续开办私塾，仅杜桥街里就有8家。至清末，城内开办书院18所，义塾16所。至光绪三十二年（1906），废科举、兴新学，这里的义塾、书院又相继改办小学堂13所。至1949年止，杜桥域内共办过学堂及公立、私立的小学多达76所，一大批开明志士与社会贤达都投身于"创办实业教育、倡导实业强国"

的社会热潮之中。

　　也正是因为有了重教崇文的文化传承，历朝历代，杜桥都养育过享誉桑梓的文臣武将、科教贤达与商界精英。据统计，在杜桥人中，历朝外任知府知县的文臣共计 20 人；担任黄埔军校教官及参与军校学习，并为抗日战争立下赫赫军功的武将多达 44 人；在中国共产党的领导下，投身革命，为新中国的成立及社会主义事业抛头颅、洒热血、奉献一生的革命先烈与英模人物更是多达 200 余人……

　　不难看出，改革开放以来，杜桥的经济、社会之所以能迎来突飞猛进的蓬勃发展态势，与这里自古以来就重视文教、遵循典章、崇尚协和的文化传承与社会风尚密切相关。

　　说起杜桥，除了这座有形的城镇在日渐变化、逐年繁华之外，还有一个无形的杜桥隐匿在全国各地。分散开来，他们只是一个个有血有肉的杜桥人，各自融入当地的政治、经济与社会生活之中，经商、投资、

创业，抑或求学、行政、为官；而汇聚起来，则是一张庞大的网，一股强大的力。他们将全国各地的观念、资讯、行情统统汇聚在一起，进而引领并影响着杜桥本土的发展、生活、消费与时尚。

每年的春节与清明这两个时段，正是这个无形的杜桥整体显形的时刻。早些年，以镇政府和各办事处的名义，大年初二左右都要举办一个隆重的茶话会，各自将辖区内在外行政、经商的杜桥人召集在一起，共度佳节，共话发展；而各行政村也大都采取集体吃年夜饭、轮流做戏等方式，将本村在外发展的人们紧紧凝聚起来。正是因为有了这些亲和的举措，在外发展的杜桥人家乡观念十分浓郁，对家乡的依恋感、荣誉感与责任感也格外强烈。所以，每年的清明节，不管身在何处的杜桥人，总会不远千里，不辞辛劳地返乡祭祖，顺便与厂家联络，与亲友团聚。每当此时，杜桥的大街小巷便拥挤着各色型号的名牌豪车，洋溢着各地风味的魅力时尚，而临街的大小餐饮更是通宵达旦地营业，杜桥俨然成了一个浓缩的大都会。

2013 年的清明节期间，我也回了一趟杜桥，并意外地见到了妻子家一位远房娘舅的儿子。她喊我"表姐夫"时，我甚是诧异，因为在记忆中不曾见过这位亲戚。妻子便在一旁介绍说，这是洋平村娘舅家的儿子，在义乌做大生意。一阵寒暄后，我对眼前这位干练的年轻人大致有了些印象，也曾听家人说起过：早些年，他们父子俩长年在外靠打些细小银器谋生，生活并不富裕。后来，在同村一位堂兄的带领下，他去义乌做起了生意。刚开始的一两年里，他每年都要净亏一二十万元，也都是那位堂兄帮着勉强周转过来的，后来慢慢走上了正道，生意越做越大，除在义乌有业务外，还在广州投资了一处商铺。在与他的闲聊中，我也得知，他现在除了做杜桥的眼镜业务，还在义乌购置了多处店面，经营其他商品批发，每年三百来万元的收入丝毫没有问题。

在杜桥，像他这样在外经商并发达起来的人绝大多数也都与他一样是靠亲帮亲、邻帮邻发展起来的，这也应验了杜桥的一句谚语："三个兄弟共条心，门前泥土变黄金。"早在 1997 年春节前夕，镇里曾做过一个统计：杜桥在外经商、创业的总人数在三万左右。通过 2002 年的区域合并，目前，这部分人估计已多达七八万之众。2007 年，我在组织部做人才工作时，也曾看到过另外一个统计：杜桥人在全国各地的临海商会、台州商会担任副会长以上的商人多达两百余人。事实上，能坐到商会副会长的交椅上，没有亿万资产是很难跻身的。

我是在 1998 年年初正式离开杜桥调到市委组织部工作的，也是在举办完杜桥镇新政府大楼落成典礼之后去临海的。临去之前，我将自己在杜桥撰写的三大捆电视新闻稿以及编辑过的满满一橱柜电视录像带进行了简单的整理，顺便将新、旧两台摄像机擦拭干净，并排放好，不舍之情顿生。

我爱这片城镇，不仅仅是因为我的家室、我的孩子曾生活在这里，更是因为这片土地激发了我生命的潜能，让我在潜移默化之中像一个土生土长的杜桥人一样，秉承了它敢闯敢冒、负重拼搏的基因；我爱这片城镇，不是因为它给了我多少财富的回报，而是因为在日常生活中，它让我深深感受到人与人之间的那份平等互助与协作友爱的精神；我爱这片城镇，也不仅仅是因为它让我品尝到了无数的美酒佳肴，更是因为在那个年代、在那片热土之上，我始终能感受到时代的脉搏就在自己身上跳动，社会的潮流就在自己眼前荡漾。而我的失落也是真诚的：我清楚，离开之后，这份工作又要像《杜桥教育》一样很难维持下去，而自己用心血与汗水开创的事业也将就此中断。

此后的三四年里，每到周末，我都会回杜桥与家人团聚，然而，由于工作变动，特别是镇党委、政府的人事变动较大，最终还是导致心的距离日渐拉远，对在杜桥的许多生活回味只能像牛一样独自反刍，抑或在梦中若隐若现。而杜桥这颗"蓬勃的卫星"依然一如既往地在我的视线之外集聚着，旋转着，每隔一段时间就有一些新的变化。最大的一次变化当属2002年。

那年年初，全市乡镇行政区域重新调整，杜桥周边的溪口、市场、川南等乡以及连盘乡的雉溪片区再次并入杜桥镇，从而使杜桥辖区的人口突破20万，外来务工的流动人口多达3万之众，而镇区建设规划也由先前的9.8平方公里再次扩充到12.6平方公里，一座现代化小城市的建设框架再次拉开。

同年暑期，我的家人全部住到了临海市区。再往后，除了因工作关系偶尔前往杜桥外，来这里的机会越来越少，以至于2010年的一次从桃渚转道杜桥，当汽车行进至新的杜桥中学转角处时，我一时竟没了方向感，不知这是来到了哪里？

2014年4月中旬，我随台州作家采风团再次回到杜桥。当我们一行走进"中国·东海翔集团"考察时，在该集团纺织车间看到的一幕令我感慨万千。当时，车间里摆放着数组由数百个小纱锤组成的立架，每

一组立架上数百个纱锤缠绕的纱线又都同时呈放射状汇聚到同一个工作平台上，偌大的一个车间，区区五六人就井井有条地操控着。我在感叹他们工作高效的同时，更为眼前的景象所触动：与其说这是一幅纺纱的场景，毋宁说是一幅万涓细流终将汇流成海的浩荡景象，更蕴含着万千辛劳系于一身、甘愿奉献的大美情怀。

是的，透过这幅场景，我也联想到一个典型的发展机制和一个科学的发展布局。那个像滚雪球一样越聚越厚、越绕越粗的工作平台，仿佛就是杜桥这个发展实体本身：在内部，有千厂万企、千家万户的经营支撑；在外部，有千行百业、千军万马的商人照会；而在它的周边，市委、市政府又将头门港新区、浙江省化学原料药基地临海园区，甚至包括上盘镇等辽阔的一片区域重新纳入它的发展视野之内。随着台州大港"头门港"的开港运行，加上七五省道、甬台温高速复线和沿海铁路大通道的开通，未来的杜桥将是一个真正陆港联动的杜桥，在长三角城市发展格局中将会拥有独特的优势与地位。

> 金李陈葛项郑王，
> 朱徐潘林董周杨。
> 张吴严叶蒋蔡马，
> 陶杜方许何卢黄。

这首仿七言古诗辑录的文字是杜桥排名在前 28 位、且人数超万过千的姓氏，在全镇 237 个姓氏中，尽管还不足零头，但他们的人口总数加起来要超过 18 万人，占到全镇总人口的 90%。他们也像杜桥众多姓氏一样，自古及今，历经迁徙与融合，终在这片大地繁衍生息，创业持家，代代相传。

是的，杜桥是"金李陈葛"的杜桥，也是"温起玉霜"的杜桥。杜桥在不同时代、不同阶段的每一步变迁与发展，无不凝聚着他们的汗水与智慧，而他们生命中涌动着的热血基因，也正是杜桥这片大地上的DNA。

漫步在杜桥大地，川山晓日、凤岭夕照、白崖观海、嵩山听涛……只要有闲暇去走走，用真情去感受，一年四季，风花雪月，随处都有怡然景致。尽管它们不像名山大川那般恢宏壮丽，确也如普普通通的杜桥人，不避庸常，不事张扬，唯有细心品味，方能领略到那份"外显蓬勃、内藏波澜"的境界。

这就是我眼中的杜桥。而杜桥也终将会超越我的视线，盘旋在更加久远的时空。

杜桥有味道

陈引奭

文友发来微信，约为杜桥写篇文字，当时有些为难。想了许久，才选了这题目。

"某地有某某"或许是才女王寒的专利，且现下已是网红。用这题目，是腆着脸皮抄袭下，大概也有些蹭热度的意思。

杜桥人大多自豪。只要是那块地界来的，说起他们那里，总能说起现在啥啥啥的好、从前啥啥啥的好，在他们极具辨识度且很有味道的乡音——杜桥腔中，可以听出自信与乡情。

与杜桥来来往往也有二十多年，印象中的影像总是停留在原有的那个小镇：几条不长的街道，因为海边老有半阴不晴的天气，所以总是湿，不那么清爽。朋友约稿，大约是要为之写点好话的，但掀开曾经的记忆，似乎可以写、可以挖、可以讲的话不多，无多有趣，就怕写出的文字也没啥味道。

说味道，对杜桥的初体验是来自一只"蟳"。此"蟳"非荀子《劝学》中提到的"无爪牙之利，筋骨之强，上食埃土，下饮黄泉"的那只"蟳"，而是蟹族中的一种，现在大家都叫它"青蟹"，在温州福建一带也叫"蝤蛑"，或"蝤蠓"，但台州人都称之为"蟳"。那大约是我工作之初，20 世纪 90 年代，因为公差第一次到的杜桥。完成工作后，镇里领导带我们到食堂用餐，半桌子的海鲜，其中就有好大一盘的"蟳"，垒得像小山。满盘红亮油润的壳，巨型的螯，让人有些震撼。主人一边把"蟳"分到大家碗中，一边介绍说，这蟳是今天刚捕捞的，很新鲜，大家赶紧尝尝。讲真，蟹壳那红润油亮的色泽很是勾人心魂。剥开蟹壳后，晶白如玉的蟹肉呈现眼前，鲜香的气息随着热气袅娜着，触发到嗅感，口水就止不住地溢出来。把蟹肉连脚掰扯出一块，其实不用蘸醋（台州人吃饭，每位面前总置一碟醋，用以提鲜解腻助消化），这鲜香的原味已十分诱人。入口时，一丝丝的蟹肉在牙齿咀嚼与舌头搅拌下，渐次分开，清晰可辨，且富有糯软的弹性；鲜香的汁液汩汩然抚过味蕾上的神经，如丝，如膏，舌尖上有些颤巍巍，似乎承载了整个大海清新鲜甜的滋味。这味道也许是我一生最好的记忆之一。当然，吃过这蟹肉后，那股带着大海鲜香的蟹味就会留在唇间指上，洗之难去。岳清——那是老朋友，也是自小从杜桥走出来的名人。他的个人体验是，从前吃了"蟳"后，手是舍不得洗的，放到口袋里，留着这味道，可以不时神出手来，放到鼻下闻闻……放到鼻子下闻闻……见他重复说这话的时候，眼神里满是对过往的留恋与幸福。

　　结交的杜桥朋友也不算少。早年和他们不甚相熟时，觉得那片朋友说话的腔调很重很厚，绵软中带有来自海边乡土的味道。对于临海乃至整个浙江而言，杜桥都应该算是最东边的濒海小镇之一。按照明朝时的临海人，人文地理学鼻祖王士性先生在《广志绎》中所分析的："杭、嘉、湖平原水乡，是为泽国之民；金、衢、严、处丘陵险阻，是为山谷之民；宁、绍、台、温连山大海，是为海滨之民。三民各自为俗：泽国之民，舟楫为居，百货所聚，俗尚奢侈；山谷之民，喜习俭素，然豪民颇负气；海滨之民，餐风宿水，百死一生，官民得贵贱之中，俗尚居奢俭之半。"按此区分，杜桥人应该算是真正的海滨之民。"餐风宿水，百死一生"的渔民从前也是不少，"官民得贵贱之中"也大概可说，但是"俗尚居奢俭之半"似乎需要修正。因为就临海各处相较，杜桥人不安分，好面子，用费夸张那是出了名的。临海那么多乡镇，包括市区各街道，居民生活成本最高的还算是杜桥。即便是杭嘉湖这些富庶的"泽国之民"，见到杜桥人办事时出手之阔绰、排场之盛大，也一定会咋舌。在临海，随遇而安、顺其自然的人很多，但杜桥人不！他们遇事很认真，更会顶真，有时甚至让人觉得煞有介事。当然，在他们的个性中，大多数人聪明务实，甚至是精明狡黠，所以让杜桥人出面去外办事，往往会更麻利。常听人说起杜桥人的聪明，说他们在海边吃鱼长大，所以脑瓜子特别聪明发达。

分析杜桥人这种"有味道"的性格，或许与历史的迁衍有关。远古先民逐水草而居，杜桥周边就有很多新石器时期的遗存。汉始元二年置回浦县于章安，杜桥距之仅数十里地，是离当时这块地域的行政军事中心最近的一个地方，中原文化南迁，自然对之辐射有加。在杜桥人的方言中，有一个很有意思，但各地都未见使用的发音"诺"。"诺"表示答应或者肯定的意思。杜桥人说话时，会将此"n"的发声拖长，变得很有韵律感，有味道，像唱山歌。相关文献记载，"诺"为秦汉时期人与人之间答应的声音，是象声词，表示同意。清人朱骏声《说文通训定声豫部》记："缓应曰诺，疾应曰唯。"据此可以推测，杜桥这片地方应与章安一样，不但有着悠久的人类活动的历史，同时在方言中还保留了秦汉时的声音，是活着的文化遗产，具有活化石的意义。这也意味着杜桥人的讲究与"煞有介事"的顶真，倒可能是循古之风的延续与坚守。

至三国时，吴大帝孙权于公元 230 年派卫温、诸葛直浮海远归夷洲（今台湾）。据专家多方考证，三国孙权时，福建一带尚未开发，至公元 257 年置临海郡时，其南面福建的大片土地都尚未建郡，所以，其最后的补给与船只维修只有在章安周边才能组织起来，船队的出海口应即在章安港。至夷洲后，因水土不服，"士卒疾疫死者什九八""但得夷洲数千人还"。在此后（约公元 280 年左右）丹阳太守沈莹写的一部《临海水土异物志》中记载："夷洲在临海东，去郡二千里……众山夷所居……取生鱼肉杂贮大瓦器中，以盐卤之，历月余日，乃啖食之，以为上肴也。"这里所记载的"上肴"与目前杜桥一带的"鱼生"基本雷同。由此，或许也可以有以下一些推测：一是自卫温、诸葛直远归夷洲返程的首站，也是在章安港；二是返程后有部分人即留居于章安港和杜桥一带；三是留居于此地的人，有部分是带回来的夷洲土著。南朝孙诜的《临海记》中记载："夷洲在郡三十里，众夷所居……"孙诜这里提到的距临海郡三十里，按当时的里程大约也即是杜桥一带。历史上，陈耆卿等前辈有认为这是"二千里"的笔误，但也有另外一种可能，即是在此三十里地，确有跟随卫温、诸葛直返回大陆，居住于此的"众夷"，孙诜只是混淆了海上之夷洲与临海郡三十里地众夷居处罢了。但不管是哪种推断，鱼生这样一个非常特殊的食物倒成了那时两岸联系的物证。

因为靠海，这片地方在北宋熙宁年间还创设了杜渎盐场。"渎"是沟渠之意，杜桥之名大概也因此而来。古时候，盐业专卖是政府税赋的主要来源，杜渎有盐场，社会财富自然会流向此地。杜桥人与外界交流也就会变得更多。从前，杜桥与路桥及乐清的虹桥并称浙东商品经济较早萌芽的"三桥"。这些，都影响了这里的人，催生了他们会做生意的禀赋。

所以，从以上这些方面看，吃海鲜长大的杜桥人，渔猎农商、贩海煮盐，以之形成其非常有味道的独特性格，这既与自然环境相关，也有着很深的历史渊源。

当然，在当代有关杜桥的概念里，自然少不了眼镜。

在新疆工作时，大清早一屁股把眼镜坐坏了，心想真有些晦气，抱着试试看的心态直冲大街上的眼镜店，迷糊着眼睛用临海方言和服务员打招呼，把服务员搞得一愣一愣的。她说你这话和老板说得挺像，大约能听懂一两句，于是赶紧找来技师三下五除二修好了眼镜，临了还拒绝收钱，说是老板老家的人，算了吧！其实，改革开放后这许多年，但凡在外见到眼镜店，或是遇见卖眼镜的，十有八九就是杜桥人。杜桥人自己并无眼镜的资源，却做大了眼镜的生意，就这一个小产业，他们竟然将之做向全国，做向世界，且做出了味道。而在外的临海商会或者台州商会，杜桥人的占比不但很高，生意还做得大、做得好，也是越做越有味道。

除了眼镜，杜桥的周边还有医化园区、东部区块、南洋北洋的建设，这些属于杜桥外延的概念，大概也都可贴以杜桥的标签。只不过因为对此留心甚少，只感到这些地方叫得响亮，经过那些地方时，感到"味道浓厚"，其他也就说不出啥道道儿了。

当然，杜桥人不但是做人做事有味道，经商创业是好手，重情重义也是出了名的。我曾教过一初中孩子学书法，如今他留学海外已经多年，可每年回来，他和父母家人总还是不忘前来看望于我，送些很有味道的海鲜，让我一快朵颐。杜桥的朋友们也总有长情在，见面时，人前人后也都一样的热情周到。

记得几年前，应杜桥镇政府之嘱，我曾为其撰有一联：

看杜桥，一方风土冠东浙；
临沧海，百里潮声闻九州。

这里提到的"风土"，即如前面所说的这些很有味道的杜桥风土人情，在东浙一带当然也是很见个性，而这百里潮声，既是杜桥的名声，也是发展改革之声、时代进步之声。这声音、这味道闻名九州，我想也应并非虚言。

杜桥之桥

陈大建

读中学时，春游有个专用词，叫野营。不管路多远，都是步行。农村孩子体力好，走了五六十里路，来到杜桥之后，吃过自带的冷饭团，接着就与杜桥中学的学生进行了篮球比赛——我们竟然赢了。转年春游，我们又来到杜桥，本想再续辉煌，却输得很惨，原因不在球技不长进，而在于我们这几个主力队员的个子几乎与去年一样高，而杜桥中学那几位队员已像雨后春笋般拔地而起了。因而，我们再也无法与他们玩这种身体越高越有利的游戏了。

有了这两次长途跋涉的野营，我对杜桥有了初步的印象。记忆最深刻的是，一条由青石构成的小石桥，桥下是清清的长流水，总有妇女在那里洗汰。这两次去老杜桥中学，都是从此石桥上过去的。我之所以对石桥记忆深刻，是每次路过此处都到桥下洗手洗脚，长流水赐予的那种非常惬意的凉爽，便成了一种无法忘却的美好感觉，揉进了我对杜桥的最初感觉里。后来有人告诉我，石桥下的这条长流水叫"浦"。当时很困惑，因为我只听过流水叫"沟"、叫"溪"、叫"河"、叫"江"的，从没听过流水可以称"浦"的。便觉得杜桥人起名有点怪，因此，这条被称作"浦"的长流水，便连同浦上的那座石桥，存进了我的脑海里，永远挥之不去了。

　　我们一直叫杜桥"杜下桥"，我甚至至今都改不了口。时过很久之后我才知道，我们的这种叫法并非山里人的土话俗称，而是我们根本就没有叫错。"杜下桥"这个称谓是直到1956年4月才正式简称为"杜桥"的。对于历史向来很无知的我，曾经很浅薄地对"杜桥"二字顾名思义，以为杜桥之名源于某座较有名的桥，而这座桥是杜姓人出资建造的，故被人们叫作"杜桥"，而后又沿用为了地名。之所以会做出如此的臆测，是因为我的母亲姓杜，故以为"杜"必是一个姓氏，殊不知杜桥地区几乎没有姓杜的当地人，只是后来牛头山水库移民，才有数户杜姓人迁入此地。

　　杜桥这片辽阔的滨海平原本是由江与海对泥沙的搬运，再长期淤积之后形成的；换句话说，杜桥方圆数十里在远古时代，乃是一片海边的涂地，共同制造这片涂地的是江与海。江就是一路向东的灵江，海便是滔滔的东海。故杜桥土壤肥沃，水系特别发达。海边涂地独特的自然环境，致使杜桥地区的自然村落，多以洋、浦、湖、闸、桥、塘、堰、川、渎、墩、岸、路、峙、礁、潭等命名。可见杜桥这片新生的土地上，曾经河港湖塘星罗棋布。也由此可以想见，早年的村落与村落之间，都是依靠大小桥梁连接的，不管是石头的桥，还是木头的桥，都对生存具有重要意义。没有这些桥梁，水这边的居者与水那边的居者，就只能隔水相望、老死不相往来了。因此，早年的杜桥倘若没有桥，当地人就无法沟通交往，也就没有繁荣与未来。故我窃自认为，杜桥称谓中的这个"桥"字，是杜桥发展史上的一个形象化的烙印，或者叫注解。

后来，我得到一本《杜桥志》，才知道小时称的杜下桥，历史上曾经写作"塗下桥"，"塗下"意指潮水所至处，塗即涂，海边之泥地也。大海退却后，涂地虽成陆，但沟壑遍布。入居的人们为了生活方便，只得纷纷造桥，"涂下桥"即在下方的涂地上造的桥。根据清同治《临海县志稿·桥梁》记载："涂下桥在县东南一百四十里，明嘉靖年间建。"另有记载，"桥一座即涂下桥，从本街龙须巷直出，桥长三丈五尺，宽二丈。"这就是说，历史上确有一座桥，叫作"涂下桥"，而不能因此说，那个时代的"涂下桥"就只有此一座桥，因为涂地宽广，村落众多，哪能只建一座桥就能解决所有村落的交通问题？因此，我想，或许就因为那时的"涂下"到处都是大小桥梁，故统称这片人口越来越稠密的涂地为"涂下桥"。当然，这不过是我个人的猜测，虽然没有资料支持我的想法，我却自认为这也并非完全胡说八道。我或许永远都无法知道，杜桥到底是因为一座桥而得名，还是因为有许多桥而得名，但起码可以肯定的是，杜桥的发展史是与桥分不开的，不然杜桥的地名中为什么少不了"桥"字？由于岁月的演变和时代的更迭，也不知从何时起，"涂下桥"的"塗"被谐音的"杜"所取代，

后来，又被略去了中间的"下"字，最后便定格成了"杜桥"。以致不了解杜桥历史变迁的我，在很长的一段时日里，都误以为杜桥之地名源于一座杜姓人造的桥。

早几年，我把自己曾经有过的这一浅薄的误解，让自己写的小说中的一个人物来承担，这篇小说叫《一棵叫杜英的树》。杜英属于一种优良的景观树，我为女主人公借用了树名，这个姓杜的姑娘不远千里选择来杜桥打工，最初的动机有二：一是她听说杜桥盛产眼镜，想实地来熟悉各个环节，以期日后自己创业，回到家乡去开眼镜店；二是她也像我当初一样，以为杜桥这个地方一定是杜姓人集居之所，她之所以对杜姓人感到有亲切感，是因为在她的村子里，姓杜的人没有几户，因而属于弱势人群，备受他姓人的压迫，故而驱使她选择到杜桥来打工。但小说接下来的故事发展，我并未在"杜"字上做文章，因为小说本意是想借助"杜英"的出现来探讨一下家族企业的问题与出路。因此，我仅仅把自己曾犯过的错误冠在女主人公的身上，作为她不远千里来到杜桥，或者说进入故事的一个诱因。至于为什么要这么做，连我自己也不知道，可能是潜意识在作怪，因为我的母亲姓杜。

自从挂了杜桥作家协会顾问的空名后，我几次被邀到杜桥来参加文学活动，也因此数次到杜桥老街走走看看。杜桥老街至今以苟延残喘的方式固执地坚守着岁月的原汁原味，像一条正被时代慢慢风干的，却永远要继续生存下去的活体标本。杜桥老街是钢筋水泥构成的新杜桥中一条布满历史斑痕的岁月缝隙，让我能从其缝隙中窥到些许杜桥先人们生活的遗景，分布在这条曾经辉煌过的老街上，每一处斑驳与磨痕的背后，都隐藏有往昔岁月留下来的，已经不为人知的故事与传说。我每次行走在杜桥老街上，都能感受到浓重的岁月氛围，却无法识别遗落在那里的历史细节，只能独自在感叹与感动中，默默穿越这个曾经的繁华之所，现今自生自灭的冷落凋敝之地。

　　走出杜桥老街，就看到那条叫"浦"的长流水。如今的我已经知道了，这条长流水叫"龙浦河"，发源于大门山及白石岭，全长十三公里，上游属山溪，下游属内河。浦上有一座石拱桥，刻有"涂下桥"三字，年代并非久远，它存在的理由，显然除了纪念，就是风景，但仍能让我触目生情，对杜桥的历史浮想联翩。于是，我迈步上了石桥。

　　我立在这座新版的"涂下桥"上，看见桥下之浦水依然川流不息。我忽然感到这潺潺的浦水，便是杜桥遥远岁月的源头，而曾遍布杜桥地区的桥，便是杜桥历史的见证人。虽然诸多的石桥木桥都已完成了它的历史使命，消失在岁月中的某个时刻，但桥的无怨无悔的精神、桥的独自承载的品格、桥的良好的沟通能力，已存入杜桥人的基因里了。

　　因此，每个走出去的杜桥人都是一座桥，他们走南闯北，以桥的奉献精神默默打拼着，以桥的品格承受着失败与成功，以桥的良好的沟通能力打开世界之门，他们总能取得双赢的结果。新杜桥的新辉煌，就是靠一代一代的杜桥人，不断创造出来的。

　　因此，杜桥之桥，是永远不朽的。

一座城的喧嚣和宁静

李鸿

江南四月，阳光温柔而明净。站在山上，眺望我所在的这座小城。杜桥——浙东南的一座小城，三面环山，一面环海。有河流穿城而过，水面上俯贴着弯弯的杜下桥，河东河西两岸居民怡然自得，远远看过去，整座城池彰显着江南的秀丽和雅致。我生活在这座小城里，从早到晚，从昼到夜，它的存在以及它的喧嚣让我凝视的目光变得越来越长。行走在城市的街道和巷弄之间，眼睛常常被城市的某些发现和意外所惊讶。一部吊机缓慢地在空中回旋，一座现代化的大楼拔地而起，一幅璀璨的眼镜灯箱广告，一尊泛着历史芳香的木雕和泥塑，一棵立在街口的茂盛香樟树，还有熙熙攘攘的人流，以及横七竖八电线杆上站立的麻雀。这所有的一切无不彰显着这座叫杜桥的小城的蓬勃与生机。用上蓬勃生机这个词，是因为它正用一种风情，细细碎碎漫过我的眼帘，侵入我的身子。我喜欢我生活的这座小城。

城市的名片

每个城市都有自己的名片和特色，一张名片体现一座城市的精神和气质，包括人文与自然、环境与商业，以及风土人情。杜桥是临海的次中心城市，方圆百里中的大镇，是传统的商贸中心和物资集散地，优越的地理条件和悠久的历史使得杜桥人能商善贾，杜桥通高速达海港，交通便利，物资流转，人文汇集，加之杜桥人的聪明才智、吃苦耐劳，他们的商机就显得格外灵活。

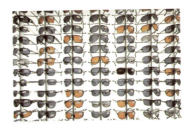

杜桥叫得响的名片是眼镜。20世纪80年代，杜桥的眼镜业雏形始于一条五十多米长的庙前街，这条街因此也就成了浙江眼镜城的前身，杜桥第一代"马路市场"的代名词也由此产生。随着改革开放以及杜桥人的聪明自强，杜桥的眼镜进入全国四大眼镜市场之一，从单纯供货到集批发、零售、托运为一体，杜桥人完成了卖眼镜到制造眼镜的"蝶变"，眼镜的销售渠道也从国内转向国外，远销至阿联酋、俄罗斯、美国、德国等地。我想象不出这么小巧玲珑的眼镜，竟有如此大的魅力。事实的确如此，小小的眼镜不仅给杜桥的经济带来了变化，还着实叫响了杜桥这张名片。当人们提到眼镜，自然就会联想到杜桥二字。杜桥的眼镜成了一个品牌，一张名片。

除了眼镜，杜桥的机械、制造业、民间工艺也是独树一帜。比如泥塑、木雕、漆金、剪纸、花灯等，均具有深厚的传统文化根基。特别是泥塑，已列为浙江省非物质遗产，艺术风格注重写实，有别于一般泥人的夸张，那些经过精心绘制润色的人物造型成为雅俗共赏、乡土味十足的艺术品，也成为杜桥古朴风雅的另一张名片。

四月的一天，因作家团采风活动，去了镇区横楼村的一个古艺坊。没想到，咫尺之间竟然摆放着如此古雅的物品：亭台、回廊、浮雕、木椅、窗花、石台门、虚虚实实，让人回味不已。一个村庄，却藏匿着如此古色古香的传统工艺，后来才知这些东西全是古艺坊的老板从全国各地搜集而来的。老板很年轻，三十多岁的样子，却是一个爱思考的人，一双眼睛忽闪着聪明劲儿。他在这些造型美观、古意盎然的工艺品中悟到了商机，于是，花费不少心血，投入资金，把这些古旧、精美的古物打磨、重构后，重新销往全国各地。这就是杜桥人在商品经济高度发展的今天所具有的灵活和智慧，也正因他们敏锐的眼光和坚韧的品性，造就了杜桥这一张张令人瞩目的名片。

山水情怀

山让人沉稳，水让人灵动，一座城市如果有山水相依，必定是个幸福的城市。杜桥有山有水，东面有凤凰山，西面有松山，后面是白岩山，南面濒临大海，整个城镇浴在得天独厚的山水之中，是那样娴静和秀丽。于我来说，每天早晨行走在这山水小城里，脚跟笃笃扣响长长的街道，是一件多么愉悦的事情。

子曰："仁者乐山，智者乐水。"我喜欢山水，所在的小城镇给了我一分山水的灵秀。沿着那座俯在水面上的拱形杜下桥，我脚步轻轻地走过。那是一片安静的街区，因为是早晨，小城还处于一种将醒未醒的状态。那些沿河的建筑盛放着世间琐碎温暖的生活，一丛青葱、一株月季、一盆水仙、一片菜苗，还有各色门匾、对联、屋檐下的红灯笼。所有的一切柔软了城市的线条，也柔软了这样的清晨。我站在桥上，看桥下的河水，它缓慢地流动着。河水没有小时候那么清澈，偶尔飘过的一些异味，在这样的清晨，让我有一点点遗憾。但是，这里有山、有水、

有桥、有埠头、有石阶，还是符合我心中山水小城的意象。我知道，这么多年了，这河水背得沉重了，吃力了，它需要清理和疏通，它需要重构和改变。

　　从桥上下来，沿河岸一直往前走，出街巷口就看到了一片泅着淡淡春意的田野。春天的田野肆意烂漫，各种各样的花草竞相开放。凤凰山就在不远处，青黛色的山体，婉约而丰姿。春日的阳光透过薄薄的云体，朗朗地照过来，让整个山谷笼罩在一片雾岚中。我缓步而过，有笑声从远处山上传来，打破了这寂静的山林，想是那些早起锻炼的人吧！这么好的早晨，这么好的山水，谁都不肯辜负。我一步一步往山上走，通往山上的路是弯曲的碎石小径，不足两尺宽的路面上铺着飘落的细叶，踩在上面有着一种糙糙的质感，还没上得几级石阶，便被一片荫翳笼罩了。空气中氤氲着一丝幽微的香甜，浓荫中分不清来自哪里，却见一两朵不知名的小花在半空中悠悠飘落，无意中伸手，竟然一下子接住了。原来，这清浅山涧竟也能寻得它的芳踪。

十几分钟后，爬上凤凰山的山顶，极目远眺，起伏的山体绵延着与天际相接，近山的树木葱茏翠绿，风景幽然。远处的童燎水库像恬静的少女，安然、寂静。山脚下的农田、村庄、道路等景色尽收眼底。此时，仿佛有一种羽化成仙的幻觉，尘世间所有的纷争、名利、忧烦，此时都被远远地抛在天际，留下的只有感动和惊喜。我惊叹大自然有一种人类与之无法抗衡的美丽，那种直抵心深处的感觉，正如眼前这山之巅的安谧能荡涤我浮躁的心灵般，让我感受到内心的和谐与安详。

这个清晨，我站在这微凉的山顶，心里充满了温柔和宁静。背靠青山，面朝大海，这是当下的我。今世，我愿痛饮这山水的清澈，感受这美好的情怀。

时光深处的西街

如果用一种色泽来形容老街，我想，我会选择青灰色。杜桥有特色的老街不多，唯有西街一直存在于杜桥的中心地带。灰色的瓦、青灰色的砖、老旧的窗格、古朴的窗花、微微翘起的檐角，以及那些大小不一的水泥石，在温热的阳光照射下，闪烁着一种神秘而莫测的幽亮。

老街不同于现代建筑物的华丽，总以一种久远建筑体系和岁月老旧

的印记，发出一种旧时光的色泽。我喜欢西街这种接地气的街市，不动声色，却别有味道。杜桥建城区面积不大，新区的街道纵横交错，宽敞而喧嚣，唯有老街依旧

保持着一份旧日的模样。去老街的心境和平常走在大街上是不一样的，每次走进老街，心会微荡着闲适和轻盈。顺着青石路面，闲闲地走过，有一种散淡和舒缓。西街不长，五百多米，两边的房屋挨得特别近，抬头看天空，窄得只见一方浅浅的蓝。脚下的石板路，虽有一点沧桑感，却早已没有想象中的凄美意象。那些苍绿的青苔在墙缝间幽幽生长着，老房子大都是两层木结构，下面那层基本上是那种门板可以卸掉的店面房，木质的门板和窗大多被风雨冲洗得沟壑纵生，看上去就像是一幅陈旧的版画。那些年老的人悠闲地坐在两旁的石阶上，抽着烟，有一句没一句地闲谈着，燃起的烟灰长长的，也不急着掸落。忽明忽暗的烟火在老人手指间亮灭着，那悠悠的姿态跟老街周边的缓慢气质倒是相配得很。

　　从街首到街尾，几分钟就可以走过。临街的铺子一个挨着一个，那些将已消失的老行当在这条不长的老街上比比皆是：打银器的、修手表的、钉秤的、打蜡镴的、做裁缝的、做扁担的、编竹篮花圈的、补鞋的……一个店铺一种风格，意蕴一种旧时光的缓慢和宁静。每个人低头专注地做着自己手上的活计，尽管外面的世界繁杂而喧嚣，他们仍安心地守候着这份静。老街的居民背着手，悠闲地往来着，偶尔有人驻足摊前，把一些清冷黯淡的银圈、银项链交给师傅打理。完工后的银饰晶亮亮的，泛着一种手工打磨后的璀璨光泽。不远处还夹一些买杂货的摊贩，摊主都是头发花白却慈眉善目的老奶奶，掀开杂货上的蓝印花布，卖一些并不鲜亮的针线纽扣，以及小孩子穿的连体裤、手工绣的虎头鞋，换取一些日常的开支。而坐在店铺里的那些年轻媳妇，白皮肤、大眼睛，铺前全是首饰、胭脂、水粉，隔老远就闻到淡淡的香。偶尔也会从街首飘过一个时尚的年轻人，钉着耳钉，拖着木屐，张扬着穿街而过。

每逢传统集市日，西街两边摆放着大多是传统的木质用品，这是老街的专卖特色，木凳、木椅、木桶、木桌，还有一些女孩出嫁时的木器，全可以在这里找到。那些从各个乡镇过来赶集的人，都聚集在这条窄窄的老街上。西街的集市热闹接地气，那种质朴未经雕饰的气息在老街上弥漫着。他们穿着素朴的衣衫，脸上洋溢着欢喜，在拥挤的人群中，有母亲带着女儿的，也有父亲带着女儿的，更有结伴同来的闺蜜们。他们精心挑选陪嫁时的必需品，看到欢喜的，偶尔发出会心的笑。一套木制的手工洗脸盆、洗脚盆、粉桶、盘子等，需要上千元，女孩子们毫不吝啬，说说笑笑便谈妥生意，然后拉车装载回去。这是女孩子一辈子的嫁妆和幸福。

除去集市日外，西街大部分时间是缓慢、闲适的。居民守着属于自己的老街，安静平淡地一天天生活着。临街的铺子日复一日地开着门，生意或忙碌或清淡，并不影响人们的心情。某个午后，路过某个院落，会发现里边的人，或坐在旧式的藤椅上打着毛线，或坐在庭院一角剥着清嫩的豆荚，或用木桶在水井里打水，表情安然，眼神淡然。偶尔看到一位姑娘蹲在地上，用清澈的井水洗着碧绿的青菜，墙角边斜出的一枝一叶，透着几分新鲜、几分生趣，时光在这条街上变得缓慢而从容。

西街是杜桥老街的一卷老胶卷，光影浮动，恍若梦境。去西街，更多的是体会心境，转转悠悠，看着这些充满光阴味的老房子、青石板、老故事，内心深处就会衍生出一种别样的情愫。

烟火味的柴爿巷

如果把老街比作是一颗跳动的心脏，那么，小巷就是他的脉络。小巷，有长有短，有曲有直，现代人赋予小巷的大多是一些浪漫、寂寥、轻淡的词语，所以，小巷在人们的眼里是诗意的，灵动的。

杜桥有许多条小巷，长青巷、缸炭巷、卖鸡巷、青云巷、柴爿巷……它们如同站在街区的一个个符号，阡陌纵横，却又各自发挥着作用。在杜桥住了好多年，并不熟悉每一条小巷，而那条叫"柴爿巷"的小巷却感觉清晰，又让我充满情感。很多年前，我就住在这条巷子的一幢木楼里。那时刚参加工作，青涩的年龄，一个人来到这个陌生的小镇，心里满是诗画般的感觉，觉得住在这样一条深深的巷子里，过的是一种惬意的生活。尽管，这木楼的窗户和木门老旧得风一吹就吱呀作响，又没有自来水和卫生间，洗一次脸要去对面水井里用木桶打水。可我还是无比欢喜地住了下来，就因为身边有这么一条幽长的小巷。

早晨起来，推开那扇木窗，便看到巷对面的青砖墙上爬满了绿色的植物，一帘清幽。屋角的空地上，那些枝枝蔓蔓的藤条以深浅不一的绿意温柔地纠缠在一起。这所有的一切让我由衷地喜欢着。远处，青山隐隐；近处，石板清凉。置身这样的小巷，总给人一种幽寂和安静。也正因这份寂静，我甘心把自己交给这条小巷。白天，一袭布衫，穿巷而过；夜晚，一个人，一杯茶，有月光泻下，从窗棂间轻巧折射过来，打开手中的线装书，安静地看起来。有时，就什么也不想，在静夜中感受这小巷天籁般的声息。

在柴爿巷一住就是三年，虽然小了些、窄了些，住的也全是一些小镇的居民，但小巷里却有许许多多让人感动的故事。人与人之间的关系也是密切和融洽的。张嫂送来一碗豆花，李家一定还她几个地瓜。巷口煤炭炉上的水开了，突突突地响着，周围的水气不停地冒出来，路过的张伯一定会喊主人，并告诉他水烧开了。一部黑白电视机，成了小巷小小的影院。吃过晚饭，大家围坐在巷口，搬凳子的、提茶壶的、摇着蒲扇、拖着木屐，看《水浒传》《白娘子传奇》，动情处唏嘘不已。每天进进出出时总是忘不了招呼一下，邻居大婶也会微笑着问候："上班去了？"巷口买大饼的阿姨也会笑容满面，显得特别有人情味。除了这些生活的烟火味，小巷还有更动情的故事。每次路过那个宅院，总能听到二胡拉出来的那段悠长缠绵的伤感。拉二胡的是个七十多岁的老人，清瘦、孤单，是一位退休的音乐老师，听说以前总是和妻子一起你拉我唱，优美的曲调总能在小巷中流淌。自从妻子去世后，他就一个人坐在门口拉二胡，怀念离世的妻子。那厚厚的思念从他的二胡中穿透出来，有着岁月的沧桑和绵长的情感。每次路过，我总不敢惊动他，只是静静地站在一边。

在这条小巷住久了，那份情也越来越浓厚。一天，因为工作需要，我搬离了这条小巷。柴爿巷那些或深或浅、或浓或淡的故事，就像一根长长的线，总在一些时候生生地扯着我的思绪，让我在时光中回味不已。四月的一天，我重回了一次小巷。站在巷口探头张望时，那些远去的日子如光影般在脑海中闪过。小巷还是那条小巷，却早就没了往日的喧哗。屋子旧了，门窗斑驳了，时光碾过门楣，门环磨得发亮，小巷清冷冷的。据说，这条巷是旧城改造的对象，好多人搬离了。此时的柴爿巷一片静寂。从草席巷口走过，一位老人坐在门口，蓝衣蓝裤，一头白发，安详地坐着，似乎在等待什么。我从她跟前走过，她竟然微笑了一下，阳光打在她那菊花般的脸上，就像一幅油画。我不认识这位老人，但是她的微笑却一下子打动了我，像是一部时光机，端坐在巷子里，笑容里储满了旧时光的苔藓。

杜桥越千年 梦想通四海

刘从进

绿水绕堤，飞花轻梦。四月的日子，我打江南走过，与一座叫杜桥的小镇一朝邂逅成相识。

杜桥是临海市的次中心，是著名的"浙东南三桥"之一。很小的时候，我不知道临海、椒江，却早已知道杜桥。杜桥是我们内地人通往外面世界的一座桥。它在上古时代即已住人，至唐朝有大量人口迁入繁衍。今天，行走在杜桥大地上，青砖黛瓦，红肥绿瘦，既有石器时代的清影远韵，又得唐风宋雨的吹拂滋养。

千年盐都，现代名镇

杜桥史上标志性的一页应该是杜渎盐场。史载：北宋熙宁五年（1072）置杜渎盐场，当时规模颇大，机构健全，为台州四大盐场之一，涂下桥均属杜渎场地。盐业自古是关系国计民生的经济命脉，一直由官方掌管。自建杜渎盐场以来，盐业成为这一带的重要产业，杜桥也因此成了广被关注的地方。清乾隆年间，有盐田如棋、盐灶如子、烟囱如林、盐民如蚁的盛况。抗日战争期间，各地盐场被毁，杜渎更是担负给湘赣等地供盐的重要任务。新中国成立以后，直至21世纪初，这里仍有盐场存在。今天，杜渎盐场的遗址依然在，这一段实为杜桥的光荣历史。

杜桥自北宋末人口迁入渐多，至南宋王氏家族从温州永嘉迁入，建涂下桥，以桥聚居，渐成村落街市。乡人繁衍生息，历经艰难波折。明清年间，战事不断（涂下桥因此被毁），他们总是揭竿而起，奋勇抵抗，英勇事迹可歌可泣。清顺治十八年，此处遭受沉痛劫难，清政府为封锁郑成功，令此地沿海三十里居民毁田园、拆房舍，迁入内地，谓之遣界。杜桥居民一时户口星散，流离失所，有史料记载："迭遭兵燹，迁徙靡常……卜居他乡者，不计其数……有鸿哀鸣之惨。"至康熙二十二年下诏复界，迁界居民，复回故土，准予出海捕鱼。其时，故园毁弃，街市荒芜，一片颓败凄凉景象。然而，杜桥人顽强不屈，重建家园，逐渐恢复往日繁华景象。杜桥在沿海中心位置日益突出，经雍正、嘉庆、道光年间，市镇街区繁荣面貌逐渐形成，大小街道有柴爿行街、鱼行街、猪行街、米行街、东街、中街、西街、小横街、庙前直街、庙前横街、浦西岸半边街等。民国时期，形成六街、十一路、一里、一巷格局。新中国成立后，更是迅速发展，至1956年，涂下桥更名为杜桥。

杜桥历史上有着诸多的繁华和难以言说的伤痛。黄金满的勇武不屈、林渭访的学者气度，都是杜桥人的性格体现。历史像个隐形人默默地站在我们的身边，响起遥远无尽的回声；即便它是不完整的，但它强大的力量依然深刻地影响着一代又一代的杜桥人。历经沧桑，杜桥这片土地还在，土地上的人也还在。如今的杜桥得改革先机，迅速发展成为有名的国家级小城镇，是全国综合改革试点镇，成了一座在荣耀和磨难中顽强站定的现代名镇。

商业禀赋，全球视野

杜桥一直以来都是台州椒北平原上的商业集散中心，对周边地区有着强大的集聚辐射能力。

杜桥安居于江南丘陵多山的一小块平原中，小城悠悠，水田漠漠，鱼米丰乐，本是一个安闲的江南古镇水乡。按说，安居乐业的百姓不该有太多的创业闯世界的想法，然而，这里的人民就是不同，天生具有经商的天赋异禀。杜桥人的生意遍布全球，特别是眼镜、医化和机械产业。或者是这方水土得天之独厚，滋养它的生民以灵性和禀赋。也可能是他们早期迁入的祖先带有经商的天赋，让杜桥人的血液里一直流淌着经商的基因。据史料记载，唐宋时迁入杜桥这块土地的人有八大家族，迁徙本身也说明他们是一群不安于贫困、不满于现状，要改变自身命运的人。

　　杜桥人的商业活动无处不在。20世纪六七十年代，我的老家三门沿赤一带的山村里，就有很多杜桥人走村串巷，叫卖着水缸、锅瓢、碗筷、玻璃到小糖、针线、镜子等生活必需品，还有女人用的丝线、手帕之类的装饰品。他们挑着两个大箩筐，箩筐上面放着四面透明的玻璃箱子，里面装满了叮当作响的小件，琳琅满目；箩筐里装着收购回来的破旧的小东西。他们挑着担，手里摇着一个小皮鼓，拨咚拨咚地响。孩子们闻声而出，早早候在路边张望着。一会儿，妇人们就从屋里走出来。

他们一歇下担子，孩子们就围上来了。稍后，姑娘们也陆陆续续走出来。一个担子一围就是多半个时辰，各家补些缺的东西，姑娘们买些小饰品。除了用钱购买，有时候也以物易物，孩子们在家里翻出一些废弃的旧东西，换得

几块小糖。总之，一歇下来就会做成很多生意。天晚了，他们就随便找个农户家歇了，在他们家里吃住，然后送一些小物件，或者便宜一些卖些大件，有时一来二往就成了朋友，再过来的时候就歇在朋友家了。记得小时候，我家也歇过几回杜桥人。那时，杜桥人常来，村里没人不知道杜桥的。你可以不知道北京上海，不知道临海、椒江，但不能不知道杜桥。杜桥人已经深深地与我们的日常生活联结在一起，要是有一阵子没见到杜桥人的担子，没听到杜桥人的皮鼓声，起初会觉得有些异样，再过一阵子就会影响生活，家里缺东少西，生活就会大乱。现在的情况完全不同了，这些挑担做小生意的杜桥人大多赚了大钱，做起了大生意，一个杜桥的作家朋友跟我说，他一个小时候的伙伴以前就是挑着担子卖小糖的，现在在全国搞批发，年赚四千万，让我怎么也不敢相信。

他们的脚步遍布全国各地，走南闯北，风餐露宿，生活十分艰苦，却从不抱怨。1994 年，我因公在海南的天涯海角出差，在一个海滨浴场里，到处见到脸晒得黑黑的、全身上下挂满了眼镜的人。他们来回走动，不停叫卖。我的同事说这些都是杜桥人。他很有意思，不接他们生硬的普通话，单说一句家乡方言，果然那些人就会心地笑了。

杜桥人做生意眼光独到，善于从别人不屑一顾的地方发现商机。今年四月的一天，当地干部带我们走进"古艺坊"，让我开了眼界。老板很热情地向我们介绍情况。原来，他收集了那些陈年的老床老家具、老凳子椅子，还有路边的石墩子、旧石板，和一些老旧的雕刻精美的檐角，然后利用这些不值钱的旧东西重新修葺整理成仿古的四合院、门楼、花庭、古亭、长廊、石窗、古家具和仿古的公园广场、园林建筑等，以迎合人们怀古怀旧的心理，生意出人意料的好。

那种艰苦创业、吃苦耐劳、追求卓越、百折不挠的品性和敏锐的商业眼光是杜桥人世代传承的优秀品质。国家的改革开放给他们插上了翅膀，让他们得以大展宏图。他们的眼光越过层层障碍，向最外最远的地方穿透。如今的杜桥人在世界上最富的阿联酋迪拜城建立了中国眼镜城，行销全球；以织布为主业的东海翔企业产值十多亿，老总多次作为企业家代表随国家领导人出访欧美；西兰花远销欧洲、日本等国。开放的同时，他们更加博纳包容，走出去的同时，也请进来，走出去的是老板，请进来的是人才。

世界上两大流浪民族之一的犹太人，天生就是经商的天才，他们拥有优秀的头脑、开阔的视野，在世界各地颠沛流离，却做成了第一流的生意。我想，杜桥人是中国的犹太人，他们也具有优秀的头脑和旺盛的生命力，时刻不停地进行商业活动。没有生意做的时候，他们就像维吾尔谚语说的那样："把左口袋里的东西卖给右口袋。"

创造生活，享受生命

上等人修道，中等人忙于事功，下等人汲汲于利禄。艰辛创业中的杜桥人深谙传统文化之道，不忘享受生命，这来自他们到此创业的先民们传统血脉中的底蕴。西方人把人生分为生活和生命两部分，生活是谋生，是工作，是创业；生命是自在，是享受，是愉悦宁静，他们在创业之后懂得享受人生。杜桥人其实一直践行着这样的生活，只是他们简朴自然，不去总结什么高深的道理罢了。他们有了钱，也穿名牌，开名车，奢华实在也是一个城市的气度之一。然而，他们却常常在享受心灵的宁静安闲中忘却人生和商业的功利主义目标，一些人即便不赚钱，仍在安闲中度日，做着女红、逗弄小狗，或者就站在河边看风景。

杜桥人从艰难和伤痛中走来，他们却一直把生活过得很精致。杜桥有很多老街，米行街、鱼行街、猪行街等，如今保存完好的是柴爿巷。深幽的柴爿巷里，脚下的青石板，的的笃笃，回响着逝去岁月的回音。

阳光打在烟熏火燎的黄褐色的板壁木墙上，静静悠悠，投下晒在窗外的衣服和竹竿的阴影。钉称店里的老大娘十分认真地钉着称花，打铁店里炉火纯青，照着中年男子黝黑的胸膛上发出红红的油光，择日子店里密语似的对话、神秘兮兮的表情，卖新娘出嫁时用的杏核、棉籽、五色米等等，这些店家都在努力延续着一种古老的生活。埃及人把一切旧的事物奉为神圣。人们在澧泉井里舀一瓢水，在老店里钉一杆秤，在巷口晒一米斜阳；新娘买一把五色米，如柳的腰肢在巷子深处轻轻摇过……在这条褐黄色的木板构砌、青石头铺成的小巷里，所发生的一切都是最坚实的真理、最惬意的日子。柴爿巷，多么烟火味的名字，回头看一眼心中泛起一种酸酸柔柔的东西，像一根隐形的线，一扯一扯地让心生疼。时光流过，柴爿巷上的旧物都成了故事，柴爿巷成了一个讲故事的人。

还有那座架在穿城而过的河上的杜下桥，已修建成现时模样，默默地，很不起眼，也与百姓的生活贴得更近，人们在上面来来回回地走，在桥的栏杆上晒衣服、晾被子。我想，这座桥只是一个符号而已，真正的杜下桥早已深入杜桥人的骨髓和灵魂之中，无须雄伟的建筑来支撑。

玉溪小筑，那个中西结合的古朴清幽的小院子，让人看一眼就喜欢。门口写着一副对联：汾水东来祥光宝地，马山南拱秀气临门。他的主人是一个留洋归来的博士，回国后建了一个日式风格、罗马式柱子、屋内结构又是中国特色的小院子，又名"友庐"，还在旁边建了一座三层的耘书楼。身在外谋公差，心在院子里歇息，集儒家谋事、道家修身于一体。他很明白，任何时候都不忘安顿好自己的心灵。

精雕工艺品厂里佛像林立，庄严慈悲。老板在堆满工艺品的拥挤厂区里摆着许多书画等艺术品，还专门腾出一间小屋，放上桌子，笔墨纸砚，供书法家泼墨挥毫。没有人不知道他是很有钱的，他却非常低调谦逊，对文化人充满了敬意。看得出，他们对文化的那种迫切的需求和敬畏，对文化有更多的企盼和渴求，希望用文化温暖这座小城。我们完全有理由相信，随着他们对文化的重视，他们下一代的身上将会充满文化的自信。

玛雅人赶三天路就要坐下来等灵魂。他们说，身体走太快了，灵魂跟不上，坐下来，等一等。杜桥人艰苦创业，发家致富，最终为了什么？还是要回到人本身上来。一切都是为了生活得更好。很多哲人用深奥的道理阐释生命，杜桥人只以实际行动践行生命，那是一种只做不说的高层次的领悟。杜桥人把生活与生命结合得天衣无缝，从不玩物丧志，这是一种先天的本事。

杜桥连古今，创业通四海。这是一片得天之独厚充满希望的热土。

游走在新与旧之间

张文志

知道杜桥是因为它的眼镜。想象着大街小巷铺天盖地的眼镜店、眼镜铺，就觉得杜桥就是眼镜，眼镜就是杜桥。可来了杜桥，才发现杜桥原来不止有眼镜啊！

在街上信步闲走，杜桥褪去了小镇的羞涩，呈现出小城的风貌来，满目的名品店，一些见诸大城市的名牌也赫然竖着招牌。随意推开路边的小店，看着琳琅满目的服装，随手一拎，竟是"Made in Korea"，忙碌的店主刚从韩国进货回来，嘴上不冷落我们，手上却一刻不停地把衣服拆包、搭配、挂上衣架。一连进了好几家店，都是差不多的情形，即便是"Made in China"，价格也不大便宜，可同样的款式你又在别家店看不到。我恍然大悟，怪不得同伴老要从市区跑过来买衣服，敢情它走在时尚的前列呢！

晃悠悠逛了半个多小时，看街上人来车往，看小城繁华热闹，看杜桥蓬勃盎然，有一股不可名状却又蓄势待发的生机充斥于角角落落。这，大概便是杜桥的气息了。正感慨间，同伴的脚步一顿，停在路边一间不起眼的小屋前，门上不起眼的地方写着"朱吕贵泥塑"，一对年逾古稀的老夫妻安然地欢迎我们。进去才发现别有洞天，一屋子的泥塑五彩缤纷、栩栩如生地陈列在眼前，屋子的陈旧、灰暗与泥塑的鲜艳明媚挑战着我们的眼球。老人就是朱吕贵，他的泥塑已列入省非遗项目。他不缺钱，也不稀罕名声，他发愁的是没有继承人。

这条半新半旧的路，像一个陡然的分界，杜桥从光鲜亮丽走到岁月风尘中。从路对面的弄堂走进去，时光仿佛倒退了几十年，停止在历史的某一个点上。保存完好的老街像一位长者，在耐心地等待好奇的人们走近。街道狭窄却不逼仄，房屋虽旧，却无颓唐之势。大红的灯笼挂在屋檐下，鲜红的对联贴在泛旧发黑的木板门上，二楼的窗下各色衣物悠闲地沐浴着阳光，在石灰剥落的墙角总有一两株鲜花在怒放，露出红色砖头的墙头不时可以瞟见一两棵树不安分地探出头，随时上演"一枝红杏出墙来"。老街的房子装的都是玻璃窗，可木板壁却夹杂在褪去红漆的斑驳和露出时光本真的木色中矛盾着，似乎在说，新的是日子，旧的是过往。

许多在外面消失的老手艺都躲到了这里安闲度日，做秤的，做扁担，编竹椅、竹篮、竹筐、扫帚的，做团箕、畚斗、背篓、米筛的……这些手艺被完整地保留下来，是生计，是日积月累的习惯和不曾动摇的坚守。我们从柴爿巷绕到河边，看打铁的师傅在燃烧的炉火中锻、焠、锤打出铁铲、锄头、菜刀，汗水鼓动着肌肉，定格成真实的油画；看白发的老者用原始的索钻像拉大提琴一样，在竹子上钻孔，嘴里叼着的香烟慢慢燃出一段长长的灰，就像他身后无数的扁担慢慢熬白了他的头发，他却怡然自得；理发店的门面可真旧，招牌就是贴在板壁外的一张褪色的纸，上面随随便便用毛笔写着"理发店"三个字，可它依然神气。这样的老店剃满月头肯定是行家里手，这本事对装潢富丽堂皇的时髦美发店的英俊美发师们而言是望尘莫及的。再不济，在老街开个小店，挂上琳琅满目的商品，就是一日的忙碌和生计。

老街安静，一条街、一条河把它拘囿在杜桥的一角，人们在安静里把日子经营得风生水起。

你觉得它旧，它老，可有可无，可它就像入口处那些卖缎被、麻线白鞋、子孙桶、千张纸、金银箔纸的店铺一样，不需要时忽略它们，一遇红白喜事，你就知道原来它们如此重要，任你如何新潮流派，有些东西就是丢不得呀！老街一无所知，就如同它里面的太平井、澧泉，不管你需不需要，它在那里，不动声色地一站就近百年。

从老街拐出来，又是热闹街道，此起彼伏的吆喝又是另一番景象。菜场、小商品城把杜桥人的日子浓缩在一起，食物的香味在鼻尖游荡。在一家糕点店前称了一些小糕点，称完，又放上一点添秤送你，是叫卖阿婆的老古派做法。

杜桥的热闹散落在老街的日子里，新街的生活中。

但倘若只是如此，未免小看了杜桥。去过杜桥，才明白除了眼镜，这里还有其他不少闻名省市乃至全国的招牌，它的机械、工艺品、编织、纺织、绳缆、医化、船舶修造在业界不是赫赫有名，就是业绩不俗。四兄绳业，用常人看似不起眼的绳子，从"神四"直至"神十"，一次次为飞船保驾护航。巨丰机械，从 20 世纪 50 年代一个由白铁、刻字、钢笔三种行业十名手工业者组成的白铁社，经历近六十年的变迁、革新、壮大，成长为一个设备先进、实力雄厚、经营灵活的现代企业，成为一个拥有自营出口权，国内不少汽车、摩托车零部件的定点制造单位。在世界经济冷潮时，同类企业产品销路走低，"巨丰"的产品却供不应求。在产品陈列室，各个车型的轮毂一个个像花儿一般开在展台上，有清冷的银光、有鲜嫩的绿、清新的蓝、耀眼的黄……没有一个重

色重样，很难相信这些竟是冰冷的轮毂——完全是艺术品嘛！

东海翔自动化的机器行云流水般地歌唱着，绕成匹匹雪白的布；印染让这些白布充满了生命气息，深层加工重新命名了这些布，遮阳布、防水布、太阳伞布……打包后开始走向全国各地，甚至远销欧美，因为它的奥力芬和色织布是国内仅有的。在东海翔之前，不少杜桥人都创立了纺织公司，也倒闭了不少，但他们前赴后继，在跌倒中爬起，在失败中总结，在成功中创新，终于在瞬息万变的市场独树一帜，成为强者。

杜桥人创新又守旧，一边追求新技术、新工艺，一边又收藏老物什，继承老手艺，并将之发扬光大。祖临海市天弘精雕工艺厂以生产佛像为主，大小佛像各具特色。佛像秉承魏时期的北派风格，色彩明丽多变，线条委婉娴娜，造型生动多变、端庄温雅，褒衣博带，衣袂飘飘，或踏浪而来，超世出尘，回望人世间的起落转折；或垂眉打坐，一脸慈悲，似解人世间千种风情万般苦难；或粉衣持柳，含笑凝目，明媚可亲，普度众生……在传统的工艺中融入现代艺术，在传统的审美中融入现代情趣——杜桥人的生意经里，揉入了艺术的骨血。

可即便如此，仍不是完整的杜桥吧！在杜桥186平方公里的土地上，除了蓬勃的个体民营经济，日益推进的工业化、城市化和新农村建设，还应有独特的人文历史。我担心和许多地方一样，在巨大的商业经济的冲击下，那些先祖的遗产会被摒弃在角落，被人有意无意地遗忘，甚至抛弃。幸亏杜桥没有，它有近四十处古迹，十多处已被列入省市重点文物保护单位。

玉溪小筑为20世纪40年代富绅李彦兵和申醉吟夫妇所建，工程历时三年，四合院模式，遵循传统三透屋结构，讲究对称，却又于中式庭院中糅合了西洋建筑元素。主楼墙头是希腊式的柱式构图，用方柱隔成三个半圆形，雕画图案的却是纯中式的双狮争球、松梅蝙鹿等；二楼中间两窗是西式的筒形型，左右是方窗；一楼走廊用的是西方的灰空间概念，开放式廊门中间是波浪纹拱门，左右是筒形拱；边上副楼是典型中国建筑，但是在细节处又体现西方元素，如柱头雕的花饰是西方独有的天使……风格兼容、独特令人难忘。尽管已辉煌不再，气势仍在，曾作为原大汾乡政府的驻所，现主体建筑被李彦兵的后人回购修缮。建筑虽已呈老态，不管如何以旧修旧，也抹不去它身上的岁月沧桑。房子如人，时月积累，眉梢眼角总会留下光阴的痕迹。我们在楼里流连，惊叹于其设计的精巧、匠心的独具。整个建筑和原来主人的遗物、照片、手稿一起，一个家族的变迁尽在其中。主楼已经修整完毕，附楼因资金问题仍在苦苦挣扎，楼后的院墙坍塌、荒草蔓延，有多少时光的秘密从此穿过？我们感慨那段曾经生活精致、情趣高雅的日子，也为玉溪小筑的现状担忧。主人却很乐观，有钱就修，没钱就停，总要在自己的有生之年完成修复。大概这就是典型的杜桥人吧！

玉溪小筑只是时光中的一个侧影，层面更为宏大的背影还有好多。清台州水师名将金满故居、林学家林渭访故居，虽有损坏，但原貌尚存。金满纪念馆立有其铜像，供后人瞻仰，墙头林渭访用英文撰写的地址字迹仍然清晰可辨。卢家石牌坊，青石架构，沉稳有力，浮雕纹饰，栩栩如生，"敕建"字样历百年仍清清楚楚。溪口涌泉窑址群虽已掩在青山绿水间，但窑址保存完好，出土的器物富有浓郁的台州地方特色，无言而有力地佐证了台州古代的文明。

再留心地了解一下杜桥，原来它还有那么多保存完好的清代建筑：卢家门楼、马宅戏楼、川南旗杆里，各种民间老桥、老水井……这些一样记录了杜桥的历史。杜桥守候着自己的过去，在满满的商业气息里，保持一份珍贵的历史文化遗产。原来这才是杜桥，有新有旧，有破有立，有发达的商业经济，也有深厚的人文情怀，从容地游走在新旧之间，是这座快速发展的小城镇的独特魅力。

新总是从旧里来的，旧也曾经是新的，新与旧相互依存。杜桥把旧包裹在新里，不排斥、不否定，当作一个内在的核，在时间上延伸，在空间上拓展。新总会沦为旧，新与旧的包容、转换亦是不断的追求、突破，展现的是在新时代中杜桥这个小城市的自信、自强。

在一座山上俯瞰一座城市

梁天许

一

　　小时候，村里常有卖海货的客人。大人们说，这些客人来自涂下桥。在大海的边上，海货多得就像我们村里的番薯。对于很少吃到荤腥的山村孩子来说，自然对涂下桥这个地方充满向往。

　　20世纪80年代读师范时，同学中有来自杜桥的。那时的杜桥还是一个区，他自豪地把自己的家乡唤作杜镇，说杜镇是全国闻名的四大眼镜市场之一。于是，回荡在街头巷尾卖眼镜的叫卖声时常让我想起这个叫杜桥的小镇。

　　文友李鸿有一系列描写杜桥的散文，细腻的文字间氤氲着一股浓浓的温情，纯朴的人情之美让人感到小镇是那么的古老。

　　近几年来，我多次置身于杜桥这个地方，有时是擦肩而过，有时是在街道上穿梭。虽然每一次都步履匆匆，但印象还是颇为深刻：杜桥虽然是一个镇，但更是一座欣欣向荣的城市。

　　桃红复含宿雨，柳绿更带春烟。汽车轻快地奔驰在通往杜桥的83省道上。葱绿的山林、静谧的小溪、金色的油菜花，飞似的从身边闪过。多么美妙的春色！我的心开始悸动起来。同车的诗人张弛在杜桥生活了五年，这次春日的邂逅让他感慨万千：杜桥变得认不出来了！

去年成立的台州市第一个乡镇级文联设在杜桥电大校园里，我们在那里做了短暂的停留，大致安排了当天的行程。

我们先沿着几条主要街道绕行，再来到"浙江眼镜城"。这个全国闻名的眼镜批发市场我已来过几次，喜欢琳琅满目的眼镜给人的那种视觉冲击力。数以千计的品牌、无所不有的式样、绚丽变幻的色彩，无不让人惊讶于杜桥人创造的眼镜世界。同行的杜桥朋友说，新的眼镜城已在规划之中，那时的眼镜城规模更大。

我们行程的第二站是横楼村的古艺坊。横楼村正处在发展之中，还残存着一股乡村的气息。楼房间的几块空地上盛开着金黄的油菜花，生长着墨绿色的马铃薯。一个碧绿的池塘镶嵌在田地之间，不知塘里是否还有鱼儿在游动。

一对石雕大象摆放着石子路旁，龚泽华老师一眼就看出是明代的石雕。大家正在观赏，有人高呼："快来看！"原来前面有一套完整的十二生肖石雕。十二座人形雕像造型美观、栩栩如生。

拐过一个屋角，几座古朴的亭子，几道优美的回廊出现在眼前。这些建筑造型美观，工艺精湛，古意盎然。古艺坊的主人说，这些东西都是从全国各地搜集来的，单搬运就花费了不少心血。他边介绍边把我们带进宽敞的陈列室。陈列室分两层，楼下摆放的是石台门、石雕、古

花窗、雕花板等各类古建筑构件；楼上陈列的是千工床、拔步床、罗汉床、花轿、木沙发等各种古家具。

这些古色古香的传统工艺精华让人大饱口福，赞叹声不绝于耳。我们知道，在商品经济高度发展的今天，古艺坊的每一件物品都是价格不菲。老板原来是做眼镜生意的，有了一定的资金积累后，才转向古建筑和古家具市场。他给我们简单列举了几件工艺品的价格：一套黄花梨材的沙发价格要几十万、一个石台门的成本价就达七八十万，而一个亭子的价格则高达几百万。看来，没有雄厚的资金是搜集不到这么多好东西的，这是杜桥高速发展的经济给我们带来的视觉享受！

出了古艺坊，车子继续在宽阔的公路上穿行。一座座厂房、一幢幢高楼，交替着往我们身后退去。轰鸣的机器声、忙碌的身影，无不告诉我们这是一座工业发达的城市。即便在雨后，潮湿的空气里依然带着污浊的气息，让人在兴奋之余隐隐感到不安，一股烦躁便开始袭来。于是，心里盼着快点到达白岩山。

二

公路上的车辆逐渐减少，白岩山进入我们的视野，她耸立在乳白色的雾霭里。

路旁，庄稼开始替代高大坚固的水泥房子，春天特有的芬芳迎面扑来。我喜欢偏安城市一隅的山脉，因为她随时都向人们敞开着怀抱。

白岩山属火山熔岩地质风貌，是亿万年前中生代火山地质公园。山以岩石为主体，坡度很大，但在一些稍微平坦处，只要石缝里有少量泥土积聚，便有生命喷薄而出。树木和柴火尽管长势很好，还是无法掩盖住岩石。因此，白岩山显得特别硬朗、干净、洗练。上山的公路很陡，转弯时让人提心吊胆。李鸿说："这条路的造价很高，修好没几年，在镇政府的牵头下，资金是由大家赞助的。其实，山上除了几座寺庙，也没有什么跟经济有关的项目。说到底，就是有了钱的杜桥人需要一个静心休闲的地方。"我一直认为，无论哪一座山都是美丽的，只要有一条通往山顶的路，只要山顶上能筑一条可以行走的小路。这样的想法，杜桥人在雄奇的白岩山做到了。

汽车爬行了二十来分钟，一个平坦的小山冈展现眼前。山冈上满是枯黄的杂草，其间点缀着红的、白的、黄的花儿。显然，这里曾经是一块块田地，曾经有人在这些田地里辛勤劳作。爬上这么高的山种植庄稼，真是不容易！及至看到边上一幢破败的小石房，才知道山冈上应该有过一个小村落。残败，是一道让人回忆的风景。我很想好好品味一番，可是灵云寺的僧人已经等着我们去用午餐，只好作罢。

坐落在半山腰的灵云寺规模不小，四座殿堂，四座厢房，还有一个可停五六十辆汽车的停车场。偌大的寺庙就建在两个小山峰上，东西两侧都是悬崖。我们的车子是从北面下去的，南面还有一条石级，可供步行上山。两峰之间的空间都被充分利用，停车场的底下是一个可容纳数百人的大礼堂，礼堂下面还有三四层，只是面积越来越小，目前还在装修之中。站立停车场边缘，即便有坚固的石栏杆遮挡，还是让人腿脚发软。东面的悬崖下有一个水库，蓝莹莹的库水给坚挺的大山增添了几分妩媚。雾气逐渐消退，杜桥这个被称为小镇的城市尽收眼底。林立的高楼，穿梭往来的车辆彰显着这座海滨小城的无限活力。

北面是林立的山峰。灵云寺的常住品道师父指着耸立的山峰对我们说："西边状如睡佛的叫卧佛峰，中间的叫老虎峰，东边的叫骆驼峰。"听到我们的赞叹，品道师父说，佛教天台宗创始人智者大师赞叹白云山说：出海望白岩山，悚然若白莲之始开；清代冯庚雪曾这样描绘白岩山：中央一山，亭亭卓立，四周丹崖翠巘攒簇包裹，仿佛千叶白岩从绿丛中泛出。

接着，师父热情地给我们介绍了寺里的概况。灵云寺的前身叫"太平寺"，坐落在高耸入云的缺嘴峰附近，如今还有残存的废墟。太平寺始建于哪朝哪代已经无法考证，因为山高路陡，生活极端不便逐渐毁弃。但是，广大信众对太平寺向往的情结始终无法割舍，遂于 2005 年自发捐善款择现址重建了寺庙，改名灵云寺。灵云寺占地 18 亩，建筑面积 5000 多平方米，常住僧人 5 名。近年来，寺庙的发展很快，影响渐广，每年春节期间来寺拜佛的就达 5000 多人。平时，来寺休闲健身的人更是不计其数。他说，在杜桥，寺庙不仅仅是用于佛事活动，更多的是举办文化交流活动。不久前，一批书画家来此泼墨挥毫，大厅里还挂着他们的墨宝。寺里还多次配合政府、民间团体举办山地自行车、登山等各种比赛。准确地说，灵云寺是杜桥观光休闲及开展文化活动的一个好场所。

从品道师父的话语里，我们还知道由于特殊的地理位置，寺庙的建筑费用特别高，可是，寺里从没有为经费担心过，因为很多人乐于捐助。当我说寺里还缺少一些树木的点缀时，他笑着说："别急，一批树木下午就可以运到。"环顾四周，我们由衷地赞叹，在经济重镇杜桥，寺庙居然也巧夺天工，别有气派。听到大家的赞美声，品道师父不无遗憾地说："虽然大家都很喜欢这个地方，可是灵云寺还没有经过宗教管理部门的正式批准，不能开展更多的活动。今天大家能来，真是一种缘分，我想委托大家给寺里写一份申请报告。"

人等齐了，我们来到宽敞的餐厅里用餐，慢慢地品尝精心制作的素餐，的确别有一番滋味。看来，偶尔改变一下口味，会从另一个角度品尝到食物之美。

三

餐后，我们坐在小客堂里用茶。没想到杜桥镇宣传部部长、文联主席赵学群闻讯后专门赶到灵云寺。大家就在客堂里交流对杜桥的印象。年轻的赵部长在杜桥只有四年，却是一个杜桥通，娓娓道来的话语里满是真知灼见。他说，杜桥南濒东海，北连群山，地理位置十分优越。杜桥有着悠久的历史，考古发现，远在十万年前的新时期时代，境内就有古人类活动。杜桥的手工业历史悠久，汉晋时就开窑烧瓷，唐代开始淘沙冶铁，宋代开设官办酒坊，到了清代，各种行业的手工艺人遍布街内和乡村。因为交通便利，杜桥的集市交易繁荣，宋代宣和年间就出现了"海乡四大市"。正因为有这些传统长项，改革开放后，杜桥率先迈开步子，取得了有目共睹的成绩。首先是建成了闻名中外的眼镜市场，从事眼镜生产和销售者达数万人。在眼镜这个大家富产业的带动下，杜桥在化工、纺织、建筑等方面也都成绩斐然，出现了一批像东海翔这样的大型集团企业。杜桥人敢为天下先，有一股不达目的不罢休的闯劲。杜

桥人做事豪爽，而且特别热情，乡土观念浓厚，乐善好施……

听到这里，我深有同感。不但我所熟悉的杜桥人具备这样的特点，就是萍水相逢的杜桥人也给我这样的感受。那一年夏天，我到云南旅游，高原的阳光特别亮丽。我在金鸡木马牌坊游览时，看到一个卖眼镜的在吆喝。我走过去想买一副遮阳镜，要价挺高，我狠狠地还了一个价，他坚决不卖。我用临海话说了一句："不卖就算了。"没想到卖眼镜的是杜桥人，一听到乡音，马上热情起来，愿以更低的价格卖给我，弄得我怪不好意思的。

赵部长坦诚地说："如今，杜桥的发展面临着一系列问题，比如可持续发展问题。杜桥有 1000 多家眼镜企业，却没有响当当的名牌；还有不可避免的污染问题，简直不知从哪里着手，这也是很多人喜欢上白岩山的一大缘由。杜桥的发展遭遇了瓶颈，很多企业处在彷徨之中：是守住既得的利益，还是断腕前行？许多人为此变得焦灼，包括我本人，也是长期处在这样的痛苦里不能自拔。"

这时，品道师父邀请我去小客堂交谈。他为我泡好了优质的茶叶。我边品茗边听师父讲述寺庙审批的重要性和迫切性。其实，我的心头还萦绕着赵部长的话题。当品道师父提出让我帮他写寺庙审批申请书时，我欣然同意。

了解大致情况之后，品道师父再次陪我来到寺前的空地上。不知什么时候，岚雾已经散尽，灿烂的阳光普照大地，远处浩瀚的大海清晰可见。我的心境开始空旷起来。是啊！是山给了杜桥人以硬气和豪气；是海给了杜桥人以大气和爽气。性格里融入了山和海之精髓的杜桥人，应该是无坚不摧的。

四

下午三点，我们继续乘车去九龙洞。公路止于两座山峰之间的鞍部。一个个高耸的石峰春笋般矗立着，银白色的石峰在阳光下熠熠发光。杜桥朋友说这些石峰都是亿万年前火山喷发的杰作，白岩山名字的出处就在这里。

沿着栈道西行，悬崖上有凉亭翼然。站在亭子里，九龙洞便一览无余。一排绛红色的建筑镶嵌在巉岩之间，一半在岩洞里，一半在洞外。屋顶上是极陡的山岩，人是根本无法攀爬的。洞下面的山坡上有一条弯弯曲曲的石径，听说公路未修之前，人们就是通过石径上九龙洞的。

洞里供奉的神像颇为丰富，释、道、儒三教都有，这也符合当地人兼容并蓄的性格特点。九龙洞的建筑宽敞高大，我沿着室内的石级来到洞顶，这里还有一个小殿堂。清洌的山泉从幽深的洞顶上不断地滴落下来。

折回大殿，只见一旁的架子上摆放着不少宗教方面的书本，供人随意取阅。我随手抽出一本，是赵朴初先生编著的《佛教常识问答》一书。几个问答就吸引了我。

什么是涅槃？

答曰：凡是属于不清净的污染的缘尽灭，无明转成为不污染的洁净智慧，一切法上为清净智慧所照见的实相谛理，就是涅槃。

如何能达到涅槃的境界？

答曰：道谛以涅槃为目的，以生死根本的烦恼为消灭对象，以戒、定、慧三学为方法……

我的心怦然一动，仿佛醍醐灌顶。是的，世间万物的发展都是一个曲折的过程，只有不断舍弃旧的，才能创造新的，就像鹰的成长，只有经过折骨的痛苦，才能搏击长空。晚清政府就是不肯经受舍弃传统之痛，才落了个被瓜分的下场。涅槃是为了获得新生，获得更优的生命质量。这样的道理不仅适用于杜桥的发展，也适用于各地的发展和一个人的成长。

这是我今天的白岩山之行最大的收获！

出了九龙洞，我们向东登上了被称为缺嘴岩的山峰。传说高耸的巨岩曾经是船老大的航标，有了它的指引，出海的渔人才能准确地找到回家的方向。岩缝里放着一个纸盒，偶尔有蜜蜂进出，原来只是蜜蜂的家。

我们来到缺嘴岩对面的一座小山峰上。缺嘴岩的全貌清晰地呈现在眼前。不知谁说了一句："如果选择一个合适的时间，当太阳处在两座石峰之间时按下相机的快门，将会是一幅绝美的作品。"另一人紧接着说，"这要花费多少时间和精力呀？"

是的，一切事物的发展都离不开时机。具有涅槃的勇气，又能把握住最佳时机，杜桥的发展就充满了希望。

石崖的缝隙里的紫杜鹃已经含苞待放，山花烂漫的时节不远了。

我深信，蓄势待发的杜桥一定会迎来再一次腾飞的春天。西斜的太阳映红了西边的天空。一股清冽的山风吹来，让人精神陡然一振。

耳际传来了大海的轰鸣声。

游走在杜桥的浦岸头

梅长琥

杜桥不远，也很有名，是市场闹猛的桥头堡，又是眼镜王国，全国人民戴的眼镜大都来自这里。可是，我从来没去过，只知杜桥又叫杜下桥。

人就是这样，越是靠近的所在，就越是到不了，总以为近边容易走，随时可去，一随时就到了猴年马月。杜桥于我就是这样，不过一小时左右的车程，硬是几十年只闻其名而不到其地。

直到甲午年春夏之交，才约了三五好友，成了杜桥之行。

很多人去到一个地方，喜欢逛热闹，购物中心必到。我却不愿凑热闹，喜欢陈年古巷、老屋荒地，就是大多数人眼里冷清落后的风景。

清晨，从下榻处的窗子看出去，杜桥古镇的一角尽收眼底，只见一沟狭水从远处夹在鳞次的屋宇中蜿蜒而来。居住区有水缓缓而流，是我所喜欢的，相信也是大多数人喜欢的。人同此心，心同此理。生而为人，我所欲，人亦所欲；我所不欲，人亦肯定不欲。古人说的"己所不欲勿施于人"深通人性，也是和谐人生的处世之道。

不知这沟水叫什么？从其至今的规模形势来看，只能是"溪"的称呼了，在很远很远的从前，或许是大江大河。人类的生息繁衍摧毁了一条大江或大河的奔腾。现在，它只能涓涓地流。由远及近，有很多的石

拱桥横卧溪上，把两岸缀连。有了小桥流水人家，我相信应该还有枯藤老树昏鸦。

我不由得被深深地吸引，顾不得吃早饭，信步在溪的两岸游走。两岸多老房子，与杜桥新街上的华厦大屋相比，显得卑琐寒碜，但这里宁静清幽，时光之钟不再匆匆。仿佛是配套的，老房子里住的都是老头子老太婆，偶有稍年轻的走出来，也操的是外地口音，显然是租住这里的房客。东岸的门牌上写着"浦东×号"，西岸则是"浦西×号"。想来，这被人类占尽了地盘而一再拘束的小溪，其名定与这"浦"字有关。询诸当地人，有说叫"浦岸头"的，有说叫"龙浦河"的，想必是古今的不同叫法吧？正如杜桥镇从古以来有"杜渎""涂桥""涂下桥"的叫法。

在浦岸头的岸上，居民们沿两岸摆着泡沫箱、花盆、破脸盆等，种的是各种花卉，或茄子、辣椒、黄秋葵、韭菜、大葱等时令蔬菜，在黄梅雨的淋淋漓漓中，红的、橙的、黄的、绿的、青的、蓝的、紫的，各色各样，争奇斗妍。

我真佩服杜桥人的聪明，在这有限的溪岸，因地制宜，见缝插针，种花栽菜，把爱美和实惠结合得天衣无缝。

见微知著，杜桥人心灵手巧，不但是市场经济的弄潮儿，连传统的百工手艺也是名闻远近的。

在浦东的一间双层老屋的底层，一个七十多岁的老翁正在专心致志地箍一只饭蒸。从他那有条不紊的动作看，我知道这老人是一个手艺极端娴熟的箍桶师傅。意外的相遇让我高兴。其实，这意料之外，应该也是意料之内，老手艺只有在老房子内尚在延续。

老人告诉我，以前溪的两岸就是杜桥的老街，四邻八乡的人上杜桥赶集都汇聚在这里做生意。从前，这长长的水街可热闹了，每逢市日，这里人头攒动，挨挨挤挤，摩肩接踵，时常有人被挤到溪水里去。就是现在，这水街和临近的老街，箍桶的、做被絮的、钉枰的、修钟表的、补鞋的、配锁匙的……百工手艺还占据着阵地，做着顽强的传承。

和我聊天的时候，老人手中的饭蒸已粗粗成型。无意中目睹了一门即将失传的手艺，我不敢错过，征得老人同意，用手机记录下老人制作饭蒸的全过程。

此时，老人想休息一下，提出陪我去附近的老巷走走。老巷的这里那里总有老人三五成群家长里短地闲聊，也许是怕别人听不到，说话的声音很大，隔着老远都能听到。他们身旁的老墙上，薜荔在肆意地牵扯攀缘，许多人家的屋檐上，仙人指甲茸茸地生长；有一户人家的后门口，一株蓬勃的栾树枝繁叶茂，正在孕育它那属于夏天的栾花；还有咕咕酸、苔藓，在老巷的墙壁、地面肆意率性蔓延……漫步在这样的老巷中，有如翻阅一本尘封的历史书，尘埃迷漫，沧桑满天。

此时，天空迷漫起了细细的毛毛雨。我有些恍惚，竟不知今晨何晨了。

拐角里的时光

罗芹仙

炽烈的阳光覆在杜桥镇解放街上，把车水马龙的喧嚣蒸烤得似要沸腾。银行、超市、手机店、肯德基店、品牌服装店……密密麻麻地林立街道两旁；车声、人声、乐声、店铺里换季大减价的广告声，填满了街道中的每一粒空气。这大概是杜桥镇最热闹、最繁华的街了。

街角转弯处有一个不起眼的路口，拐进去，忽然间，时光变得那样旧，旧得像是刚从地底下挖掘出来的文物。现代的店铺不见了，喧哗的声音消失了，连阳光也隐藏了。抬头看，灰黑斑驳的门框上方，一块小小的蓝牌子写着"柴爿巷1号"。哦，这就是柴爿巷，我要寻觅的柴爿巷。

许多年以前，这条巷里做的都是柴爿的买卖，因而就有了柴爿巷的名字，多么亲切、多么温暖的称呼啊！曾经，一捆一捆的柴爿从这巷里流出去，家家户户的灶膛亮了，厨房香了，日子暖了。柴爿巷，联结的是扎扎实实的生活。如今，烧柴爿的时代早已成为过去，柴爿巷却留下来了，把古老的日子延续着。

巷道狭窄，两排木门木窗木板壁的老房子很熟稔似的，面对面相对而立，这边的瓦檐与那边的瓦檐亲热得都快要碰头了，脚下却始终保持着合适的尺度，留出一条窄长的街面。沧桑朴旧的底色中，点缀着红对联、红灯笼、青黄蓝白的店铺招牌。檐下，晾着花花绿绿的衣衫，电线、晒衣绳、拴遮阳布的拉绳纵横斜直，蛛网般布满街道的上方，牵扯出几分陈年的烟火味。

　　巷里所有的店铺，经营的都是与日常生活最为息息相关的用品。婚嫁用品店一屋的红，玻璃橱柜上贴着"红红火火，大吉大利"八个红色大字，铺板上摆着一盘盘染得红艳艳的花生、杏子，柜台里叠着红喜字、红对联，柜台上方挂着大红的灯笼和鲤鱼挂件，墙壁上挂着红布伞，整屋子满满当当的喜庆都装不下了，溢出来，闹暖了柴爿巷陈旧的空气。这会儿没什么顾客，店主自个儿斜靠在门口的躺椅上，歪着头睡着了，一只小黄狗蜷着身子伏着椅脚边打盹。这里的日子不急不躁，消闲随意，从来不需剑拔弩张的吆喝招徕，该来的早晚会来，不会来的招也没用。

　　一个做铅桶的店铺里，天花板上齐齐整整地挂满了一排排银亮亮的铅桶，好像等待演奏的古老乐器；两边的墙壁上摆着银色的铁皮、成捆的铅丝和各种我叫不出名字的金属物件。一位背脊有些佝偻的老妇人提着一个桶底漏穿的铅桶进去，问能不能修补。

一个穿着白背心头发苍白的老人坐在屋子中央，膝上搁着一个半成品的铅桶正在加工，随着他的敲打，一阵阵叮叮当当的清脆声响传出，振荡着老街悠远绵长的宁静时光，仿佛能穿透岁月，让人恍惚间似是踏进了一段早已湮没的历史。

一对年过花甲的老夫妻守着一间制秤店。陪伴了他们大半辈子的家什零零整整地摆满了一屋子，长长短短的秤杆一溜儿挂着。老头一脸专注的神情，一手捏着小铁锤，正在敲打着一个零件；老伴儿戴着老花眼镜，坐在一张桌前摆弄着手中的秤杆。画刻度、打眼儿、钻孔、凿花、填锡丝……一道又一道工序从手下走过，一杆又一杆木秤在手里诞生，一个又一个日子融在老街的晨昏里，生了皱纹，白了头发，做了一辈子的手艺已和生命连成一体，开了一辈子的店铺已成为老街不可缺少的一部分。

还有锄头、钉耙、火钳、铁铲、鼓风机……在这里，你能看到许多你以为早已消失的，却又让你感到无比亲切的东西。

柴爿巷的时光，如水一样自自然然地流淌着。巷里的人们，就这样子丑寅卯地过着，几十年，上百年，何曾改变了多少。柴爿巷老了，陈旧了，可它深深地嵌在杜桥镇的躯体里，像一条细小的却又不可缺少的筋脉，延伸到生活的每个关节，也深深地嵌在杜桥人的记忆里，似一根固执而敏感的弦，时时触动内心绵软的思绪。

我在柴爿巷里慢悠悠地来来回回走着，这里的时光如此稳妥闲适，我不急不躁，要在记忆里刻下拐角里这一段无所事事的古老时光。

杜桥，一本厚重的书

谢爱平

一

一套《戚继光》的连环画，连起了我和杜桥难以割舍的缘。

打小便崇拜英雄的我，生在江海平原，属于粟裕大将七战七捷的地界。老家因为当年戚家军曾经屯兵抗击倭寇，更名为"戚家庄"。我的家乡濒临黄海，戚继光九战九捷的台州地处东海，地缘极其相似。

单位新来一个临海籍大学生小杨，知道我嗜好舞文弄墨、游山玩水，又是戚继光的骨灰级粉丝，加之以杜桥镇的大红袍、枇杷诱惑我的味觉，我内心满是欢喜，却佯装半推半就，随着他踏上临海之旅。

小杨没当导游，真是可惜了这块好料子。一路上，他首先纠正了我对台州的"台"字不准确的读音，继而神侃戚继光修筑的金山岭长城是以临海古城墙为蓝本粘贴复制而成的，杜桥是中国眼镜之都，他们大汾村不少人是戚继光部将杨文之后等等。如此降幂排列的介绍好像先前的大段铺垫，只为引出他是海滨老令公的后裔似的。

抵达目的地，我不由慨叹：杜桥真是一本厚重的书！

二

这本书比甲骨文记事的年代更古老。我静心诵读第一辑的文史篇。

新石器时代的先民们总想留下点痕迹，便在白岩山上按下一颗宽厚脚印。那会儿，手和脚还不曾有明显的区分，只是戏谑地签个到而已（如同当代人所到之处题下"某某到此一游"）。所以，杜桥这本书的扉页不着一个字，空着。

我原以为在山里兜个圈，会捡到石头打造的斧、锛、镞、镰之类的，结果空手而归。

从后面往前翻到第五页：北宋年间。这里筑塘围垦，圈海造田，置杜渎盐场，先后有潘氏、王氏等望族迁徙至此，建涂下桥，依桥聚居，形成村落街市。"涂下桥"的"涂"是含有远古祖先在此瞎写乱画的意思，还是取海水夹杂泥沙沉积之意？答案也便任由后人揣度遐想了。

清顺治年间，户部尚书苏纳海奉召敕令，因海上战事的需要，台州沿海三十里居民内撤。流民如蚁，挥泪惜别家园。二十二年后，退潮一般遣散的乡民又涨潮似的复归故土。

"涂"字繁体为"塗"，好有内涵的一个汉字，有水、有木、有土、有人。也不知从何时，改成了"杜"字，是出于减省笔画，抑或源于相同的发音？"木"依旧秀于林，"土"也没有流失，只是那"水"的声、"人"的影，究竟隐遁何方了？

读书至此，掩卷静思。最是容易落下感伤的泪、追思的愁！

三

太阳从东海里一点一点探出头来，调皮地抹一下脸上的海水。这时，朝霞殷勤地递来粉红色的毛巾，一边嗔怪几句，一边温柔地擦拭。

白岩山左臂前伸，右臂往后握拳，力破千钧。也不知是什么时候偷学了戚继光的拳法，是"拳法三十二势"中的第几招式呢？只见拳掌过处，山风"嗖嗖"，松柏侧目。

峡谷、嶂谷，在冗长的文字之间，打一个回车键另起一行，划分段落。林木葱茏，苍翠峻拔，凸显着色彩的绿。在绿色页面的空白处，野菊、覆盆子们搭着色，做一些小字号的批注。十八龙潭的潺潺溪水，垂直方向的淙淙瀑布，使得这本书版式装帧洋溢着柔媚、灵动的风格。

搬一簇峰丛作风物篇的插图，那气场、架势，绝对无人可以撼动。

这一辑早已编排妥当。山雀子居然没有占上巴掌大的篇幅，在山涧幽谷使劲儿唠叨着牢骚。这册书如同一张榫卯合缝的明式条台，已经容不得任何细小的楔子，只能把鸣啭的雀子将就着安置在一枚书签上了。山雀勉强同意，但是提出了一个附加条件，把她的小表妹——山蝴蝶一并带上。

准奏！

"喳——"雀儿破涕为笑，操着清朝宫廷里流行的普通话，允诺退下。

四

游走杜桥，我的脑海里努力勾勒"趋宁海，扼桃渚（今桃渚、杜桥镇），败之（倭寇）龙山，追至雁门岭"的驱倭反攻路线图。一直寻思着：戚家军挥舞镗钯痛击倭寇的壮观场景，哪些属于杜桥地段？这里进行的是鸳鸯阵法的演练，还是刺刀见红的实战？大篆的"戚"字旗插在白岩山或凤凰山的石头缝隙里，旗杆会不会生出嫩笋长成竹呢？藤牌、狼筅的原材料都是就地取材吧？是选用菲黄竹、金镶玉竹，还是鸡毛竹、佛肚竹？哪一棵婆朴树上拴过戚继光的桃花胭脂马？哪一块巨石将他的苗刀蹭得寒光闪闪？又是怎样一个月明星稀的秋夜，将军晾出了"封侯非我意，但愿海波平"的心声？

明代的正史、京剧的唱腔、连环画的册页、液晶电视的宽屏上，随处都有南驱倭寇、北拒鞑虏的故事。戚继光，这个他乡人的名字被杜桥人念叨、怀想了四百余年。这里，至今依旧保留着正月十四"间间亮"、吃元宵的习俗。

爱屋及乌，我崇拜戚将军，敬重戚家军。在"到处晴间山色静，中宵梦断水声喧"的大汾村，我努力寻找杨文的足迹。令公跟随谭纶、戚继光南征北战，战功卓著，继而衣锦还乡，造福乡间。老家的爬山虎依旧葳蕤生长，诰赠昭勇将杨文的石人石马垂立道旁，似乎在追忆血雨腥风的"明朝那些事儿"。

杜桥这本书的人物篇中，总是来来往往着各色人等光耀门庭，显赫桑梓：马琥孙夫妇血洒疆场，以身殉国；疏渠、置闸、填桥、砌岭的蔡民玉福泽乡民，留名铁斛；耕读世家的李氏一脉文人辈出、科第不绝；清末义军首领金满以及十八义士的叛逆精神，在临海道情悲壮的曲调里历久弥新……

五

落日像一枚太阳镜的镜片，回眸打量着镜架一般的杜桥老街，为这本书画上一个浑圆浑圆的句号。

杜桥是一本厚重的书！千年历史恢宏博大；嵩山瀑布气势磅礴；乡土人物满是忠孝节义、精气神韵。如何抒怀寄情，我的碳素墨水恐怕难以泛出一尾泥鳅的水花。

遍读了杜桥的人、物、景、色，我发现"硬正"是共有的特点。一个面海背山的地界，硬正，是必不可少的精神元素。戚将军得胜归来亲自创作的《凯歌》激励了一代抗倭将士，如今，杜桥人依旧传唱，并拓展了忠与义的内涵：万众一心兮，群山可撼。惟忠与义兮，气冲斗牛……

栉宋代的风，披元朝的霜，沐明时的雨，沥清代的雪，侵民国的露，古镇、村落白色的墙体斑驳成褐色，洋溢着沉淀在时光里的醇香，如同一钵头飘着淡淡烟缕的农家糊头羹。青砖、条石、糯米汁的组合，凸显了古代工匠的精湛工艺；同时，见证着几百年间的刀光剑影、祥和温馨。古朴的镇景村貌，风骨犹存，街巷原有的肌理依旧脉络可辨。如火如荼建设中的杜桥，正昂扬着矫健的身姿，青春勃发，大大方方地走秀傲立东南的T型台。

杜桥的精彩，尽在下一集！

一座无法挥别的滨海新城

郝成林

杜桥，我永远的精神故乡

很早以前，我就对杜桥感情深厚。20多年前，我在浙江读大学，后又多次到台州杜桥出差。虽不是真正的杜桥人，但我愿意代言她独有的美丽。在我印象中，杜桥早已成为一个画面定格在我的梦里：她历史悠久，人文荟萃。商周时属东瓯地，北宋熙宁五年建杜渎盐场管理盐业，成为当时台州六大盐场之一，历史上与乐清虹桥、路桥并称"浙东南三桥"！

记得在杜桥的那段日子里，我在白岩山的如画风光里放歌，在龙王十八潭的幽静和清灵中寻梦，在历史悠久的东岳宫里探幽。凤凰山、嵩山、百里大河……在这块厚重的土地上，我尽情感受着杜桥久远的文明和灿烂的文化。一幅神奇的画卷就这样在我面前徐徐展开。这幅巨型长卷就像一杯陈年的普洱，淳厚浓香，意味深长；又如一壶窖藏的老酒，甘烈醇香，直浸心脾。

"万水千山走遍，故乡深藏心间。"在我心目中，杜桥是一个来了就不想离开的地方。我深深被她的时尚和厚重所吸引。我眼里的杜桥有一份宁静的美、和谐的美。苍凉中有奇绝，厚重里有时尚。我感到，只要一个人在杜桥生活过，那么，这方热土就会深深烙在他的心里，就会融化在他的血液里。难怪我这样情深意切地向往她，难怪我这样魂牵梦绕地怀念她……

江南小镇的华丽转身

有人说，杜桥是一幅流动的《清明上河图》，浅浅画韵，浓浓诗意……

在我心里，杜桥是一首诗，一首经典而不失时代诗意的史诗；在我心里杜桥是一首歌，传承与创新交融，古典与现代合拍，浪漫与现实统一，交汇成一曲雄壮的交响乐，跳动着时代的音符和绝妙的乐章。转眼之间，我离开台州已经有整整二十年。其间，间或回家探亲，身处异乡魂牵梦绕的还是那份浓浓的乡情。这些年来，杜桥变化很大，城区面积也成数十倍的增长，但心底的老杜桥风貌依然经常入梦，让我时常品味记忆中旧时杜桥的安逸和宁静。

浙江多古镇，乌镇、西塘等江南水乡闻名于世。我的精神故乡杜桥虽无隐士，也无贵人，却别有一番韵味，如小家碧玉般镶嵌在浙中东海之滨。

在以前的记忆中，杜桥是典型的由滩涂淤积成的江南水乡。水田、山地、林地、园地、浅海、滩涂，各种风光尽显。最繁华的区域就是从镇中心流淌而过的小河两侧。从上桥头沿河至下葛桥，数百米河岸两侧商贾云集，作坊遍布，手工作坊规模不大，大多是前店后坊，却别有一番景象。为方便行人雨天通行购物，两岸店铺至河堤边搭设永久性遮雨廊檐，与民居浑然一体，延绵数百米。河中清水荡漾，不时飘过几只戏水的鸭子，构造成水乡别样的风景，煞是迷人。改革开放以来，杜桥这座桥起到了积极的桥梁作用。已经从宋代的一座

桥发展到如今的临海东部重镇，从桥到镇再到现代都市的形成，实现了千年跨越。从原先不足一平方公里的小镇，变成如今的现代化滨海新城。城市规模不断扩大，更多的"朝阳小区"在镇里拔地而起，一幢幢新瓦房改变了以往传统的住宅，宽敞明亮。因城市建设不断深入发展，镇街道周边的村落与镇区相连，越来越多的居民集聚到这里，投资、安家、工作……

20年来，杜桥发生的巨大变化令我惊讶、惊叹、振奋和喜悦。没想到，杜桥如今充满了秀气、灵气和大气，更充满了活力、动力和魅力。那鳞次栉比的高楼、如彩如虹的桥梁、满目葱茏的绿色，仿佛是在向我——细数杜桥的巨大变化。

放慢脚步，仔细打量这座熟悉而陌生的城市。放眼而望，呈现在我面前的是一幢幢鳞次栉比、五颜六色的高楼，是一处处马达欢唱、生产繁忙、货物进出不断的工业区。一条条马路宽阔平坦又洁净，纵横交错。道旁两旁是一行行的绿树和一个个摇翠飘香的花带，让人久久舍不得离开。商场、超市、酒店、宾馆、娱乐厅，无不彩灯高挂，生意红火。而乡村呢？是清一色的洋楼。农家小院掩映于绿树丛中，人们脸上充满着喜悦和甜蜜，一切都显得诗情荡漾……

夜幕降临时的杜桥尤其美丽：华灯初上，霓虹闪现，色彩斑斓之间变幻出属于城市的繁华，街上人来人往，车水马龙。对于这个20多万人口的小镇来说，流光溢彩的夜色之下，涌动着创业的激情和财富的神话。

一路走，一路看，一路惊叹：这是自己印象中的杜桥吗？我不断在心里问自己。我似乎是走进了江南水乡，可江南小镇哪有这样清爽，这样宽广和大气？难怪她先后被列为全国综合改革试点镇、省级中心镇，2011年被列为浙江省首批小城市培育试点镇，先后荣获浙江省绿色小城镇、浙江省首批村镇建设现代化示范镇、省教育强镇、省科普示范镇、省卫生镇、省级生态镇等称号。

目睹自己精神家乡的巨大变迁，我感慨万千。古老的文化、和善的民风、规整的街道构成了我现在对杜桥的总体印象。光荣在这里崛起，生态在这里展现，幸福在这里诠释。

游走于杜桥，我触摸到了这座城市文化脉搏的律动，呼吸到了这座古城充满魅力的生活气息。我似乎读懂了她的文化与潜植，似乎感悟到了她凤凰涅槃后的新生。邂逅她烟飞霞笼的诗意，解读她怎样姹紫嫣红，破茧成蝶。吟唱时分，我分明看到一轮朝阳升腾于绿色的原野……

眼镜之都的时代神话

说起杜桥，自然不能不提眼镜的故事。

杜桥是全国闻名的"眼镜之乡"。"瑞安马屿人的店，临海杜桥人的肩。"这是流传全国眼镜商界中的一句顺口溜，也是杜桥眼镜产业发展的真实写照。"杜桥眼镜"之名穿越时空，成为一个产业成功的标签。

其实，杜桥眼镜产业最初源于民间。改革开放初期，党的富民政策为杜桥眼镜业的发展提供了相对有利的环境，开始进入快速发展阶段。从长白山到祁连山脉，从茫茫戈壁到海南诸岛，从新疆到漠河，从西藏到青海，甚至在与苏、缅、印、越等国的边境，几乎都有杜桥人的身影。

"哪里有眼镜，哪里就有杜桥人。"据说，中国人每买两副太阳眼

镜，其中一副可能就是杜桥制造的。一直以来，眼镜是杜桥男女老少最为自豪的物件。据不完全统计，目前，国内各大眼镜专业市场中，来自杜桥的经营户数量均占到60%以上。全镇拥有大小眼镜相关企业1000多家，从业人员6万余人。杜桥人经营的眼镜公司或商店在全国比比皆是。镇内的浙江眼镜城是全国最大的眼镜专业市场之一，是浙江省重点专业市场。文化娱乐、金融服务、交通运输、社会保险、劳务输出等三产服务设施齐全，且非常发达。杜桥眼镜产业已从小打小闹发展成为当地的龙头产业、支柱产业，成为全国最大的眼镜生产基地之一。

从眼镜之乡到宜居城市，从"城镇"向"城市"跨越转型，实现"山水、活力、宜居"的建设理念，杜桥正以"桥"的功能，扩展着"眼镜之都"的品牌版图，以"桥"的辐射，成就了庞大的、富甲一方的商业王国。

杜桥，正崛起于山海之间，正成就中国的经济发展高地，正成为浙东南经济发展的一幅波澜壮阔的画卷：工业发达，商贸繁荣，文教进步、民生富足。今天，当我再次踏入这块热土时，她的灵秀和厚重、时尚和繁华、精致和优雅，完美地交织在一起，梦幻般呈现在我的面前。那城与人的和谐、那城与景的互补，犹如一篇优美大气的散文，诉述着千年古镇的沧桑，也以崭新的姿态撰写着壮丽的历史画卷！

所以，在我印象里，杜桥有一种更深刻的东西，一种更典雅、更悠久的东西，那种东西直到今天仍时时弥漫在我的心灵深处……

如诗如画凤凰山

凤凰山是杜桥的骄傲，也是一幅看不够的丹青画卷。

凤凰山上苍松翠柏，绿树成荫，植被保护良好，空气新鲜，山下面对大海，远望祖国宝岛；山上有解放江山岛纪念馆，山下有"凤凰新天地"时尚街，是自然气息、革命气息和时尚气息的兼具之地。

车行路上，一座座大型造船、修船的平台耸立在椒江上。高楼住宅、别墅花园错落有致，街道宽敞笔直整齐，霓虹灯闪烁着五颜六色的光，可以想象杜桥夜生活之丰富。

这样的夜晚，站在凤凰山山上欣赏夜景该别有一番意境吧！

于是，我和几个当地朋友沿着蜿蜒的台阶拾级而上，耳边不时传来阵阵音乐声，那是凤凰山上露天舞池里传来的声音。舞池里，一对对舞伴正随着华尔兹节拍翩翩起舞，舞姿优美迷人。露天舞池之北是一个大廊台，里面既有观舞之人，也有喝茶聊天之人。如此美好的夜晚，如此风轻云淡的氛围，既可以观赏四周的景色，又可以唱和舞蹈的节拍，真是人生一大幸事。

登临凤凰山顶俯视，杜桥全景尽入眼底。宽阔整洁的道路、整齐的楼房、随处可见的绿化带，杜桥俨然一副花园城市的模样。一幢幢高楼大厦拔地而起，一条条宽阔马路纵横交错，楚河汉界般泾渭分明。一座现代化的新城正如镶在椒北平原的一颗明珠，璀璨夺目，熠熠生辉。

因为有了灯火的照耀，杜桥城区的布局显得非常清晰。凤凰山北是一座座高楼，南边是厂区和住宅，东边则是商业中心；再远处，风格各异的现代化小区正夜以继日、热火朝天地拔地而起，而"凤山夕照"也成了著名的杜桥八景之一。

当然，游凤凰山上不能不瞻仰长眠在这里的革命先烈。高大的纪念碑直刺云端，夜色中显得格外庄严。虽然我不知道先烈的名字，但能想象出他们在炮声隆隆的战场上、在硝烟弥漫的战壕里英勇杀敌的雄姿。如今，他们静静长眠于风光秀丽的凤凰山上，而杜桥生气勃勃、蒸蒸日上的时代气象一定能让这些先烈倍感欣慰！

这，就是我心中灵秀而厚重的杜桥，犹如一个羽扇纶巾的江南文士，用一声大漠驼铃挥洒丹青；又如一位歌声清亮的水乡女子，借一抹如黛远山画眉深浅。她美得如此丰富多彩，美得如斯荡气回肠，美得让我无法挥别……

大美杜桥

沈奕君

　　每个地方都有自己的语言、文字，以及特性，这些语言和特性有的被诠释在了经历千年风雨的城墙中，有的被安放在古老的河道里，有的则是以某种习俗或是以饮食的方式呈现，有的通过史料和传说传承，凡此种种，都叙述着此地的渊源，记录着这里的足迹和历史。如果说一个地方不但有语言、文字、特性，更有颜色、梦想、映像，那么，杜桥必会在其中。杜桥不但将"古典"进行完整的延续，更将"现代"进行了完美的诠释和融合。

　　杜桥位于浙江中部，有山有海，是一个山海之镇，却不说它的经济一直遥遥领先，仅就风景都可以把人灌醉。

　　这几年，我以一个外来者的身份，以影像的方式记录着杜桥的变化。

　　夜色中走进杜桥，杜桥是饱满的，有着淡淡的幽静，即便在闹市中，也保留着这种独有的静。淡淡的夜色，淡淡的月光，淡淡的灯影，就想一个人行走，内心有着说不出的感觉，回想着当年的这里，那些寻路的杜桥人拼搏求索场景，依稀浮现在眼前。

　　在浙江的足迹中，杜桥是一个特定的含义，似乎舍不得离开一样，一再地停留和回望。被作为全国发展改革试点镇后，杜桥更释放出巨大的活力。正因如此，杜桥以包容的心态接纳着四方友人，投资兴业也好，创业发展也罢，都展开了她宽广的胸怀。就像某夜的我一样，就像芸芸众生中到过杜桥的有缘人一样，我们只是杜桥的过客，只是曾在某个夜里，轻轻地走进这个城市，去感受这里温度。

　　大汾古村落是杜桥的一道人文映像，更是一道自然风景，即便在晚上，那种人文气息也会随着夜色扑面而来，让走进杜桥的人不觉想吟上几句。如果说大汾古村落是从历史中走来，那么，步行街则是杜桥的现代缩影，不管是府前街，还是杜川路，悠闲的游人、耀眼的灯光、淋漓满目的商品，都预示着这里就是杜桥最繁华的地方，这里的人们过得如此幸福，如此安逸。我喜欢随意行走，随意拿出相机拍出这个城市的映像。当我走到街心公园时，感受着杜桥人民在夜色中尽享城市惬意清爽，这些幸福的镜头，不但彰显着杜桥生态环境的优美，更说明杜桥人与自然的和谐相处。

"杜桥八景"是一定要去的。有人说杜桥景色美，当属醉八景，去了后，真有这种体会。"杜桥八景"诠释出了杜桥人文历史的缩影。就像一位诗人写到的，若是到杜桥旅游而不去"杜桥八景"，那么，他就不算一个会游的游人。无论他的表达合理与否，"杜桥八景"的厚重的确给人很多意外和惊喜。

　　游完"杜桥八景"后，我走进了白岩山景区。这里真是别有洞天，游玩后，我总结了白岩山景区有"九绝"：海拔较低为一绝，二绝远足最适宜，三绝溪流瀑布雨，四绝山行最奇特，五绝百年参天木，六绝奇花异草多，七绝奇石满山谷，八绝湖天共一色，九绝寻幽好去处。这九绝一景扣一景，环环相邻，在视觉的冲击中不但碰撞出内心的感触，更让触觉、嗅觉和味蕾细胞发挥出极大的优势。不管是春夏秋冬，还是白天黑夜，白岩山景区都会呈现出她的温婉和柔情，都是一本有关杜桥的线装书。我有一个想法，白岩山景区就像一名杜桥女子，乃至整个江南女子的缩影，温柔而含蓄，内敛而精秀。

　　走进龙潭坑那天是个阴天，却丝毫不影响我感触她的心情。绿草依依，鸟语吙吙，鱼影熠熠，南方风情在此刻变得如此稳重。我憎恨自己无法描述公园的美景，讨厌自己笨拙的手指无法勾勒出湿地的大美，更埋怨自己被美景诱惑，没有留下龙潭坑的映像；同时，也有一丝窃喜留在心头，为下次的到来留下理由，更或者说是我的故意，让我有机会更深地触动龙潭坑的那一份情愫，为杜桥之美留下新的悬念。走着走着，天空下起了细雨，雨水滴在龙潭坑的水面，露出一个个小泡泡，显得可爱和温馨。匆忙而过的女孩在我眼前留下一个淡淡的微笑，她的长裙摇曳在湖边，像一位天使，从眼前飞过。直到一群飞鸟的叫声把我从遐思中唤醒。虽然，我为龙潭坑的美所流连，但杜桥的召唤还是像乳名一样，呼唤着我的到来。漫步于杜桥内外，随处都是醉人的景观，更像是杜桥厚重历史的说明，以及现实场景的流露。每一个游过杜桥的人都是一本杜桥史、一本杜桥记，都被杜桥珍藏在时间的砖缝里。在杜桥，不管是白岩山火山地质公园，还是大汾古村落，无论是雨伞庵，还是龙潭坑，抑或是有梦的人家，都沉淀着杜桥厚重的情谊。我想，能在杜桥留下足迹便是幸运的，若是如我一般能以映像的方式记录杜桥，更是上天的一种眷恋。我深深地认为在杜桥，每一处美景都是奢侈的，都是那么让我舍不得离开，让我仿若走进历史，在岁月中感受着这座城市的魅力和安好。

我期待又一次与杜桥见面，去见证杜桥以幸福的方式描述中国梦，去记录杜桥的每一个微笑和欢喜。

杜桥，那梦，那景，那情！

从另一个视角看杜桥

金秀娟

杜桥，我的出生之地，父母一直生活的地方。老人们晚上喜欢聚在街心公园谈天说地，早晨爱去凤凰山锻炼身体。每每回去，父亲会说小镇的新闻，他称街心公园为"杜桥晚报"，凤凰山则是"杜桥早报"。

尽管常常读报，作协通知去杜桥采风，我还是怀着好奇的心情。期待着这一次可以突破以往的圈子来看这生于斯长于斯的地方。

相　遇

首先，我们去的是东海翔集团下属的织造厂。

一走进车间，那一架架线卷、整经机、千丝万缕的经线，这不是整经的车间吗？思绪顿时回到三十年前，告别家乡，技校毕业后我的第一份工作。从青涩少年起，整整十二年岁月，我都在丝丝缕缕中回转。从那里进入社会，适应社会，开始体验人世间的酸甜苦辣，灯光下留下一串深幽的脚印。在那

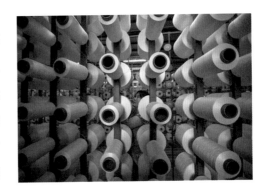

里一边工作一边自修完自学考试的所有课程。

后来调动工作，然后企业倒闭。日月轮回，几十年光阴如织布机上改良的飞梭，悄然而过。蓦然地，在家的门口，置身于这千丝万缕之间，仿佛回到了人生的原点……

接着是大汾的玉溪小筑。据知情文友言，这里的房主有着与家祖相似的经历。他也去过日本留学，房子的风格也是与祖屋相似的仿日式小洋楼。

记忆中，爷爷的房子是一座带庭院的素净的小楼。院子的南面是辽阔的田野，北面一排房子临水而筑，居中一扇木门开向池塘，几道石阶连接着清清的池水。东边一条小路，路过时，矮墙内依稀有摇曳的各种植物。房子几经沧桑，早已在城市建设中荡然无存。

眼前的玉溪小筑，两层小楼，安静的庭院，浮雕的墙，古典的回廊和窗。又是一种相遇，一种更深、更久远的连接……

特色民营企业

从玉溪小筑出来，我们还参观了两家特色民营企业。

第一家是古艺坊。站在路口，远远看去，绿野中几个错落有致的古亭，让村庄多了些情韵和秀气。原来，这亭子也是古艺坊淘来的古物。

走近时，发现亭子旁还有各种雕花的石础、石窗。来到楼上，偌大的几个房间内摆满了各式古家具：板椅、木沙发、茶几、八仙桌、花眠床、屏风……雕刻或繁缛或简洁或精美，最喜一张古雅又简洁的桌子，一询价，15万元！晚清的家具，材质为红酸枝。

回来查阅红酸枝，此树木质坚硬、细腻，木纹有一种天然的古色古香之美，可沉于水，一般要生长500年以上才能使用。采用此树制作的家具无须用漆，只需打摩擦蜡，即可平整润滑、光泽耐久，给人一种淳厚的含蓄美。在明清两代，红酸枝与小叶紫檀、黄花梨并称为宫廷专用的"三大贡木"。

与朴实近人的老板娘交谈，她说现在经济条件好了，人们喜欢在自家新居中摆上一些古家具。她的父亲年轻时就从事这一买卖，当时不允许个人经商，收购的物品被发现是要被没收的。现在，她家兄弟姐妹全都继承父业，从事和拓展这一行业。除了修复经营各种古家具、古建筑构件、古花窗、雕花板、石雕、石窗等，还承接各类古建筑的设计工作。

最后，我们来到天弘精雕工艺厂。公司主墙上一个玻璃神龛内放置着一尊三层楼高的金色千手观音像，把大家带入了一个精致灵透的艺术世界。参观车间，各种佛像皆有一种不凡的气度和神韵。想到有时在乡村小庙中看到的佛像，便与老板交谈，得知佛雕的艺术性和表现力除了仰仗设计者的艺术修养和造诣，雕塑工艺也是重要的因素。参观完车间，我们来到位于二楼的陈列室。一进门，窗边一方隔墙下设一硕大的书案，典雅的雕花笔架上悬挂着各种规格的毛笔，案上纸墨砚押尺俱全，一副随时待人挥毫的样子。陈列室内也以佛雕为主，相比之下，楼上的雕像大多较为精巧。众雕像造型别致，自成一格。浸润其中，一种美的愉悦和佛国的祥光，让人感到妥帖和心安。

天弘的产品遍及全国各地，被一些大寺院和宗教界诸山长老法师所接纳和认可。其掌门人却是脱胎于精雕厂一名普通员工。

前几天，别出心裁，拟请人在一块用布包起来的招牌上写字。不巧，认识的书法界朋友不在杜桥，只好循着书法培训班找到一位名字有点耳熟的老师，请其写了字。回家一说，原来这位老师是理发师出身，前堂理发，屋后设几，忙时待客，暇时练字，日积月累练就了一手过硬的书法功夫。

杜桥的财政收入在整个临海市，总是名列前茅。而刻苦、坚毅、不屈不挠，恰是杜桥人的品格。他们用脚踏实地的勤奋和高远的追求和情怀，从生活的低处出发，共同支撑起家乡经济和文化的天空。

老 街

第二天上午，去杜桥老街，这是我出生和长大的地方。

往常回母亲家，晚上出来，一不小心就会踅进老街。小街深处，空无一人。孤单的路灯、砖墙、木屋、墙头攀缘的藤蔓、门前残破的酒坛、咫尺相望的屋檐和木窗……夜的小街就像是遗落在城市一角的旧丝巾，柔软、安静。

走了那么多年的柴爿巷，今天与大家一起从给人遐想的小弄堂进去，却原来别有洞天。庭院深深，梁上燕巢，乳燕在窝中探头探脑；天井花坛、泥盆和花木诉说着幽深的岁月和生活。再走进弄堂，又是一庭院。曲曲弯弯，一个院子接着一个院子，直到小河穿越两岸民居而过。

有意思的是，在旧时菜场旁边童年玩过的一个院子里，有一口井水清澈的石刻古井，井畔有洗衣的媳妇。我们异口同声问道："井水能喝吗？"妇人答："井水咸的，怎么喝？""咸的？""井水当然是咸的！"人们恍然大悟，原来这里近海，因而地下水会是咸的。我也恍然大悟，井水就是咸的，也是我小时候的观念啊！后来一直封存着，直到今天才被激活和改写。

大家讨论如何保护古建筑，一位台州市作协的客人道："可以像印度那样，破一点，用相同的木材和工艺修一点，这样即保存了原样，年代久了，新的自然又成了旧的。"旁边洗衣妇人不屑地说："老百姓谁跟你这样搞！"一语惊破梦中人，大家笑。客人是站在文物保护的高度思考，老百姓则是从实惠舒适的角度行事。如果没有政府的积极介入和

保护，这些老房子也将不久于世了，或破败消失、或为当代建筑所改造和同化，是它们无法逃避的命运。

又来到儿时的居所，来到留下无数幼时足迹的桥上。隔岸看去，水边的木屋一间间错落相连，颇为别致。居于其中时，还从未意识到房子这样设计的美学意义。昔日门前这条清亮的小河，如今已面容黢黑，病得让人心疼。

几十年岁月如烟，而儿时旧居依然会在梦中不时出现。

童年的生活简朴，甚至艰苦，却不失温馨。木屋不敌风寒，冬天，寒风入缝、入骨。雪天，年幼的我和弟弟裹着棉袄，坐在被窝里。光线从屋内一小块天窗的玻璃漏下，对岸积雪装饰着邻居的屋顶，漫卷着飘向河水的雪花，都曾给我们带来无尽的幻想。夏夜，木屋闷热，我们搬出橱前凳和竹躺椅，点上驱蚊的白芦帐，在河边纳凉。水风习习，繁星点点，弟弟们一个个睡去。夜深了，爸爸就一个个抱大家上楼。而楼上，热气依然蒸腾。至今，父母还会说起弟弟们一到楼上，就哇哇哭了，要重新下去。而对面的桥上也总有整夜席地而眠的邻居。夏夜，也有爸爸的朋友们过来。他们在河边谈天说地，我总爱搬一把小木凳，坐一旁听着。

"没有人知道为什么，太阳总下到山的那一边；没有人能够告诉我，山里面有没有住着神仙？"山的那一边，又是什么呢？童年的我爱坐在门槛上，面对着流淌的河水，盯着远处白岩山上的缺口发呆……

杜桥的街

翁志飞

    我曾经在天台西部的一个小镇待了三年。整个镇子总共就一条街，长不过百来米，宽不过十米，零星分布着些小卖铺、杂货铺、小吃店，晚上八点一过，街上必是死一般的沉寂。相比之下，杜桥的街更像是一座"城"。据《杜桥志》记载，早在清代，杜桥就有大小街道 12 条，长 980 米；民国时期，则形成了六街，十一路、一里、一巷的格局。而今，杜桥的街经过不断改建、扩建、新建，镇区面积已从解放初期的0.31 平方公里扩至 15.2 平方公里。杜桥的街，绝非三言两语能够说得清、道得明。

    外地人初到杜桥，往往惊叹于它的繁华。长街宽阔，商铺林立，街上车水马龙，人声鼎沸。国有四大银行、本地三大民营股份制银行等12 家银行均在杜桥设有分支机构。许多入驻台州市区的品牌连锁店，下一步便会着手在杜桥开设分店。商场、超市、酒店、宾馆、餐馆、咖啡馆、茶馆、KTV、美容院、健身房、球馆、3D 电影院、公园……凡是城里有的，在这里都能找到踪影。这里还有城里没有的，全国知名的眼镜市场——浙江眼镜城。

    眼镜为杜桥的特色产业，不少杜桥人也靠眼镜发家致富。因此，杜桥街头，停着的、跑着的，不乏保时捷、宝马、奥迪等豪车，同样跑着

的，还有残疾四轮代步车、三轮车、黄包车、电瓶车……全都争先恐后，不甘示弱。还有每隔几天的集市日。杜桥可谓"无街不市，无巷不贩"。每当集市日，一大清早，蔬菜摊、海鲜摊、水果摊、南北干货摊、小五金摊、鞋袜摊……仿佛一夜之间都从地底下钻了出来，占领了大街小巷的角角落落。这些小摊小贩不放过任何一个见缝插针的机会，一群卖海鲜的摊贩甚至在镇中心街心公园的喷泉、绿化带、休闲椅之间搭起了塑料棚，摆起了台，直到傍晚，才恋恋不舍地收摊，留下满地的死鱼、烂虾。第二天，环卫工人粗粗一打扫，喷泉重新开起来，空气中还弥漫着浓烈的腥味。休闲椅照旧坐满了老人、小孩，大抵杜桥人靠海吃海，对这腥味已经习以为常了。

　　在椒北平原，杜桥商贸中心的地位不可撼动，周边乡镇如上盘、桃渚、小芝，甚至椒江的章安、前所街道的人，都喜欢跑到杜桥来消费、娱乐。因此，杜桥的街总是热闹的，而夜晚的杜桥显得比白天更为喧嚣。

夜幕降临，华灯初上，霓虹灯闪烁着绚丽多姿的光芒。最先沸腾起来的是各类大大小小的餐馆。在杜桥吃饭，可选择的余地还是比较多的。要讲排场的大可去华吉、旋宫等大酒店感受下一掷千金的豪爽，要讲实惠又讲点情调的也有上岛咖啡、拉芳舍、御道茶坊等地可供选择。不过，在杜桥人看来，这些地方都难免束手束脚，远不如在大排档里吃得舒坦、吃得自在。杜桥人对此的喜爱程度从满大街无处不在的大排档摊点便可见一斑，甚至还有在大酒店门口、大饭店停车场后院支起摊位的，生意居然出奇的好。炎热夏天，杜桥人尤爱吃龙虾大排档。晚风习习，地面还冒着未消散的热气，吃一口火红热辣的龙虾，喝一口冰镇凉爽的啤酒，这冰火两重天的感受好不痛快！

等慢悠悠地吃完饭，夜生活才刚刚开始。妆容精致、脚蹬高跟鞋的时髦女郎给夜晚的街增添了一丝妩媚。电影院里上演着最新上映的电影，咖啡馆里研磨着美妙的时光……要不，还是去 KTV 里高歌一番吧！杜桥的 KTV 之兴旺，恐怕在南方经济发达的城镇中也不多见，邻县温岭的泽国镇去年才开张第一家 KTV，而杜桥却一口气进驻了好几家，总的加起来，少说也有十几家了。

等电影院散场，咖啡馆关门，KTV 里唱得尽兴、喝得尽兴的客人零零散散出来，已是凌晨一两点。就这么回家了吗？且慢，还没吃夜宵呢！于是，各个大排档又重新沸腾了。待食客吃完，已是凌晨三点多了。杜桥的夜晚，以大排档开始，又以大排档结束。

杜桥繁荣的商贸带动了租金的水涨船高。一间门面年租金动辄十几二十万，要是在中心地带，更是漫天要价，没有最高，只有更高。据说，中心菜场某个入口的门面，年租金竟达到几十万元，这直逼市区甚至远超市区的高昂价格却浇不灭开店的热情，今天这边开张一家火锅店，明天那边又开业一家茶餐厅，今天这家服饰店倒闭了，过几天重新装修又开起了一家美甲店。杜桥人、上盘人、桃渚人、温州人、江西人、安徽人、东北人……人人都想来分一杯羹、掘一桶金，尽管勉强保本的是多数，赚到大钱的是少数。可单凭那几个赚得盆满钵满的传奇故事，足以使人摩拳擦掌，前赴后继。谁说幸运不会降临在自己头上，万一哪天成功了呢？

我到杜桥两年，始终难以对杜桥的街下一个确切的定论。它有繁华富足的一面，也有浮华粗俗的一面，有躁动不安的一面，也有脚踏实地的一面；它是时尚的，又是传统的，是热闹的，又是寂寞的，是大气的，又是婉约的。或许，杜桥还有这样或那样的缺点，但它似乎并不在意旁人的看法。它不争辩，不反驳，自信乐观地踏着时代的潮流激流勇进，不惧暗流涌动、礁石林立，唯信"大浪淘沙始见金"。

写给杜桥的情书

冯金彦

杜桥镇，一个近千年的古镇，仿佛一个千岁的老人。

一千岁，按辈分该是五十世祖，该是五十世同堂的日子。在杜桥镇，我没有看到五十世同堂的人间温馨，只是看到几世同堂的建筑，彼此不认识似的站在这里，站在风里，站在雨里，站在岁月里，看不出什么激动、什么兴奋，仿佛什么都没有发生过，就感觉真的和人不一样，是真的宠辱不惊。

一千年，镇边山坡上的小花依旧开放，依旧是一千年前的色彩和芬芳，却不叫美丽，叫返老还童。

春天为什么不老呢？

每年见她，无论柳枝的眉，抑或桃红的腮，都是去年的模样。

文化也不老，一千年过去了，多少英雄人物都不在了，文化还在，在这里等每一个人，等每一个游人。

其实，无论人们怎么喊，只有文化能再活五百年。

我们只能活在人们的怀念或者诅咒里。

既然叫"杜桥镇"，你就不能不认识桥。

在杜桥镇，桥不只是脚下的道路，而且是一个文化的螺钉。从几百年前走过来的这些桥，是一个个纽扣，把杜桥镇的东南西北缝在一起，给杜桥镇用水做了一件文化的衣裳。

于是我们发现，那些原本以为已经丢失了的人类善良和美好品质，都在杜桥镇被珍藏，藏在河的桨声里、桥的砖缝里、枝头飘拂的绿叶上、盛开的花蕾里。

在杜桥镇的悠远中，我们一次次解读，文化能够给我们什么呢？

当我们看到现实生活中，人们让文化背负太多世俗的欲望时，我常常想，文化这盏灯是留给我们的心灵拎着走夜路的，大白天的，拎着灯去大街上闲逛，不是你疯了，就是这个世界疯了。

正像杜桥镇，它首先是一个家，然后才是一个风景。

我们流连和赞美杜桥镇，是因为这里是人类一笔永恒的财富，是这个世界中一座永远的果园，而不是哪个人的一双方便筷子，只是给谁夹上一块利益。

在《杜桥志》里，你不能不认识一代代的杜桥人。

翻开水声，你会听到，夕阳下，那些浅浅的水巷在朗诵一个个名字，这些随便打开就是响当当的名字，也是一枚枚针，把世界和杜桥镇缝在一起。

只有人，这些生动的人以自己的命运改变杜桥镇的命运。

命运对每一个人都是十分重要的。但严格讲，命运的意义许多时候需要反过来去读，就是运命。运命和运粮食、运水没什么区别。人的一生就是这样，谁也不知道生活甚至灾难会把你丢在什么地方，或是山谷、或是绝壁、或是雪地、或是沼泽，或背、或扛、或拉、或推，走不过去的地方，就爬过去，趟不过去的地方就游过去，反正无论使什么样的力气，也要把命运出去，送到一个阳光明媚的地方。

对杜桥镇，更是这样。

杜桥镇的命运，杜桥镇的荣与辱，就是一代代人，一个个人，从历

史的深处，从岁月的断壁之下，接力一般运出来的。

杜桥镇才永远站在阳光下，才永远成长。衡量一个城市的成与败，不仅仅看它昨天的光环，还看它今天是否成长。

二

杜桥镇曾经被整体出租了。

宋朝是一个租客，住了 319 年，临走时租金没付够，就拿了一本宋词抵债了。

清朝拿《红楼梦》当金子没好使，就生气了，一气就不走了。没有租金，清朝在杜桥镇也住了 276 年。

宋、元、明、清，这么多朝代住过之后，杜桥镇已经斑驳了。

谁的房子谁心疼，谁的房子谁爱惜。

而今，杜桥镇决定不在出租，就自己住了。

即便有游客来了，看一看，也让他们走了。

古镇留下的只有阳光，只有月光。

而游客只是树上的一只鸟，叫几声就飞走了。

于是，杜桥宁静的小路上，岁月走过，幸福走过，都没有留下脚印；一个日子一个日子铺成的这条落寞的小路，英雄走过，百姓走过，也没有留下脚印。我们知道，我们的力量永远改变不了杜桥镇，正如杜桥镇从没想过要改变我们。

于是，生活依旧。

于是，阳光依旧。

街边的小店依旧那么宁静，小店柔和的灯光、旧式的算盘和玻璃瓶里花花绿绿的糖纸，都在说，生活从前是这个样子。

小店外的杏树花开了，又落了，并且在结大大小小的果实，在告诉我们，杏花老了就是这个样子。

而那个听着收音机的老人也在告诉我们，生活老了的时候就是这个样子，生命老了的时候，就是这一个样子。

不老的还有那些从石桥的石缝中长出的一些小草、小树，让你惊叹生命力的坚强。它们仿佛是桥的呼吸，是桥的话语，在告诉我们，它们依旧活着。

三

踩在杜桥镇的历史上，我们似乎感受不到历史的重量了。

我们只感受了灯光，悠远的柔软的灯光。

365 响的鞭炮声响过之后，每一个从杜桥镇走过的人都能够从灯光里读出春天花朵绽放的声音、夏天庄稼拔节的声音、秋天果实落地的声音、冬天喜鹊鸣叫的声音。

读出了杜桥镇的喜怒哀乐。

灯光是杜桥镇最丰富的表情，是历史最丰富的表情，是岁月最丰富的表情，是杜桥镇最美丽的表情。

夜中的杜桥镇仿佛一篇灯光写就的赞美杜桥的大散文。文章怎么写的不用说了，就是我们坐下来读，也要读上半天。不只是我们读，杜桥镇的苦乐亭也是这篇文章的读者，也同意我们对杜桥镇夜色的评价，关键是它终生守在杜桥镇，与河相伴，与夜色相伴。因而，对我们所有这些从杜桥镇匆匆飞过的游客，它给我们一个轻蔑的微笑，一个不能和杜桥镇厮守一生的人，还算什么朋友！

只有山角上的月亮，在等待收割这一地的余晖。

四

许多年了，杜桥镇的桨声把一个个身影送出去，把一个个名字接回来。

都是这样，小时候，我们拼着命要挣脱杜桥镇，仿佛谁离杜桥镇最远，谁最有出息。

把自己砌进远方的生活里，还叫作"理想"，不叫"流浪"。

少小离家，老大时回，乡音依旧会在山坡上开放，至于你走了多远，都无所谓，你都是一个异乡的过客，没有埋葬亲人的地方，不是你的故乡。

于是，飘零几十年之后，我们才读懂了一句话的真正意思。所谓父老乡亲，是说父亲老了之后，才知道，故乡的可亲，才知道杜桥的可亲。

这就让我想起故乡，想起故乡山冈上那旺盛而茂密的柞树林，那些生命力极强的柞树，枝干挺拔、绿叶婆娑，生生灭灭养育着故乡的山水和故乡的人。即便被砍伐下堆积在那里，或被劈碎夹进农家小院的杖子里，它仍然洋溢着澎湃的激情，只要有一场透雨，便会长出黑黑的木耳，像是招展的旗帜，像是倾听世界的耳朵。

永远不变的只是杜桥镇河边的小花。

那些花仿佛从小就和杜桥定了娃娃亲，才每一朵都漂亮成这样，才冰雪聪明，才冰清玉洁。

浅浅的、淡淡的花在开放。

黄色是一种语言，是说前生就爱杜桥镇了。

红色是一种语言，是说今天爱定杜桥镇了。

白色是一种语言，是说来生还要爱杜桥镇。

三种语言就把对杜桥镇的爱写尽了。

有一个杜桥镇爱着多好！那些没有爱的小草，尽管百般模仿，尽管也在春天站了一生，可依旧没有长成花朵的模样。

可见，有一些东西不是学就能学会的。

我知道，无论怎么学，我也学不到杜桥镇的风韵了。我就做杜桥镇的粉丝，用心去好好呵护它。

五

轻轻的我来了，但我无论如何也不走了。

我就要在杜桥镇的小路上赤脚而行，治好我的失眠，治好我的贪婪。

我知道，这是最好的千古药方。

让月光皎洁，让生命简单。

追忆小镇

陈禾

十年之前，你离开时，她是一个小镇；十年之后，你归来时，她已是一座城。你问我，故乡呢？我却无言以对。只好缓缓打开普鲁斯特的《追忆似水年华》，请你坐下来，喝一杯茶，慢慢地跟着我读："我们徒然回到曾经喜爱的地方，我们绝不可能重睹它们，因为它们不是位于空间中，而是处在时间里，因为故地重游的人儿，已不再是那个曾以自己的热情装点那个地方的儿童或少年。"

—

对于小镇的记忆，就像柴爿巷一块块青灰的石板，又像西街那口石头垒砌的老井，深刻又迷糊。从未认真想过，杜桥，这个名字对我来说，究竟意味着什么。就好像生活中的空气和水，一直都在，却无须思考。

芳和我已近十年没有相聚了。高中毕业，她去了杭州读大学，毕业后直接在杭州工作，这几年下来，算是稳住了脚。再加上她的父母本就在外做生意，回家对她来说，是无所谓的。这次回家也是因为她的表妹办酒，赶回来吃喜酒的。

我们约在中洋百货的"去茶去"。乘电梯直达三楼"去茶去"门口，转过一排创意木质书架，想找个靠窗的位置，坐着等她。没想到她却先我一步，已经坐好了，正低头看手机。我也走过去坐好。刚放下包，准备看菜单，就听她说："杜桥现在的档次这么高了啊！你说在小商品楼上，我差点找不到。"我回答道："正是，就是我们毕业那时候拆建的，记得是05、06年吧！"

看了几遍菜单，终于拟好了几个去茶去的主打菜。突然，芳说："唉，吃来吃去就这些，和杭州的外婆家之类的都差不多。我们去吃点别的吧！"约在去茶去是我的主意，因为想来想去，杜桥这个地方档次高的饭店是挺多的，但适合我们这样边吃饭边叙旧的，大概就是去茶去了。然后，我说："那么，去哪儿呢？"

二

绕中洋百货一圈，穿过街心公园，就是杜川路最热闹的一带。卖鸭脖子的、卖糖炒栗子的摊前挤满了人；老杜桥大厦楼下的服装店门前，

两个大音箱反复不停地播放广告；沿街店铺几乎将铺面延伸到路面来；面的、黄包车、电瓶车、行路的人，交织在一起，互相挨挨挤挤，却从不碰擦。终于走到"金三角"——解放街与阔街的交叉路口，向左转个弯，就到了老电影院门口的"癞头麻糍"。

记得最早的时候，这"癞头麻糍"店就开在电影院门口，店门前悬一面超大的招牌幌子。现在那块地方早几易其主，而"癞头麻糍"往东移了移，依旧生意火火，仿佛那口平底锅也没换，翻炒着昨日时光。

我们两人合点了一碗炒麻糍、两碗八宝饭，都加了冰牛奶。

芳说："吃来吃去，还是炒麻糍八宝饭好吃。"我想到前阵子韩剧里的"炸鸡和啤酒"，就对她说："你说说看，像炸鸡和啤酒这样，你吃过的最好的搭配有哪些？"随后，她就一一细数起来：炊饭和豆面碎、炒糖栗子和奶茶、鸭脖子和串串烧、大饼嵌油条和豆浆……她说完，我笑着看她道："应该还有一样——炒麻糍和牛奶八宝饭。"

说着话，炒麻糍已经端上来了。猪肉、鸡蛋、豆腐干、绿豆芽、茭笋丝，一样都不少，还有那熟悉的浓厚酱油味道。回忆在那一刻逐渐膨胀，像一粒种子，吸满了水，要破裂开，我们的回忆也渐渐变得清晰起来。

三

芳曾对我说过："在一个地方读书，就是读这个地方的花鸟鱼虫、草木街巷。"

我们是文理科分班后才认识的，因为都选了文科，就一起来到高二（5）班。那时候，我对文学的概念是很模糊的，根本谈不上读文学作品，只是随着大家把文学作品通称为课外书，而她在高二之前就已经读了好多厚厚的小说。我们同桌之后，她逐渐介绍我看《半生缘》《平凡的世界》《穆斯林的葬礼》《边城》《受戒》……其中最让我感到震触的便是《边城》。我很讶异于书中的世界，问她："边城是真的吗？"她回答："小说是虚构的，也是真实的。"然后，我也学着她，开始打量生活中的一切。

周末，我们最喜欢逛的就是杜东路的花鸟市场一带。从杜桥中学出来，连续折过桑园路和解放街就到了。

花鸟市场并不只卖花鸟，兼卖古董小件之类。如果说杜川路是杜桥的前庭，那花鸟市场就是杜桥的后院了。来这里的大都是闲适之人，背着手，慢慢地踱着小步。像我们这样的高中女生在此驻足流连，也算比较扎眼的。古董摊有好多古钱币，什么康熙通宝、乾隆通宝都有。每次，我总忍不住好奇，拿起来端详一番，然后问芳："你说，这是真的吗？"她却不作答，给我一个眼色，让我赶快放回去。

她真正喜欢的是兰花，走到兰花摊前，必定要驻足观看。我问她："花都没有开，你看什么啊？"她并不感到好笑，只说："就随便看看。"她那哪是随便看看啊？只见她慢慢蹲下身，尽可能与兰花齐高，细细观赏每一根叶子，只是从未伸手去摸。然后，我问摊主："这盆是什么？多少钱？那盆是什么？多少钱？"

陪她看花的过程中，我知道了各种兰花的名字和相应的价格，心想，兰花的贵贱，何其天壤。而她既不问名字，也不问价格。我当然以为她对于这些是了然于胸的。只是有一次，她无意间问我，大概是这样说的："你说兰花一年就开一次，一次就开这么几天，为什么还有这么多人痴迷呢？"我不知如何作答。她接着自言自语："赏兰花大概不是为看花，而感受新剑从土里钻出来那一阵子的惊喜。"

毕业的时候，我特地买了一盆兰花送她做毕业礼物，记得老板说这是春兰的一种。

四

吃完炒麻糍，我说去凤凰山顶拍几张照片，作为此次难得相聚的纪念。她笑我弄得这么伤感做什么，不过也同意了。

出了"癫头麻糍"店，顺着解放街一直往东走，尽头南折，就到了凤凰山脚下。正是枇杷丰收的时节，山脚下摆满了枇杷，都是芋头篮盛着，黄的一篮，白的一篮，叠得很好看。那天我穿着高跟鞋，我们便从南侧坡度较缓的木板阶梯上去。木梯走完了，是烈士陵园。我们无暇细看，继续往上走，剩下的阶梯都是石头铺的。她穿的是球鞋，走起来自然不费力气，我就纠结了，好不容易爬到山顶凉亭处，已是腰酸腿痛了。想起此行的目的是拍照留念，且又是自己提议的，便努力振作起来，准备拍照。

我们互拍了几张，又请两位穿杜桥中学校服的女生给我们拍了几张合影。拍完，两人坐下休息。我翻看着手机里刚刚拍下的照片。

芳临风站着，看着凤凰山下的整个杜桥。于是，我也过去，跟她并肩而立。最近的是大世界的世纪豪庭，我们数了几遍，还是没有数清究竟有几层；稍远处是耀达公寓，两座标志建筑像杜桥的双子星；再远处，是一片阡陌连着河流。

她说："凤凰山下的城镇街巷、村庄田野，都浑然一片了。"那一刻，我恍惚想到一句诗，又觉得太俗，就问："你想到什么了？"

她还是望着远处的阡陌河流，像是对我又像是对她自己轻轻地说："蓦然回首，那人却在灯火阑珊处。"

五

后来，在备古诗教学课的时候，我反复想到她说的这句诗，又想起我当时想到的诗句，才幡然醒悟。对于杜桥的认识，我的都是"会当凌绝顶，一览众山小"，而她的则一直是"蓦然回首，那人却在灯火阑珊处"。

我的杜桥早早就逝去了，一并随着我的高中时代；而她的杜桥，哪怕已离开了将近十年，却依然如初。唉，大概我所逝去的不是时光，而是对小镇的追忆吧！

老街风情

金海燕

在路桥工作，他人问起我故乡，笑答杜桥。杜桥，这两个字总能唤起我记忆深处无限的温情。

我家门前有一条河，名唤"龙浦河"，河上有一座叫杜桥的桥。我的家乡杜桥镇，即以此命名。杜桥早先以桥聚居，两岸人口迁徙形成村落、街市。此桥原名涂下桥，杜与涂谐音，后简化为杜桥。

桥连浦西与浦东两岸，两岸原是极热闹繁华的所在。小时，乡人来赶集，两岸商贩众多，客流不息。那时还是石板路，两岸建有路廊，小贩沿街摆摊，多是手工的竹篾制品，无须叫卖，便围满人客。农人叫杜桥为"杜桥街"，称赶集为"市日上街"。上街必要置办器什，竹编的农具和生活制品自然是首选。

父亲是一位竹篾匠，十三岁从师学手艺，少年时以"一身手艺不饿肚"的信念行走江湖，上门为人家制作、修补竹器。据说，父亲是在山里人家做手艺时与母亲相遇的。勤劳肯干、踏实沉稳的性格为他赢得了美好的爱情。成家时，父亲已在这街上开竹木店讨生活了。做竹篾匠四十年，技艺早已熟稔在心，一根竹子到手便能轻巧地劈开，篾青与篾黄在他的刀下轻松分离，竹条在手里翩然翻飞，买客只需告之尺寸与样式，父亲都能制出相应的竹器。他很有耐心，手艺精益求精，竹子往往

是经卷刨与篾刀多次刨削，竹器制成时，表面也光滑细腻。

从我出生到如今，店面租在这老街上也有二十六年了，父亲仍安然守着这份老手艺。我们家与房东一家也早已如同亲人，房租也未曾涨过多少。房东阿公阿婆去世多年了。小时候，阿公永远是那个第一个带我去街上买小镇上最新小吃的人。年关之际，他俩永远是笑眯眯地给我和弟弟压岁钱，还给我讲很多故事，帮我编狗尾巴草，填满我许多童年里无聊的日子。当我在寂静的夜晚，仰望苍穹，总是想起从前夏夜坐在门前纳凉，他们给我讲的那些神秘有趣、令人着迷的故事。那些远离我不知多少光年的星光，那些离开我们的人却也在我们的生命里永远留下了印记。

记忆里，多雨的夏天和调皮的孩子总是令大人们担忧。以前，顽皮的孩童喜欢沿着岸边台阶下到水边戏水，总免不了生出几起落水的事件。如有呼救，两岸深谙水性的男人往往不顾一切，"扑通"一声就跳入水中，迅速救起落水的孩童。父亲曾因搭救落水孩童，在河里失了一双好皮鞋。对岸的叔叔也曾因跳水救人过于迅疾，来不及将口袋里的财物掏出，损失了一部手机。若赶到台风天气，因两岸地势低，门口的龙浦河在暴雨中极易引发严重水涝。水淹过后却是小孩们玩乐的大好时机，穿个雨鞋，更调皮的索性赤脚，在没水的老街上走来晃去，任由大人责骂，也要发出"鞳鞳鞳鞳"的欢乐声响。

小时候，我虽不喜戏水，也认为多雨的夏季最具风情。站在路廊下，若是小雨，看雨丝潇洒地飘在风里、落到河面，连发呆都显得十分惬意；如是大雨，听雨水敲击路廊上的瓦，看雨水沿屋檐"哗哗"地流下，心里也不无欢喜。过路人不会因天色忽变、雷雨骤至，而慌张无措，路廊下躲上一会儿，或是在沿街的竹木店里买上一顶遮雨的箬笠，又可以继续赶路。赶上天晴日好、暑气蒸人的时候，在路廊避暑，或在沿街店家还可买一顶竹编凉帽遮阳。

夏日屋后凉风习习，老人们说是"栽了大树好乘凉"。邻居家的门后栽有一棵杜仲树。母亲说，杜仲是一味好药，树上是不长虫的。《本草纲目》载杜仲："皮中有银丝如绵，故曰木绵，江南谓之檰，折之多白丝者为佳。初生嫩叶可食，谓之檰芽。一味宝贵的中药，花、实苦涩，亦堪入药，木亦可做履，益脚。"我在杜仲叶子的生长与飘零中，接收季节变迁的消息，虽未尝过杜仲的嫩叶，却在想象中感知到它的神奇。然而，最妙的还是起风下雨的天气，雨水落在叶上好听的声响，有时是一分清新的欣喜，有时是一丝清浅的愁绪。也许，邻居种杜仲树或因雨声好听也未可知呢！

岁月变迁，老街经过改造，拆去了路廊，铺了水泥路面，重修了老桥，沿河也加了围栏。经过整治，龙浦河的河水愈加清澈。只是随着时代发展，这条沿河的街却寂寥了，沿街竹木店里的生意自然不如从前。

母亲常说，这条老街上卖的都是"冷世货"了，言语之间不乏落寞。街头的钟表修理店早已倒闭；而街的那一头，打铁的匠人们还在寂寞的火焰里烧铁，做铁皮桶的师傅在金属"铛铛"的敲击声里不歇，箍木桶的老人早将技艺传给了自己壮年的孩子。

老街上有老房子坍圮，有人离开，有人老去，但老街的风情在岁月的消逝中得以沉淀，令人流连。我想，我永远不会忘记童年时回家路上的云彩，老街上那些令我感到轻松惬意的温暖久远而难忘。

记忆中的小镇——杜桥

项修考

　　我的家乡杜桥，位于浙东中部椒北平原上，隶属临海市，是临海市第二大镇、浙中"三桥"之一。浙中三桥分别为：台州路桥、乐清虹桥、临海杜桥。

　　离开故乡已整整二十六个年头，其间回家探亲和过年，身处异乡魂牵梦绕的还是那份浓浓的乡情。这二十六年里杜桥的变化很大，城区面积成数十倍增长，但心底的老杜桥风貌依然常入梦乡，难忘旧时杜桥的安逸和宁静。一直有一个想法，想把儿时记忆中的杜桥印象写下来，等到哪天不记事了，翻开这些文字至少还能追忆。

　　浙江多古镇，乌镇、西塘等江南水乡想必世人并不陌生，因多名士隐居，犹如大家闺秀闻名于世。而我的故乡杜桥虽无隐士，也无贵人，却另有一番韵味，如小家碧玉般镶嵌在浙中的东海之滨。

　　记忆中的杜桥最繁华的区域就是从镇中心流淌而过的小河两岸。记得小时候从上桥头沿河至枕头桥，数百米河岸两侧商贾云集，作坊遍布。这些手工作坊规模不大，多是前店后坊，别有一番景象。由于小镇靠海，受海洋性湿润气候影响，多台风暴雨。两岸店铺为方便行人雨天通行购物，沿店铺至河堤边搭设了永久性遮雨廊檐，与民居浑然一体，延绵数百米。河中清水荡漾，不时飘过几只戏水的小鸭子，构造成水乡

别样的风景，煞是好看。无论阴晴雨雪，小河两岸人流熙熙攘攘，非常热闹。

随着人们生活水平的提高，毁旧房建新楼，沿河两岸如今除了残存个别没有拆建的民居，水乡风光早已荡然无存。假如乡人们有先见之明，保存一些古色古香的民居和廊檐，说不定，这条河岸会成为小镇最靓丽的风景。可惜，这只是假如，历史不能假设。

小镇属于以集成市的城镇，以穿越镇中的小河为轴心，东西方向延伸形成各条街道，且大多以形成的集贸市场为名，如柴爿巷、缸巷、香巷、老牛场等等。每当开集，商贩云集于米行街。可惜，当年繁华的米行街老街已永远消失在二十七八年前的一场大火中，再也找不出半点痕迹。

三十多年前，最繁华的地段当数解放街（当时称为"宽街"）了。当时的解放街东至上桥头，西至现在的前王钟楼，不过一千多米的距离。我对整条街道的布置记忆犹新，自西向东有杜桥区委、区教委、电影院、供销社食堂、杜桥照相馆（当时唯一的一家照相馆）、新华书店、杜桥百货商店、杜桥布店、杜桥国药店、文具店、五金交化商店、上桥理发店等等。横向的街道除了解放街外，还有西街、原杜桥小学南面的那条街（称为"庙前"），再往南就是前所—杜桥—上盘的公路了。这条路每逢集市是买卖柴火的地点。南北纵向街道也就那么几条：一条是老邮电局旁的杜桥车站至白石的公路，现在叫"杜西路"；一条是原废品收购站至麻袋厂的那条街道，一时叫不上名来；还有就是柴爿巷和沿河两侧的街道（俗称"埠岸头"）；最东边的就是下街头了。

如果说解放街是新中国成立后国有经济集中的地方，那么，柴爿巷则保留了带有较多私有成分的商店。当时，柴爿巷由北到南也有十几家较大的商店，如杜桥馆店、杜桥理发店、枰称店、碗店等集体化商店。

如今，除了解放街中段、埠岸头、柴爿巷变化不算很大外，其余的街道已经差不多找不到原来的痕迹了。

每每回乡，我常会先去逛逛柴爿巷和埠岸头，可能是曾经在那儿居住过的原因吧！总感觉那里倍感亲切，或者也是因为那边仍然保留着较多过去的味道，徘徊于此依稀能找到过去熟悉的气息。偶尔，也会去柴爿巷的老理发店安安静静地坐下来，让店里的师傅理个发，顺便探问附近熟识的老人今何在，当得知有些人已经仙逝，免不了唏嘘一番。

南国的夏夜异常闷热，南海湿热的季风让这个城市的夜空充满了烦躁的气息。我不喜欢这个城市的气候，于是常常会想起遥远家乡那充满温馨的星空。

记得小时候每天一到傍晚，大人们就会把院子打扫得干干净净，然后洒水降温。晚饭时，大家把各自的小餐桌搬出来，或放在大院堂前的檐廊下，或直接放到院子里。院子里充满欢声笑语，大伙儿边吃饭边聊天，天南地北、古今中外、张家长李家短地聊开了。那时也没什么娱乐设施，连电影、电视机都很少看，最简单的娱乐方式就是听大人谈天说地，有邻家的收音机里传出红色样板戏"咿咿呀呀"的唱腔。

吃过夜饭后，大家把各家的躺椅、席子搬出来，摆放在院子里，孩子们把席子铺在一起，在上面闹成一团。或者躺在席子上一颗颗数着星星，听大人讲嫦娥奔月、牛郎织女的故事，猜想银河究竟有多宽，会不会比我们边上的那条河还宽；那北斗七星是不是用来兜银河里的水。遥远的星空带给儿时的我太多的想象空间。每每大人讲鬼故事的时候，心里虽然很害怕，却又特别想听。那时，因为没有电灯，自然也没什么污染，夜空中的星星和月亮特别清晰，也特别迷人。我常常边躺着仰望星空，寻找悄然而至的流星，边听故事，不知不觉中就迷迷糊糊睡着了，再被大人抱回屋里睡觉。

小时候，镇上的娱乐设施相当匮乏，只有唯一一家室内电影院。那时还在为解决温饱而发愁的老百姓怎样也舍不得花上五分钱去看一场电影，一年之中能看上一两场已经非常不错了。而我们小孩子常会趁检票时大人不注意，夹在人群中溜进去偷看。没有办法，谁教那时大家都穷啊！

难得遇上一场免费的露天电影，大人们早早告知放映的时间和地点，惹得我们小孩子兴奋得好几天都睡不好。到了正日子，不论大人小孩都会把自家的板凳搬过去，挑好最有利的位置摆好，称之为"号位置"（小镇有个不成文的规矩，如集市日你需要在哪里摆摊，那么，可以提前把那个位置用石块压上一根草绳圈好，就不会再有人和你争抢了。从这个侧面也反映出小镇居民的淳厚性格。摆摊如此，看露天电影亦是如此）。然后，大家早早吃好晚饭，在电影开映前一两个小时就来到现场，找到属于自家的位置，东家长西家短地聊开了，直到电影开演，煞是热闹。那些富有商业头脑的小贩们亦早就到来，场子四周摆满了卖瓜子的、卖甘蔗的、卖洋菜冻的、卖姜糖薄荷糖小糕糖的。随着夜幕降临，小贩们把自家的汽灯、煤油灯打开；观众们也不时地把当时唯一的家用电器——手电筒打开，划向漆黑的天空，非常好看。当然，那光束远不能和现在花花绿绿的霓虹灯相提并论，可那气氛却是现在再华丽的夜景都无法比拟的。人们来到这里图的是一种节日般的喜庆气氛，电影反而成了陪衬。偶尔，文化馆也会举办一些收费的节目，如在柴爿巷原文化馆里请来评书艺人演出等。记得有一次是《说岳全书》吧，连续演一个多月，场场爆满。我们小孩子经常会聚集在门口听里面传出来的声音，个别胆大的会靠近大门探头看看里面的情形，然后再说给我们听。看门检票的人也很厚道，从不撵我们走。

除了这些娱乐，还有一些小贩也会用一些娱乐方式推销他们的商品。记忆最深刻的当属卖梨膏糖的。梨膏糖是润喉止咳的保健食物，既可当糖吃，也可作为药品辅助治疗。可能是当年生活太贫困了，咳嗽的人也似乎特别多。卖糖人一般是在柴爿巷与小菜场交界处，也就是老理发店门口，用几张八仙桌搭起台子。入夜，随着开场锣声敲响，我们知道又有卖糖人开始表演了。于是，大人小孩都围到台子边上，听卖糖人说相声、耍杂技。有时，他们也会说上几段评书之类的。每每说到精彩之处，他们便戛然而止，进而开始推销，细说梨膏糖的好处，跳下台来托着一盘糖走到人群之中。自然有人会买他们的糖，也许根本不相信他所说的那些天花乱坠的效果，不过是看在他卖力表演的份上捧捧场，反正也不会浪费，至少可以拿回家去哄哄小孩。

除了卖糖人，还有卖狗皮膏药的、卖祖传秘方的等，同样会如此这般地进行一番表演推销。

那时，还能经常看到几个背着长筒腰鼓（俗称"道情筒"）走街串户唱道情的艺人。唱道情，应该是椒北平原一种独特的曲艺表演形式。对此，我没有研究过。不过，据我所知，在其他地方确实没有见到过。其风格很像苏州评弹或京韵大鼓，使用的配器要简单一些，一个竹片做的快板，外加一张鼓。印象最深的是一位腿部略有残疾，走起路来一摇一摆的中年男子，唱起道情《王金满打桐坑》韵味十足。每逢节假日路过我们院子时，大人们就会请他给我们唱一曲道情，唱得最多的也就是这曲《王金满打桐坑》了。在乡人的心目中，王金满绝对是位不畏强暴、劫富济贫的绿林好汉。

小镇人喜爱越剧。那时，老老少少都会哼上几句。戏曲电影《红楼梦》上映和后来的小百花艺术团的演出，都曾在小镇这边掀起一阵阵学习追捧越剧的狂潮。袁雪芬、范瑞娟、傅全香、徐玉兰、尹桂芳等越剧演员绝对比现在的周杰伦、蔡依林、陈慧琳等明星还要受欢迎。每逢收获季节和节日，各乡各村都会轮流请本地、外地的越剧剧团来演出。乡人对越剧的青睐持续至今。记得今年春节期间，浙江越剧团还被请来演出，时值严冬，可露天剧场里依旧人山人海，场场爆满。

越剧是幸运的，历史悠久，人才辈出，流行区域也广，轻易是不会消失的。不过，唱道情这种冷门的曲艺方式恐怕就没那么幸运了。不知现在还有多少年轻人听过，也不知那位腿部残疾的艺人今可安在，若在，恐怕也有七八十岁了吧？

外表越来越现代化的小镇，骨子里仍流淌着传统。清明时节，祭扫祖先，依旧是六大碗上坟，青团粽子做点心，三炷清香一对蜡烛，全家老少一起祭拜。

如今，漫步于小镇河边的老街，风光已然不再。河道驳岸得以整治后，表观是好看整齐了，也缺了一些古老的符号。过去的连廊全部不见了，河水也脏了，原先的打铁店、白铁店、五金店、竹编店一家挨着一家，现在只剩零星几家尚在营业。下桥过去那个马路桥的船码头亦不见了，过去逢集船舶云集的景象再也看不到了。

小镇的规模还在不断扩大，新建的小区一个接一个，楼层也是不断上攀。时代在发展，无法回到过去，除了几声叹息，小镇人的生活依旧忙碌继续着。

杜桥，在路上

陈宗广

一

母亲时常忆苦思甜地对我们说一些老杜桥的故事。

母亲幼时，外婆家的境况是很不好，住厂，纺麻。住厂的厂，杜桥方言读去声，不同于现在工厂之厂音。我问母亲："这个厂是怎样的？"她说："就是比茅草棚稍好一点。"何为茅草棚，我是知道的，只是无法想象一家人居于其下，衣食住行究竟是什么光景。读大学时，看到唐代韩偓有诗云："此地三年偶寄家，枳篱茅厂共桑麻"，便对厂这个概念渐渐清晰起来。纺麻通常都在晚上，点一盏煤油灯，悬于屋柱之上，灯光如豆，摇曳不止。冬夜虽冷，但一家人围坐一起，倒也其乐融融；夏夜燠热，且蚊子结群，双手总不离麻线，便没有工夫去拍它，腿上往往被叮得到处都是包，白天难看得很。

纺麻是按斤两计算工钱的，两分钱一两。母亲纺得快时，一个日夜可纺成一斤四两，共两角八。纺好了麻，要送到杜桥麻袋厂去。外公带着母亲和大舅舅一起，扁担络麻，走几个钟头的小石子路，赶到杜桥浦岸头交麻。母亲那时八九岁，也挑担，一头有一二十斤。交完麻就到中午了，即使不停歇地赶回家，也得午后两三点了，因此，只好在杜桥吃午饭，这几乎是惯例。外公自有预备，家里一早做好了饭，拍成团，放在饭巾里，仔细包起来，一直带去杜桥。

午饭时，找一家简陋的麻糍摊，外公、母亲和舅舅，三人合起来点一碗五分钱的豆面汤（豆面汤本是过炒麻糍的），各自取出饭巾里的冷饭团，倒一些酱油在饭团上，就着那碗汤，干巴巴地吃起来。偶尔，一二邻座吃炒麻糍的，吃到一半便弃箸起身，付钱走了。剩下那半碗金黄的炒麻糍——和着鸡蛋、豆腐干甚至鲜猪肉的炒麻糍，便慢慢、慢慢地由热变凉，终于被撤走了。母亲告诉我，尽管心里着着实实地记挂着，但从未想过要趁人不注意时端过来吃。

老杜桥啊，她给我的印象是遥远的，不仅是扁担、络麻、石子路，更是冷饭团与炒麻糍的距离。

二

我生长于杜桥镇小田村。那时候的小田村还不直接隶属于杜桥，而是市场乡的一个大村庄。村的最西头是一条河，向南流到海涂头，向北则通至涂下桥。涂下桥就是杜桥，这是老一辈人的叫法，我们听着听着也就习以为常了。只是那时还未曾识字，心里想着"肚下桥"，肚子底下有一座桥，觉得很有趣。

这条河很长。小时候，我和哥哥会沿着江岸头一直往南走，一直往南走。在某个明亮夏季的午后，河岸两边的房子渐渐在我们身后退去，终于，两岸的房子模糊到连在一起的时候，我们一人一根柴杆握在手里，站在河岸边田垟头，望着大片大片的田地，无止境地向远处蔓延，好像要直抵天边。我们害怕极了，不顾一切地往回跑，一边跑，一边拿柴杆抽削路旁的杂草。

但我们却从未沿河向北走去，也不知是为什么。大概是那时的我们更向往尽头，向往未知世界，而北向的世界就是涂下桥，她在我们小小的生活中，是具体可触的。

每逢农历一、六涂下桥市日的近午时分，就会有一只铁板大船，缓缓从上游开过来，泊在江岸头——来的便是涂下桥市船。市船上满载各种货物，主要以大件物品为主。船老大放好板跳，等候的人群开始涌动，撩起衣袖，开始搬运自己的东西。成捆成捆的柴爿扛在肩膀上就下船来了；木桌木凳并不常见，几乎都是白地的；椅子则往往是竹制的靠背椅，大多是新竹，呈青绿色。大人们肩膀扛着重物从我们旁边匆匆而过，椅子散发出一股清新的味道。还有一些竹编的器物：脚箩、簸箕、竹篮、竹篾、鸡笼等，就连扫地笤帚，也都是一把一把从市船上下来的。

我们小孩子站在江岸头那座老石拱桥上，看着这份热闹，心里也美滋滋的。偶尔，有邻居叔伯家的轻细物品从板跳上传过来，我们便抢着搬运。那时候，我们目睹过从市船上卸下来最大的东西，就要数方形的白铁皮谷仓了。也正是因为这个缘故，涂下桥在我们小小的世界里，又

一直是个神奇的地方。

跨进 21 世纪，我们刚读初中。小舅舅结婚办酒，父亲去杜桥买了只喜羊，从市船上拉下来时，颇费了一番力气。那是父亲最后一次搭乘市船，而涂下桥市船的历史也随即走到了尽头。我问父亲："市船为什么没了？"父亲深深吸了口烟，慢慢地说道："船慢了，河窄了。"

三

小学六年级后，我和哥哥，还有姑姑家的表哥，一人有了一辆属于自己的脚踏车。毕业那年夏天，我们经常骑车去杜桥。

现在的南大路一带，原来有两个卖游戏版的三轮车摊。三轮车上搁一块大木板，上铺一张彩色尼龙布，前端并排摆着好几部游戏机，外壳有银灰的、深蓝的，也有大红的。那时，最令人记挂的牌子便是"小霸王"。游戏机后面，则整整齐齐排列着一摞摞黄色塑料壳的游戏版。

我们花三十六元合力买了一部大红色外壳的游戏机，忘记是什么牌子了，只记得不是"小霸王"，摊主送了一张"98in1"的游戏版，里面有经典的"坦克游戏""飞机大战"等。我们另外又购买了"超级玛丽"与"魂斗罗"各一版。

此后，我们便经常以卡带或者不清晰的理由，拿一些玩腻了的游戏版去调换。令我们讶异的是，摊主竟都会如我们所愿，任我们随便挑，只要换的价格不超过原来的就行。当时，我们虽感庆幸，也确实想不通。后来就明白了，因为每次拿去换的时候，总还会再买一些新的。

相比现在的电子世界之丰富多彩，在游戏尚且匮乏的 20 世纪 90 年代末，杜桥的南大路一带就成了我们的乐土。

游戏版价格一般都在四元左右，十元则可拿到三版。这自然是摊主促销的好手段。对我们来说，真正遥不可及的是什么呢？那时，浦岸桥头过东，新开一家"菜篮子超市"（后来易名为"人本"，现在则是"千子一家"），有那种放在精美盒子里的"三国志"游戏，货架上贴的标价是四十二元！每次骑车去杜桥，总忍不住去那家超市，只为看几眼，真希望什么时候突然降价到十元左右，我们咬咬牙，也能买了。

四

初中以后，年岁渐长，游戏便渐渐被我们束之高阁，取而代之的爱好是养花。其实，与其说是养花，不如说是买花盆。

从杜西路的路廊进中心菜场，要穿过一个隘仄弄堂，弄堂里摆着几个水果摊，左手边是一家稍大的糕点铺子。沿铺子一侧进去，有一个尼姑庵——永福庵，现在是芽和招凤两个人住着。她们的师傅正是我母亲的亲姑姑，数年前归寂。母亲对我们说的时候，总是称她"老佛"，当面却亲切称呼其"阿姑"，让我们叫她"姑婆"。小时候，母亲带我和哥哥去那里玩，见过她一面，还塞给我们一人一包二十二元的"敬命钿"。她留我们吃午饭，因为姑婆庵里向来都是吃素的，就从街上叫了三碗肉丝面。

有一次，母亲从姑婆那里带回几棵兰花。有了花，自然需要盆。母亲本打算种在漏底的酒雕里，我觉得不好看，就商量着骑车去杜桥买花盆。

从小田出发，到市场路口左转，沿途骑经垦岙、上林、铁路头等地，绕环城东路，过桑园，就来到杜东路的花鸟市场。我和哥哥、表哥三人骑两辆自行车。我一会儿坐哥哥后面，一会儿坐表哥后面，半个小时的路途，也算不得累。

杜桥的花鸟市场，市日头比较热闹。平常日子，赶集的摊位都空荡荡的，只有一些店铺常开着，花盆店就是其中之一。店铺外搭遮阳棚，右端有一个大鱼缸，鱼缸里养着几条红黑金鱼。玻璃鱼缸旁边，一只白猫懒洋洋卧着，看着金鱼悠悠地游动。鱼缸前面的地上，摆放着各式各样的花盆。数量最多的是褚黄色陶盆，几乎都是圆形，盆上印有"金玉满堂""花开富贵"等吉祥字样。这些盆价格颇低廉，往往摆在最前端；稍后一点摆着的则是彩釉瓷盆，有各种色彩混合的，有绿底兼描几笔写意花草的，还有类似于青花瓷的，都是简单的釉下彩，且工艺粗糙，价格也不算高；摆在最里面的是紫砂盆，方的、圆的，高的、矮的，形状各不相同，盆面刻着图案，以兰花形状或古诗文为多，显得简静、素雅，价格也最高；还有一种是我们不敢问津的，它们被摆放在店铺内的橱柜里，是精致的紫砂花盆，价格令人咋舌。

我们最终挑了两个绿釉瓷盆，正六边形盆口，盆肚收缩进去，盆底较深。店主说，这种盆适合兰花。记得还价以后，两个还不超过十元。里外叠在一起，再用布条缠绕仔细，我坐在自行车后座，一路抱着回家。

还有一次，买了只椭圆形浅底陶盆，盆里带土种着一株文竹、一棵铁树苗，因为花盆边缘缺了小口，连盆带竹只需七块钱。回家路上，我还是一路抱着，但是铁树苗的针叶刺得我胳膊痛痛的。于是，这一个记忆就刻入我的那段日子里了。

高中时，伴着东南环线公交车的开通（大约 2003 年夏天前后），我和哥哥、表哥一起骑车去杜桥的日子就彻底结束了。而今，从我家去杜桥，车程不过十几分钟。但是，那些日子的印记随着时间的推移，非但没有模糊起来，反而愈加清晰，刻入了我的整个童年与少年时代，也刻入了杜桥变迁的岁月中。

初识杜桥

范春蓉

早就听说临海的杜桥是座新兴的商贸城，那里的眼镜市场闻名遐迩，数十年来那里的人们坚信走出去便是一片广阔的天空。是的，杜桥人的生意已做到全国各地，更有一些甚至迈出了国门。

走进杜桥的那天，天空阴郁，仿佛有一场不期而至的雨，但是雨终究没有下。杜桥，这个古老的小城大镇，在林立的高楼丛里仍然能觅到丝丝的古意，那些过往的时光并未因小城镇的发展而被人们遗忘。我想与有着千年历史的杜桥相遇应该有一场雨，在淅沥的雨中寻访古老的小镇，让浓厚的历史在烟雨之中慢慢地洇染开来。

杜桥的历史应该是从街巷开始的吧！穿梭在杜桥的老街，一幢幢古旧的房子让人误以为时光停滞不前。这里的人们秉承祖辈的生活习性，黄酒店、杂货店、铁铺等，在这条并不长的街道上比比皆是。人们日出而作、日落而息，上演了一幕幕单调而纯朴的生活故事。更有沿街叫卖的人们，像行走在古老的岁月里，勤奋和努力是他们唯一的标志。

杜桥人善于行走和拼搏早有耳闻。据说，20 世纪 80 年代初，杜桥人就开始走出去，尤为显著的就是做眼镜生意。至今记得，在我居住的城市里遇到过的那些肩扛着眼镜行走的杜桥人，胸前挂满了五颜六色的眼镜。他们的声音有力，他们的脚步坚定，他们勇者无惧地将一副副眼

镜销往不同的城市。如今，浙江眼镜城建立，人们再也不用像以前那样奔波和劳碌了，但走进眼镜城的时候，我还是能感受到那些餐风饮霜的杜桥人是如何度过那些漫长而艰辛的岁月的。

在途经客运车站的时候，我看到来来往往的行人，这里既是一个起点站，也是一个终点站。这些来自天南地北的人们，这些怀揣着梦想的人们，他们融入了这个小城镇，又将这里的一切带走。人们不停在行走，就像杜桥不停在行走，向前走，一直走下去，直到走到一个新的高度。

是的，杜桥的人们在不断地自我创新，看那一幢幢拔地而起的高楼，像一轴又一轴打开的画卷。时代已过去了，杜桥却带着往日的记忆重新融入新的生活。还有多少次的预备与奔跑，还有多少次的跋涉与蜕变，下一次的再见也许又会是一个全新的杜桥。

夜幕降临之际，杜桥的喧嚣与繁忙才步入宁静，有薄雾笼罩着这个小城镇，眼前的景色变得神秘而莫测起来。在街的一个转弯之处，香樟树的香味四散开来。我仰望着一处被工地作业灯光照亮的夜空，开始想象一个全新的杜桥。我很庆幸，在疲惫与困顿的生活中，杜桥给了我全新的力量。站上一个高处俯瞰，不远处的街灯将这个小城镇点缀得熠熠生辉，就像杜桥人坚定的信念。

她是我怀揣的梦

王玲

人总是怀梦的，怀着温柔而又深情的梦，梦里的她抵得过所有名川河流，静静地流淌在你的血液里，镶嵌在血肉之躯中，纵然逝去多少年岁，也无法忘却梦里美好朦胧的模样。

我也怀揣着梦，那个梦像醉在江南的微风细雨之中，又似笼着轻纱，带着微微暖人的水汽，弥漫在空气中，暖得有些醉人了。我不是出生在这个小镇的，可把脑子的记忆全都梳理一遍，也唯有她存于我深深浅浅的记忆之中。现在看来，这个小镇的名字也嵌在血骨中，毕竟，我也曾真真切切地在这里有生气地活了十三年。我深知她是梦，须我义无反顾地去拥护。

穿走在白瓦墙间，会经过巷口，人群稀疏。我在这都能听到自己落在青石板上的每一个足音。我也怕踏得太重太急，会惊扰了这寂静，所以选择慢慢走，慢慢看。突然想起《雨巷》，在如此悠长而寂寥的雨巷，她也似从水乡之中初到烟尘之中的姑娘，带着柔情和声声呢喃，坠在这片土地，扎根在这里。阳光很少透进来，它也不愿去打破这巷间的寂寥。她是江南女子柔情的梦，持着矜持与安然摸索在巷口。

她静静地没有言语，也不知我爱她春夏秋冬的每一面，我等着与四季邂逅在她的怀抱之中。

春敲打着窗扉，不轻不重。她穿着席地的白衫，所以走得如此之轻，以至于她潜在你身边，你也不曾察觉。人抽不去懒意，他们宁愿自己不挣扎，淹没在这烂漫的春色之中。但过了初春，这一年的劳作也如火如荼地开始了，混着泥土的芬芳气息，和着这微寒的空气，让人不禁有些失了神，分了心。每天清晨，得深吸一口气，微寒而又沁人心脾。家门靠着水田，看着弯腰垂拱的人们只顾劳作，连头也被这春意压得很深很深，他们把心血都扎根在土地上了。有时，突降春雨，人群便在水田里有规律地散开，到离水田较近的人家去避雨。奶奶依次给他们水喝，问今后收成如何，也似饶有兴趣地愿去水田插秧一样，也有人趁着微雨慌忙赶去，一头扎进他们将来收成的梦里。

夏还未到，村里的小孩便忙起卷起裤脚去河边。她骚动着踏着步伐，混着略带节奏而躁人的蝉声和闷热的热风隆重登场，睥睨着这世界的沸腾。喧嚣在人群之中漫开，她似凝聚在我心间波涛汹涌的激情，从宁静之中散漫开。人们会躲在荫蔽之中，开始闲谈，也微微驱散这炎炎夏日的躁动与不安。爷爷爱这本土，喜欢席地而睡，在大开门户的地方铺着草席，带着一天的疲惫沉沉睡去。久而久之，几乎每家每户都有了这习惯。我也记得小时候爱黏着爷爷，跟着他睡草席，常睡到草席外，蹭了一身的灰。即使燥热，也爱在烈日下奔跑，跟着玩伴走西家串东家，吃遍每户的西瓜与杨梅。如今已是夏季，等夜深，我也洗净这一身沾染的夏日狂欢，享受着这青春般的盛宴的热闹。终了，枕着清凉的梦，至清晨暖人的光披身才睁眼。

秋仿佛惊醒了这个季节，袭着一身的缠绵，穿梭在林间、山间，于宁静之中。她在盛夏之后褪了色，带着些灰蒙蒙的色调。花儿美好得有些零碎，听着那簌簌的声息，落叶有时飞在肩头，抖一抖就散落。如果不细看，看不到那些细枝残叶夹杂在碎发间，秋天的颜色融在黑色中，也不失和谐。我与朋友徒步走在校园，停在紫藤萝下，初绽的花沾着包含水分的紫色，有些剔透和明亮，颜色浓浓淡淡的。她为我拂去青灰色石凳上的灰尘。我们相依而坐，依偎在一起。时间挪移着，辗转到从前，我们也曾这样在紫藤萝下笑着闹着，只是时间不同，心情不同。但有些泛黄不变，是对秋的喜欢。它没有变，仍开得放肆，在这冷色之中。同伴笑着说着从前的事，说那时的青涩。我们都笑了，揉着眼，把年少往事一起揉进厚重的时光里。临别时，我们把恋意丢弃在紫藤萝下，忍不住回头，回望那场梦，关于青春的一次浩劫。那些青春梦有些失了色。

已是严冬，添上厚重的衣裳。冬日总是无常的，这个小镇的冬天多了些湿意。人们也奔着夜晚出去。她裹着大衣站在街角路口的暖灯下。灯下的她有点瑟缩，红着脸，又时不时地笑着。他匆匆赶来，满口的歉意。他大口喘着气，想说点什么。还未等到开口，她便拉起他的手说，冷吧，我们走吧！他宠腻地揉揉她的头发。那时，一条乡间的小路，天空灰黑得有点深沉，月光衬着这夜有些明亮。冬日的月光将他们的影子拉得很长很长。冬天，时而漠然，时而温暖，我们在各自梦的余温中驱寒避暖，再等来年这小镇中的春暖花开。这个冬日应是暖人的，带着梦的温暖来了即走。

我们总看着这个小镇的人潮簇拥又离去，他们想去高飞。这个小镇拦不住他们要奔赴远方而成一番大业的宏愿；又有人拥着理想在这里扎根，想把自己的梦筑高，稳固在此，带着对未来的渴盼在这片热土洒下热血。他们注定要为这里的繁华而奋斗。这个小镇在进步，在潮流中不失质朴，带着先人祖辈和如今我们的殷殷祝福。我们在这里生长，在这里扎根，在这里食尽人间烟火，在这里感受四季的冷暖与人情的温寒。我们也注定要去奔赴未来，最终回至这里，或在初春，或在夏至，或在

秋期，也许在冬末，终得回来的。

有那么一种愁绪在梦里魂牵梦绕，有时淡淡，有些歇斯底里。在那个小镇，我们真切地活着，感受冷暖。毕竟，我们现在有生气地活着。

四季有冷暖。我们曾狼狈地在烟雨之中闪躲，因不知所措而失了方向；我们曾嬉笑怒骂在这浩荡的季节里；我们曾任着性子不管不顾地高声谈论。小镇，你可还记得那些温柔的记忆？我还记得，一点也不敢忘却。等我到了垂暮之年，我还有可回忆的笑容。那有多美好，我知道。我沉醉在梦里，只愿沉醉在这里。

我怀揣着梦，梦怀抱着我。

小城爱我，我爱小城

虞苗苗

  站在杜桥的一角，那延绵的山色，潋滟的水纹，有江南水乡般的清秀，又有历史走过的遗迹。杜桥这个凝固的艺术，在古典的线条与现实的完美交融下，显得那么相得益彰。站在古老的城墙上，可以看见一江春水波澜不惊，感受一方水土的辽阔。站在这里，静静倾听着杜桥的脉搏，静静感受着这杜桥的呼吸，观赏远方的夜色，那泛黄的彩灯、那河畔边低低的垂柳，都深深烙印在我心里。

  对于杜桥的爱恋，不知从何说起。关于杜桥的那些破碎的、星星点点的思绪在我的记忆中汇成一股暖流，冲击着我的肺腑深处，如此鲜活，如此美好与真实。

一

  爱杜桥，因为爱它的平凡，喜欢在这幽静的小巷中行走。

  小巷很窄，却到处弥漫着杜桥独有的味道。在这里，你可以在家家户户的门前挂着一个小小的牌子，那是他们的门牌，告诉世界：这是我们的家，我们是杜桥镇的一员。每个人脸上的微笑都那么朴实，洋溢着杜桥特有的气息。那种远离城市的喧嚣，那种乡村人特有的、与生俱来的、独一无二的淳朴气息，是让人从心底感受到的温暖的气息。走在这个小巷中总能闻到满满的花的气息，在这小巷中荡漾着，盘旋着，升腾着。于是，这小巷中满满地溢出了花的甘甜。我深深呼吸着这家乡的味道。放眼望去，恍然觉得自己像是坐在花蕊中，微微抬头四十五度。家家户户的阳台上都放了一盆盆的花，吊兰垂下脚来，迎风舞蹈，一簇簇，一串串，笑着，挤着，推搡着。冰肌清凉，满巷芬芳，为杜桥染上一层淡淡的薄雾。这雾中，有你，有我，有淡淡的花香，有浓浓的情感。

走在小巷中，时时可以听见几个正在挂衣服的大妈闲谈。"我家那个死老头儿昨晚打麻将一晚上没回家，又不知他输了多少钱！""我儿子天天坐在电脑前，催他做作业，反把我骂了一顿。现在的小孩子真是越来越无法无天啦！""现在的小孩子都一样，还有几个会认真读书的？我嫂嫂家的儿子三更半夜从学校寝室里逃出来，天天泡在网吧，他妈管他都懒得管！"唉，在这个虚伪的时代里，每个人都戴着一张张假面，在有权有势者面前装得像一只哈巴狗，颔首低眉，阿谀奉承；可到了乡下，他们又是一副道貌岸然的样子，摇头摆尾，指东道西，乡下人却在暗地里嘲笑。在这时代，做作的庸俗潮流已席卷一切，金钱与名利是权衡现代人的唯一标准，还有几个会像过去那些人那样，那么慈祥，那么朴实，那么亲切。我爱杜桥，就因为它的平凡。

在这个小城里行走，总能因为这普普通通的生活，把荣誉和屈辱一并忘却。

二

爱杜桥，是因为爱它蓬勃的活力和迅速的发展。

盛夏的夜晚，我喜欢在院子里，躺在自家的摇椅上，听奶奶讲以前那些古朴优雅的故事。听奶奶说，以前的杜桥很小，垃圾和生活污水到

处排放。现在的杜桥，放眼望去，满满的都是商场和各个小贩叫卖的声音，穿着件件白领服的阿姨大哥们提着大包小包笑嘻嘻地从商场里走出来。惠购、欧乐购这样豪华的小商场是20世纪七八十年代无法想象的。现在，在小商场门前很难见到衣衫褴褛的乞丐了。奶奶说，在以前，马路边上随处可见横七竖八的乞丐半死不活地躺在路中央。现在生活条件好了，人人都靠自己的双手过日子，哪还有什么乞丐啊！这还要感谢我们的政府啊！她常会提到以前的生活，饥不择食，全靠毛泽东打了胜仗，大家才有了衣服穿，才过上了好日子。

的确，我也有同感。在学海的那些日子，马路边上时时能看到那些架在路灯上的大大的、醒目的标语，"坚持改革开放，创建小康社会""使杜桥小城化"等等。每每看见这些标语，我的心都会为之一颤。是啊，几十年的时间，杜桥改变了那么多，从几个小村落演变成一个大镇子，再成为一个眼镜之都、一个小城。这期间，风云拨动，潮起潮落……

我永远不会离开小城，就像小城永远不会离开我一样。小城里永远不会有纷争，来往人群带不走我的情意；纷争的尘世带不走小城独有的风韵。流水人家的情趣、现代脚步的印记，都深深在我的脑海中盘亘，永世难忘。

温暖过我的小面馆

岚小茉

刚到杜桥工作时，我曾有过一段短暂的租房经历。

此地外来人口众多，房源紧俏。当时已经快 11 月了，人生地不熟的我托单位的门卫大爷帮我找房子。我们看的是与单位隔一条小马路的临街小楼。房东带我来到三楼，说要把他家最好的房间租给我。推门进去，空荡荡的房间除了一张老式棕绷床，再无一桌半椅，斑驳的墙上挂着陈旧的年历，窗帘脏兮兮的，看上去脆弱得一扯就会破。有一个锈迹斑斑、阴暗潮湿的卫生间，是这一层两个房间共用的。

这就是最好的房间？我面露难色。

房东好像没注意到我的表情，滔滔不绝起来："你看这房间的太阳晒得满满的，采光多好，而且铺了地砖，其他房间都没有的，面积也大，后面朝北的房间比这小多了，最主要的，我这里住的都是老实人，乱七八糟的人我不租给他们的……"

听着听着，我居然被说动了，想着兴许过几个月就能搬进单位宿舍了，这里走几步路就到上班地点，倒也方便，将就住一阵子得了。

住下之后，了解到二楼朝北那间住着一对夫妻，他们就在一楼开了家小面馆。联想起房东的话，我难以想象他们住着怎样的房子。夫妻俩经营的面馆叫"老牌拉面"，门脸儿很小，十来平米，挤着四张小桌，厨房就是进门的一小块区域，烧面的锅正对着马路。

我每天中午回来的时候，面馆生意比较忙。夫妻俩，男的负责拉面，只见他揉面、拉伸、摔打、再拉伸，反复几次，细细面条就出来了，扔到锅里；女的负责煮面，煮好之后把面捞到碗里，浇上清汤、肉汤、撒上葱花，再依据顾客需要添肉。这一套流程二人配合得相当默契。我偶尔会跟女主人打声招呼，更多的时候看两人都埋头忙碌，便悄悄地上楼去了。

那段时间，我刚到新单位，接手新业务，几乎天天晚上加班到十点多，这才体会到住得近的好处。晚上回来时，小面馆还开着门，亮着灯。夫妻二人一个守店面，一个躺后面过道的椅子上休息，轮流着来。此时已没什么客人，但他们坚守店面，我竟有种错觉，好像这家面馆是为了等我回来才开到这么晚。

有天晚上，我拖着疲惫的身躯回到住处。踏进面馆的一瞬间，肚子饿了。何不吃碗面呢？还从没吃过这里的面呢！这样想着，我坐了下来，细细看墙上的价目表：肉丝拉面，五元；牛肉拉面，七元；小排拉面，八元；刀削面跟拉面同价；另外，还有些鸡爪、猪蹄之类的小吃。那晚，刚好是女主人守店，我要了一碗牛肉拉面。没一会儿，面上来了，切得薄薄的牛肉卧在白白细细的面条上，绿色的葱花点缀其中，虽然简单，看上去倒也赏心悦目，再一尝味道，居然还不错！

吃到后来，我发现不对劲：这面的量怎么这么多呀？我疑惑地抬起头，只见老板娘笑眯眯地看着我说，"多吃点，这么瘦，每天工作到那么晚，可不能饿坏了。"

小小一碗面慰藉了我的胃，也温暖了我的心。我不由好奇地问，"这店开到几点啊？晚上都没什么人了，干吗不早点关门呢？"

老板娘说，"现在是没什么人，等到一两点还有一拨生意。来我这儿吃夜宵的人挺多的，不比中午少呢！"

凌晨一两点钟吃夜宵？我有点难以置信。

待久了之后，我才从别人七七八八的讲述中了解了当地人的夜生活。这个小城镇有一大批靠制造业发家的小老板，他们好像对突然暴涨的财富有点无所适从，镇上的商品房已经炒到一万多一平方米，街上跑的宝马跟大众一样普遍，每晚都有很多人流连于各种娱乐会所，夜夜笙歌，醉生梦死，豪掷万金，玩到一两点再花几点小钱吃个夜宵才回家。难怪，这对开小面馆的夫妻每天晚上都要忙到两点以后。而早上八点不到，我出门的时候，他们也都已经起来了，开始准备一天的食材，不可谓不辛苦。

尽管如此，两人的精神状态看起来倒不差。他们约莫四十来岁，都是中等个儿，微胖的身材，手臂粗壮，皮肤挺白，脸上挂着和气的笑，许是在一起久了，看上去颇有几分相似。这大概就是所谓的夫妻相吧！

打那以后，我晚上回来经常会吃上一碗面，再上楼睡觉。他们每次给我的分量都特别足，知道我喜欢吃香菜，之后端给我的面便都加了香菜。那个冬天，虽然工作辛苦，我却丰腴了一些，拍照时的脸是圆圆的这夫妻二人，男的不太爱说话，女的相对开朗点。所以，每次轮到老板娘守店，我便会跟她聊上几句。从零星的聊天中，我了解到他们来自安徽，开面馆已有十多年了，之前在别的地方开，租这个店面也有好几年了。他们有一对儿女，女儿读高中，儿子读初中，都寄宿在学校。

"想孩子吗？"我问。

"想啊！还好现在网络发达，我们可以通过 QQ 聊天。"

那个时候，微信还没兴起。他们店里没有电视，却放了一台笔记本电脑。有一次，老板娘气急败坏地跟我说，"这两个小鬼居然都拿小号跟我加了好友。"原来，夫妻俩想通过空间动态来了解孩子的近况，结果过了很久，他们的空间空空如也，一问才知道这是他们专为和父母聊天申请的小号。老板娘有点无奈道："还说什么要尊重他们的隐私权……"我笑着安慰道："青春期嘛，都会有自己的小秘密，长大了慢慢就好了。"

老板娘叹了口气说，"只要他们能专心读书就好。我们老家很多人的孩子早早就出来打工了，我不想两个孩子走我们的老路，只要他们考上大学，不管什么大学，再苦再累都会供他们读下去。"

我不由对眼前这个女人刮目相看。

冬去春来，天气渐暖。没想到，我会在这个简陋的农民房住了这么久，到后来竟也不觉得条件艰苦了。

周末下午，我从外面回来，有时店里没有人，走到后面过道会看到其中一个躺在躺椅上休息，或是女的给男的披披被角，或是男的给女的涂涂风油精。此时，我会踮着脚悄悄爬上楼梯，生怕打扰了这一刻的美好。

还有一次，他们正嘻嘻哈哈地打闹，见我回来了很不好意思。我比他们更不好意思，低着头匆忙上楼。

半年多之后，我搬进单位的宿舍，光顾小面馆的次数也少了。不过，偶尔会莫名想念那里的味道。有时，中午的时候，我便邀上同事一起去他们家吃面，还声称这是附近最好吃的面馆。同事吃过之后，却反应平平。可能味道真的挺普通吧！只是因为在很多个寒冷的冬夜，这里的面给了我温暖，才会让我觉得特别美味。

再后来，由于工作原因，我被派到外地三个月，回来第一时间想到的就是去他们家吃碗面。谁知道，迎接我的却是冷冰冰的防盗门，门上贴着一张店面出租的告示。

怎么会？搬走了？我脑子里一片空白。仔细回忆，然后想起有次老板娘跟我抱怨，说房东要涨店租，一涨就是一半，本来他们做的就是小本生意，靠走量的，这样的租金哪承受得起！他们想换地方了。"此地的店面租金确实贵，不过他家涨了，可能其他地方也同样会涨。"我这样提醒她。她的眼神暗淡下来，继而又说，"实在不行，我们搞辆小推车，到街上去卖。""街上卖的话，天气暖和还好，就是冬天会比较冷啊！"我一想到寒风中的那个场面便觉得浑身发抖。"不怕！只要我们两个在一起，到哪里都能把面卖下去。"老板娘信心满满地说。看着她认真的表情，我竟有点羡慕：这么长时间，我从来没见过这对夫妻吵过一次架、红过一次脸，更难得的是，结婚多年却还有年轻情侣般的小恩爱和小甜蜜。

没想到，这么快他们就搬走了。我有点懊恼，明明知道他们就快搬走了，怎么没要个电话号码呢！

那以后，我再也没有见过这对夫妻，不知他们是在镇上的另一个角落开面馆，还是已经离开此处，去别的地方开面馆了，又或者在哪条街上摆摊卖面了。不过我相信，就像老板娘说的，他们夫妻二人共同努力，定会把日子红红火火地过下去。

只是，我真的好希望哪天能再碰到这对夫妻，再吃一次他们煮的面，听他们跟我讲孩子读大学的事情。

夜游杜桥老街

吴方华

　　夕阳余晖的笼罩下，喧嚣了一天的杜桥城逐渐安静下来。杜桥老街显得安静而祥和。

　　我喜欢群居，也喜欢独处；我喜欢热闹，也喜欢安静。今晚，闲来无事，独自一人漫步于浦岸头，享受着一个人夜游的乐趣。漫步水岸边，欣赏老街夜景，是一件非常惬意的事情。一阵清风徐徐送来，河两岸杨柳依依，在路灯的照射下，显得婀娜多姿。灯光倒映在水面，璀璨而惊艳。两边河岸用两根铁链子拦着，防止游人失足落水。五步一石墩，十步一路灯。月明星稀，两岸灯光点点，光与影互相映衬，一切显得朦胧而柔和。不知哪里传来虫鸣声，和水里的蛙声交融在一起，犹如小夜曲，有趣而动听。月光下的我，喁喁独行，聆听着这美妙的天籁之音，感觉无比舒畅。

　　不知不觉中，我来到那座古老的桥上——涂下桥。白天，桥上车水马龙，热闹非凡；夜晚，桥上行人稀少，显得很安静。桥下的河叫"龙浦河"，是临海百里大河的一部分。20多年前，龙浦河是一条热闹的河流。每逢杜桥集市，乡下的人们坐着小船进货赶市。天色微白，老街上渐渐热闹起来，河岸边传来吱吱的摇橹声、老街石板路上的马车声，还有早市商贩们的叫卖声会杂糅在一起。你会看到，桥上行人如织，桥下千帆竞过。两岸商铺云集，行人摩肩接踵，挥汗如雨。昔日繁华地，如今因旧城改造，显得冷僻而寂静，白天少人走，晚上更显宁静。古桥老屋见证了杜桥老街的沧桑；静静的流水诉说着杜桥老街的历史。我站在涂下桥上，手扶桥上栏杆，抬头望着天空中的一轮圆月，低头看着龙浦河静静流淌，时光悄然从我身边流逝，心里不由想起《论语》中的一句话："逝者如斯夫！不舍昼夜。"

不远处传来二胡声。仔细一听，原来是阿炳的《二泉映月》。走近一看，只见一位老人坐在老屋门前，拿着一把二胡，专心致志地拉着，很投入。旁边坐着他的老伴，手里拿着一把蒲扇，不时地扇着，默默地听着。看着眼前的情景，听着动人的音乐，我陶醉了。我想，他们在演绎着永恒不变的爱情传说。我仿佛看到几十年来他们相敬如宾、相濡以沫，一直白首到老。我的耳边仿佛又响起了赵咏华唱的那首《最浪漫的事》：

背靠着背坐在地毯上，
听听音乐聊聊愿望，
你希望我越来越温柔，
我希望你放我在心上……

人生几十年，说短也不短，说长也不长。一对夫妻从红颜到白发，几十年携手相伴到老，一起面对风风雨雨，一起品尝酸甜苦辣，一起分担责任与义务，这才是真正的幸福。风雨过后是彩虹，平平淡淡才是真。这对老夫老妻多么令人羡慕。

回家时，街两旁的商铺早已关门。踏着石板路，我孤独地走着，走着……一颗烦躁的心渐渐归于宁静。

枣树和井

王敏俐

　　枣树和井都在祖屋的旁边。据说，枣树是在我父亲刚出生时种下的，而水井就不知建于什么年代了。枣树和井之间相距不过五步，它们相依相偎已有许多年。

　　枣树的树干瘦削、挺直，树皮像龟裂的河床，像皱裂的皮肤，透露出粗糙，尽显一种沧桑的质感。每年清明后，天气渐渐热起来，枣树的叶子才慢慢钻出来。不几日，枣树便开花了，走近后看有点像小米、像星星，黄黄的、嫩嫩的，金子般的颜色散发出淡淡的清香。入夏后，枣树枝叶繁茂，它努力地生长，想要触摸云端。秋初，红红的果实满树挂。枣树边的水井，不仅滋养着枣树，还是这条小街上几十户人家的水源地。水井里的水丰盈充沛，常年不干涸。井口是圆形的，井水清澈，冬暖夏凉。井壁是用一块块大小相同的石头砌成的，井沿和井壁布满了青苔。

　　枣树下和井边一直都是热闹的。那时，枣树背后是一大片水田，树和井的右边还有我家围的竹篱笆，里面种着小葱和各种应季的菜蔬。这里就是我和小伙伴们孩提时的乐园。我们喜欢待在水井边看自己投在井里的倒影，看着小鲫鱼和红鲤鱼在井中欢畅地游弋，看蝴蝶在花丛里飞舞，看泥鳅怎么钻进泥地里。暮春时分，坐在枣树下看风吹麦浪；炎热的夏天，在枣树下听阵阵蝉鸣，看田埂上绚烂的野花，听停留在树上的小鸟浅吟低唱，以及想着各种各样的法子去祸害阿婆种的小菜，再被阿婆拿着棍子追着打成鸡飞狗跳的样子……

　　我们围着枣树转，其实是醉翁之意不在酒。我们的心都悬在枣树上。这时候的枣还没有熟透，但已渐渐褪去了青衣，着上了红衫，虽然那红尚是浅浅的，但那诱人的光泽让那些枣好似一颗颗闪闪发光的小星星。阿婆是不允许我和小伙伴们摘生枣吃的。我就让小伙伴在枣树下帮我望风，我偷偷踩着树干攀爬上去，然后急不可耐地摘下几颗枣子，想查验一下它们是否已经成熟。然而，此时的枣肉多半是坚硬的、无味的，咬到嘴里涩涩的，口感很差。几乎每次偷摘枣子时，总会被阿婆发现。这时候的阿婆便站在枣树下气急败坏地拿着一根棍子，然后冲着我吼："你下不下来？你下不下来？万一掉进井里怎么办？"树下的小伙伴们总是一哄而散，而我被吓得挂在树上好久，可怜巴巴在对着树下又急又跳的阿婆眨着小眼睛。树上的小鸟可不怕阿婆，它们也是又调皮又馋嘴的孩子，在树顶叽叽喳喳地闹着，闹着，便不时有枣离了枝间，欢快地蹦下来……

　　到了八九月份，在孩子们渴求的目光下，枣子终于成熟了。这时的阿婆最慈祥，会笑眯眯地叫上叔叔、我和弟弟妹妹们，还有我的小伙伴们，一起到枣树下打枣子。叔叔举起高高的竹竿，晃动着有力的臂膀，一下下敲击着挂满枣子的沉甸甸的树枝。这时，枣子就像一粒粒从天而降的冰雹，应声而落，有的直接落在泥土里，有的先落在我

们身上、头上或脸上，再落到地上，还有的会落在盖在井口上的团箕上。枣树下的我们拿着竹篮子，蹲在地上将枣子一个个捡到篮子里，一边捡一边偷偷将又大又红的枣子放进嘴里，一咬一个爽脆，每口咬下去都是成熟的味道，甘甜多汁，余味绵长。此时的枣树下，欢声笑语一片，丰收的喜悦写满每个孩子的脸上，两个大竹篮子被装得满满的。阿婆会将枣子分成若干份，每个孩子分一点。大家捧着枣子，都是乐陶陶的，那快活的脸上似乎都透着淡淡的枣香味儿……

时光就像毛毛虫，从这头爬到那头，而枣树下的我和小伙伴们也一天天成长。祖屋连着屋后的菜园都翻盖成了三层楼房，枣树后面的水田也全都建成了一排排的新房子，孤独的枣树依然每年开花结果。在家家都接上自来水后，到井边提水的人也慢慢地越来越少了。可井水仍旧丰盈，唯有井边青色的苔藓在无声地诉说着岁月留下的沧桑。

而我和我的小伙伴们也早已各奔东西。独自在他乡的日子总是时不时梦到枣树和井，枣树依然枣花满树，枣子挂满枝头，井里的小鱼照旧欢快地游来游去，只是树下再没有急得直跳脚的阿婆了。再后来，我听小姑说因为城市道路规划，枣树被砍了，水井也被埋了。只有在偶尔回家时，被小女缠到讲我小时候的故事时，我会带她到枣树和井的旧址上，跟她讲童年枣树下我们留下的那么多美好的梦想和欢乐和那时候的喜悦与幸福，以及小女一仰头羡慕的模样。

此时，阵阵微风袭来，空气中似乎还浮动着淡淡的枣香，脚下似乎还能感到那自由自在游弋着的鱼儿在吻着我们，麻麻的、痒痒的、爽爽的。枣树和井一直在我心里，一直都在！

陌上花开，可缓缓归

葛海燕

每一个人，都有藏在心里牵挂的远方；每一户人家，都有属于自己幸福的时光；每一方小镇，都有静待花开的故事。我所在的小镇，有一座守护着我们的凤凰山，待到陌上花开，总有人缓缓归来……

"新三年，旧三年，缝缝补补又三年……"

一个小竹篮，一抹小碎花，一个孩童蹦蹦跳跳的身影，与昔时童年那段时光恍惚间重叠，清晰又模糊，冲淡后再次更加清楚地忆起，然后被铭记。

早春的田野、微凉的空气、被风吹起的鬓角似乎都在预示着冬日的结束，巧手缝补的"新衣"在绿意里显得如此耀眼，又充溢着蓬勃的生机。远方的凤凰山正安静地立在那里，看着漫山的花装饰着自己挺立的身姿，听着人家鸡舍里的鸡鸣正催促着黎明的步伐。

妈妈走在前面的田埂上，孩子走在妈妈的脚印里，小小的竹篮里躺着饱满的稻穗，随着孩子的脚步正抖动着自己肥胖的身躯，预示着香浓米饭的出现。

这个春日，来得有些迟，可终将到来，谁也阻止不了。

"渔船摇，渔船摇，爹爹教我唱童谣。鸢尾开，鸢尾开，凤凰山护百姓安……"

159

下桥的风景总带着些别样的味道，有些悲伤。

"娘，爹爹什么时候会回来？"

"待到凤凰花开的时候，你爹爹就回来了。"有些灰暗的天空中，一抹艳阳正从一角努力地挤现出来，耀着纳鞋的女子睁不开眼，她知道他会回来，她正在等他回来。

烽火狼烟，他知道镰刀代表着什么，他明白生命守护着什么，所以，他在黑夜中坚定方向，于荆棘间匍匐前进。他明白，前路有暖阳相陪，亦有她在等他回家。

勤俭持家，她清楚自己存在的意义，她清楚怀中孩童的期望，所以，她用一针一线缝补着鞋袜，也编织着孩童的生活和未来。她懂得，静候花开，才是对他最好的支持。

乌云密布的天空，云层厚得有些可怕，看似无法放晴的天气，终敌不过人心，就如那用尽全力挤出一角的艳阳也会在不知不觉中占满整个天空，将阳光自凤凰山上温暖地洒下，暖着我们的心。

"生产忙，生产忙，劳动工作一把抓。读书好，读书好，科学创新志向高……"

春耕的季节里，野草正在肆意生长，油青青的稻子似乎感受到春天的气息，和野草开始了一场比赛。忙碌在田埂间的身影也在努力地为了生活而劳作，掉落在土地上的汗水成了养育下一代的养分。

曾经荒芜的凤凰山脚下，一幢幢崭新的楼房预示着祖国未来的希望，寄托着老一辈人对于美好生活的向往。一砖一瓦，看似渺小，却成为不可或缺的基石，承载着不可估量的重责。

渐渐地，这座小镇出现了新的声音、新的气息、新的生活。

随着日出，一声声清悦的读书声飘入一户户人家，唤醒了多少人对未来的美好憧憬；伴着日落，一群群背着书包的孩子唱着歌谣、闻着饭香回家，讲述着一个个幸福美满的故事。

充实的每一天，过得如此简单又幸福；日新月异的生活，激励着人们不断向前大步走着，向着太阳升起的方向迈进。

"时光走，回忆旧，英雄的精神永不朽。青石苔，白瓦板，革命的故事永流传……"

飞驰而过的车辆，金碧辉煌的大厦，还有那人来人往的街头转角，坐着悠闲的人们，晒着太阳，唠着家常，看着远处的男人们使着力气抡着臂膀，切着今年收割的新米做成的麻糍，还围着一群拿着红糖碗的小娃娃，别提有多热闹。

今年的春天，暖得让人早早地脱下了棉袄，换上了新衣。

曾经的青石木房、如今的水泥钢筋，都在无声中悄悄改变着，唯有那座凤凰山依旧安静地守在那里，守着一方水土，守着生活在这方水土上一辈又一辈的人，守着灵魂永远安息在山中的那些英雄。

你瞧，油菜花又开了，凤凰山上的鸢尾也开了吧！

一只大手牵着一只小手，沿着平整的台阶一步一步向着山顶走去，正碰上来扫墓的学生们，聊上几句，便一起结队继续走着。山顶上，有人正在说故事，那个关于凤凰山的故事。

那个关于光明战胜黑暗的故事，字字句句，口耳相传，永不忘记。

陌上花开，终可归来……

归来吧，燕子

翁一清

面朝大山，背枕小溪。两小间单层水泥房，外墙多处剥落，楼顶的钢筋裸露在外面，一根根锈迹斑斑。一条简易公路弯弯扭扭在门前穿过，止步在不远处的山脚。八十四岁高龄的周小兰老人就住在这里。

一

初秋的一天，我又去看望老人。

车过隧道，转弯驶出一箭之地，就是地处群山幽谷的峇底陈村。刚下过雨，山边飘着薄雾，空气中弥散着草木的清香。我深吸了口气，把油门向下踩了踩。离峇底陈越近，我越感到忐忑，老人年老体弱，不知怎么样了。

停下车，远远看到老人坐在门口，身边放着那根熟悉的拐杖。我悬着的心放了下来，加快脚步迎上去问好。让我意外的是，老人没有了热情的笑容，眼神中流露出一丝落寞和无助。我预感到了什么，仰头望去，房梁上没有了燕子，只剩下一个孤零零的燕巢。

我焦急地问："阿婆，燕子呢？"

老人叹了口气说："飞走了，过了七月半就飞走了"。

"为什么这么早飞走呢？"我又问。

老人摇了摇头，说："不知道今年会飞得这么早。"

呑底陈对我来说并不陌生，空闲时间我常去那里，看老屋、品土菜，感受纯朴的民风。认识周小兰老人却是今年的事情。三个多月前，我和几个朋友来这里，被两只穿梭翻飞的燕子吸引。这两只燕子一身蓝色的羽毛，一对俊俏轻快的翅膀，一双剪刀似的尾巴，忽而直冲山顶，忽而轻轻地掠过水面，像两个蓝色的精灵在我们眼前闪动。记得小时住四合院，堂前有燕子，父母说，"燕子是益鸟，千万不能欺侮它。"于是，我常常用敬畏的眼光看它们，那一声声鸣叫也特别悦耳。后来住了套房，燕子已很少见到，再次零距离感受它们的风姿，让我有一种久别重逢的激动。我们循迹找到老人的家，看到一群栖居在房梁上出生不久的乳燕，两只燕子正忙着为它们喂食。老人平时不多言语，说起自家的燕子却抑制不住内心的喜悦，打开话匣子跟我们聊个没完。

中午，我们拿出自己准备的饭菜，摆在老人的道地上吃，和老人继续聊关于燕子的话题，分享燕子带给我们的快乐。临分手时，我们送老人一些蛋糕、饼干、饮料等物，老人说什么都不接受，反而转送给我们一个大冬瓜，说是乡邻们送的，是这里的土特产，自己一个人吃不完，让我们带去吃。

短短一个多月的时间，燕子的离去使老人失去了快乐。看着空空的燕巢，同样一种失落感涌上我的心头。我和老人相对无语。沉默了很久，老人说，那天下午，一大群燕子飞过来向她道别，围着她绕了好几圈，然后一个接一个飞走了，这些小生命像人一样明理。

二

老人是土生土长的岙底陈人，在对面山上的一间老屋里，她与本村人成亲，养育了三个女儿、一个儿子。

山岙里的生活是清苦的，但一家人和睦相处，充满了幸福。1997年，老伴不幸离世，随着三个女儿相继出嫁，儿子经常在外面打工，老人独守在家里，每天做完家务，就一个人坐在门口，看日出日落。

1998年一个春天的早晨，老人刚打开门，伴着一缕春风，一对燕子飞了进来，"叽叽"叫着停在房梁上。"不吃你谷，不吃你米，只借你屋住。"听前辈们说，这是燕子进门说的话。老人读懂了燕子的来意，不假思索地把它们留下来，自此，开始了与燕子相依相伴的日子。

每只燕子都是天才的建筑家。选好地点，这对燕子夫妇把衔来的泥和草茎用唾液黏结，内铺以细软杂草、羽毛、破布等，没几天就筑好巢，开始了它们的蜜月。不到一个月，五只小燕子破壳而出，张着淡黄色的小嘴，"叽叽"地嚷着挤在一起。燕子夫妇则一天到晚不停地在外面找食，送进孩子们的嘴里。

千百次嘴对嘴的交接，亲情、大爱弥漫在老人简陋的屋内。每天天没亮，燕子夫妇就开始触动房门，发出请求开门的信号。老人会第一时间为它们开门。狂风、暴雨阻不住它们频繁进出找食的身影。小燕子一天天长大，老人的心里多了几分喜悦，每天打扫燕巢上掉下的燕屎，从不厌烦。看着燕子夫妇辛苦为小燕子喂食，老人有点心疼，多次在地上放些谷米，但每次都颗粒不少。

在燕子夫妇找来的食物中，有不少蚊子，从乳燕口上逃出来满屋子乱窜，叮咬老人。老人难以忍受，试着跟双燕商谈，让它们不要找蚊子进门。没想到，从第二天开始，双燕就再也没把蚊子衔进屋。看着听话的双燕，老人的心里多了几分疼爱。

二十多天后，长了翅膀的小燕子飞出燕巢，一个个排队停在门口的电线上，怯怯地对着老人，嫩嗓子里发出"叽叽"的叫声。老人的心里充满了愉悦，仿佛看到当年自己的孩子一个个咿呀学语时，也是这样对着她用眼神交流，用心诉说。这种温馨、这种亲情，在一个母亲的心里是最温暖、最幸福的。

三

一晃好几年过去。重阳时节，燕子举家南迁；清明时节，举家归来。一次次的离别，一次次的牵挂，老人数着指头盼着来年。清明没到，老人早早打扫好卫生，每天早开门晚关门，盼望着燕子早日归来。在这种期待和相伴的生活中，老人驱走了生活的寂寞，迎接每一天新生活的曙光。

我了解老人的心。和燕子结缘以来，老人收获了不少快乐。燕子是她的亲人，是她生命中不可分割的一部分。然而，让老人想不到的是，从 2005 年开始，燕子的来去变得毫无规律，有时来，有时不来，有时连续好几年才来一次。今年，终于盼来久违的燕子，老人的心重新燃起了希望，没想到只产下一窝，就匆匆离去。我劝慰说："放心吧！阿婆，明年会回来的。"我知道自己说这话只是一种祈望，确实也不知道燕子明年是否会回来。老人说："是不是还在村里没离去？要不是脚有伤，行走不便，真想出去找找。"

老人的左脚是去年正月热水烫伤的，脚背神经损坏，只能靠拐杖挂着走路，在家里一手还要扶着墙才能挪步。她一整天只能干坐在家里，活动得少，左脚也开始变坏。但身体上的不适还不是老人的最痛处。每天夜里，老人在睡梦中被路上驶过的摩托车惊醒。她说，这是有人进山打猎，天上飞的山鸡，地上跑的野猪、野兔，常常被猎人追捕；还有用渔网围捕鸟雀的，鸟雀一旦撞在网上，就无法逃脱；后门清澈的小溪也没有了鱼儿跃出水面的壮观，电捕的、药毒的，三天两头光临这里，米粒大的小鱼也难逃厄运，要么被毒死，要么被电亡。老人每天心惊胆战，寝食难安。

"燕子，你们要多长个心眼，千万别往渔网上飞啊！"老人双手合十，在佛像前为燕子祝福。

看着老人每况愈下的身体，过年的时候，女儿们焦急地聚在一起，商量着要接她出山，好好住上一段日子。老人摇摇头，满口不答应。女儿们知道，老人是惦记着燕子，担心它们回来进不了门。

小小燕巢，承载着老人的梦想。老人要等下去，哪怕燕子几年不来，都要等下去。但苦苦的等待或许只是一个无言的守候。当猎人的枪声震荡在山谷，撕裂整个夜空；当这里水不再纯净，花不再灿烂；当这里资源枯竭，传统文明渐行渐远，燕子还会青睐这片土地吗？当人们住进装潢一新的豪宅，还能迎进这些小生灵吗？老人终有一天会离去，明天有谁能延续这份爱心，善待燕子们，给它们一个温暖的家？

"小燕子穿花衣，年年春天来这里，我问燕子你为啥来，燕子说这里的春天最美丽。"在家过暑假的十岁孙女王欣怡为我们唱起了这首《燕子歌》。小怡在山外白石小学读书，她父亲专门租房在白石一边打工，一边陪她。小怡的母亲是外省人，在她不到两岁时就不辞而别，回娘家了。小怡唱完《燕子歌》，想起自己的母亲，眼眶里噙满了泪水，问老人："奶奶，燕子明年还能回来吗？"

老人为小怡擦去泪水，说："孩子，燕子明年会回来的，年年都会来的，你的母亲也会回来的。"

我和小镇

项晚玥

一

像紫藤花的花瓣落下那样

它们轻巧地、轻巧地落于河上

二

初夏的时候，想着仲夏的那个梦，或许在没事的时候，我会想起那些遥远的故事：

看着延伸于脚下的青石板路，阳光下肆意攀缘于他人屋顶的爬山虎，曲折的小河和河边的那些个住户，似乎已经开始有些模糊了。

许多年后，我开始喜欢上炸鸡和可乐。一条街上，唯一的大商场被拆迁，现如今也多出许多超市，那些摆路边摊的依旧在，却和越发现代化的小镇格格不入。之前一直听着被大人叫成街心花园的小苑，现在都成了商业贸易的聚集地了。

每每晨起时，能唤我们起床的那个大笨钟，依旧在那里安静地伫立着。

——当啃到有"故土"字眼的文章时，我似乎能想起曾出现在自己

文中的那句"惟有秋雨夜，把盏话桑梓"。

——当站在阳台上便能看到车水马龙的场景时，似乎有些想念那年依山傍水的屋子了。

三

同一天，我也会和你一样，自己一觉醒来，发现自己梦在梦里，在梦里种着不同品样的花。

只是不知道，等那些花都开好了，你和我却又要种出哪一种梦来。

我或许真的和你一样，早就忘了是谁和自己一起，游荡在这个小镇的时候，碰到一些新鲜的事情，也碰到了一些新鲜的人。

小镇的角落，那些拉车的车夫们的身影消失了。

就如我把心爱的《骆驼祥子》藏进了书架。

虽然现在依然能见到小镇独有的集市，和那些熙熙攘攘的人群，以及那些踏着小车出去做买卖的小贩，但小镇真的摆脱了陈腐的枷锁。

真不知我和那些车夫的故事过去了多久，又是从何时开始的，陈年记事，幡然变味。

四

> 梦里花落知多少
>
> 我在花下嬉笑
>
> 花零落了谁的笑
>
> 笑迷乱了花的好

书店成为我经常出入的地方，也是在很久之前养成的一种习惯。

现在的新华书店都已经扩建成了"二楼房"，不再是之前瘦瘦小小的"小个子"了。我仿佛还能想象出自己蹲在书店角落死命啃书的情景。

第一本童话书《安徒生童话》被台风照顾过三四次，也被阳光抚摸过三四次，虽已转手送人，但于现在来说，那么早的版本怕是现在都见不到了吧！

看书的时光，也不过白驹过隙，饶是现在也如同这些花，碎成一片。

五

鄂城的西山，我也只是去过一次，但按次数上来谈，却比不上去凤凰山来得多。

凤凰山附近的小区住房楼，凤凰山脚下的旅社宾馆在那条路上估计也是被挤满了吧！再回去的时候，我竟有些不认识这条路了。

不说山的繁华，饶是坟头都比别的地方多了好几座。

　　小时候经常被学校带着去山上的烈士陵园扫墓，现在的学校不也盛行这种祭奠的方式吗？

　　作为小镇另一种独特风景的存在，凤凰山的盛况在经年之后会写进字句里，封存在记忆最深处。

六

　　那些花瓣轻巧地、轻巧地落于河上

　　那些花瓣梦呓着、梦呓着落于河上

　　风扫起一地落花

　　待到春回燕子归时

　　我背起行囊、不再远行

　　小镇的花落了

　　小镇的花开了

第二辑　山水杜桥

这里山花烂漫，水波温柔。这里小桥流水，城水相依。当陌上花开时，请缓步慢走。在远山的春色里，在涓涓的溪流间，把心安放在这遗世而清幽的地方，聆听自然之语，感受生命的美好。

我心归处

徐丽娇

梵音里的雨伞庵

冬日的暖阳洒在正拾级而上的游人身上，这暖意如母亲的手在身上抚摸着。我们穿过一段静谧而幽深的水泥砌成的山间小径，开始爬坡。坡的两旁，树木掩映，疏影横斜，冬阳斑斑驳驳地留在枯黄的落叶上。我们拐过一个个蜿蜒曲折的"Z"形山间石径，暖阳洒落一身，孩子们的笑声也洒落在一路风尘中。一路领略冬日里山林五彩的美景，一路贪婪地呼吸着旷野清新的空气，竟不知不觉就到了山顶。

此山杜桥当地人称为"雨伞庵"，此名不是凭空而取。因一块大岩石悬空立于小岩石上，耸立于山顶中，远而眺之，就像是一把大伞擎于天地之间，"雨伞庵"的名字就是这么得来的。

在杜桥生活了三十年，爬雨伞庵的次数却是屈指可数。二十多年前，人们对旅游的意识很淡薄，逢年过节一般爬爬雨伞庵就算是最好的出游了。记得那一年妹妹从院校毕业，工作还没有着落。妈妈就带着我们姐妹仨去了一趟雨伞庵，与其说是去游玩，不如说是为了母亲心中的那个愿。我明白母亲想去许个愿，抽个签。后来抽了一支好签，母亲才愿意和我们一起去摸摸雨伞石。我们第一次看到这块形如大伞的巨石立于山顶之中。不知谁说的，到了雨伞庵就必须摸摸雨伞石，会给摸的人带来一生的红运。因而凡是上到雨伞庵，人们都会摸摸雨伞石。

今日偷得浮生半日闲，又一次来到雨伞石，再一次摸摸雨伞石的时候，我感慨万千。人生何其快，仿佛就在昨天，可一晃就过了二十年，我从一个青葱少女步入人生中年。

站在山顶，山下的村庄一览无余。对面是凤凰山脉，两山之间是一条狭长的杜盈公路，似一条白带飘在绿绸中，一辆辆车犹如一只只甲虫在爬行。一个个村落星罗棋布，散落在白带两旁。向南远眺，长长的东海岸线连着灰蒙蒙的天际。我侧耳倾听，似乎听见头门新港区那一艘艘

巨轮正把货物运向海的那一边。

北边与白岩山遥遥相望，群山手牵着手，岭叠着岭，山脚下童燎水库就像是一块绿澄澄的碧玉，又像是一块绿绸飘在群山脚下。

从雨伞石下来，看见一对父子往路的另一个方向走去。问其路，他说到了这里应该去一趟寺庙，这可是一个百年古刹。我想起第一次跟随母亲来的时候就是去的古庙，今日来了倒不妨再去拜访一次。我们也跟随其后，走过一条曲径通幽的小径，跨进庆国寺的山门，旁边有个造型别具一格的迎客亭。在小径的拐角右侧建造着一座开山祖师的衣冠塔。路左边的竹林，清幽翠绿，一群飞鸟呼啸一声就飞向深山中。此时，我突然想起少林寺，吟起《少林寺》的主题歌："日出嵩山坳，晨钟惊飞鸟，林间小溪水潺潺，坡上青青草，野果香，山花俏……"这部电影曾经风靡中国，这首歌曲也是家喻户晓。

雨伞庵又名"庆国寺"，始建于清康熙十一年（1672），光绪二十四年（1898）重建。后来，佛像被毁，1991年新建天王殿，1994年修建大雄宝殿。现有殿宇房屋三十六间，是杜桥最大的佛教活动场所。寺院内，古色古香，雕梁画栋，飞檐凌空，庄严巍峨的大殿依山而立，十里八乡的善男信女们常聚寺院，香客如云，香火盛极。

站在大雄宝殿的广场上，我想起和母亲一起来这里抽签的情景。当年，妹妹工作分配在即，母亲为求

心里的一份安慰，来这里抽了一支上上签，才安心回去。很多村妇女心中有个解不开的结，都会祈祷神灵保佑，所以，庙宇的香火才会这么旺盛。看香炉中青烟袅袅，我突然顿悟，烧香拜佛不一定就是迷信，也有求得心灵的一份安定。红尘之中烦乱纷杂，有太多的焦虑与浮躁，有太多的诱惑与迷情，一时堕落，无处可安慰，自然想到的就是神灵的保护，也只有这一方净土可以安慰繁杂的情绪，才能让内心归于宁静与淡然。

我怀着无比恭敬的心情步入大殿之内，看着慈眉善目的观世音端坐在莲台上接受香客的朝拜。佛的世界慈悲为怀，一花一世界，一树一菩提。我想，每一个来这里的人，都会放下沉重的包袱，静静思考着人生，来净化内心深处那些杂质，从而让自己变得宽容、宁静、坦然。

佛门净地是通往天堂最近的地方，拜经求佛不都是希望人心向善吗？其实，天堂地狱不也是一念之间吗？如果做事都经过三思，都能换位思考，也许人人都是莲花台上的观世音，人人都能向往天堂，去往天堂。我在佛前虔诚跪拜，闭目祷告，不为膜拜佛的威严，只为心存对宁静世界的一种敬仰。此时，钟声响起，梵音在空谷里回荡着，回荡着。我突然觉得雨伞庵是离天堂最近的地方，也许正因为有这样一个天堂，天堂也成了一个渡口，把那些于迷途中徘徊的人都引向天堂。

对于寺庙，我从不曾有过留恋，今日竟然难以挪步，瞻仰着森严的殿宇，在岁月的沧桑里站成一种精致，看着僧侣手中的经卷，听着在空谷回荡着梵音声声。佛以慈祥的姿态倾听着我内心的彷徨，仿佛对我说："笑着面对，不去埋怨。悠然，随心，随性，随缘。注定让一生改变的，只在百年后，那一朵花开的时间。"我悟出佛说的"笑对人生，随心，随性"皆一切随缘，无缘无分的情应该放下，有缘无分的爱应该忘掉。我想，每一个站在殿宇前的人，都能懂得佛说的"一切皆随缘"。

老家的马岙岭

从老家搬迁到杜桥有 30 个年头了。初到这个叫西湖村的小村庄，没有给我多大的感触，反而有些失落。这里的山没有老家的山高而险峻，这里的水没有老家的水深而澄澈。我一直都在外读书，在这个村庄住的时间不长。在家的时候，大部分时间或是在田间劳作，或是在做家务，以至于没有多余的时间去爬爬后面几座不太高的山岭。村子后面是连绵的群山，翻过山岭就是溪口的马岙，所以，村民就称呼此山岭为马岙岭。马岙岭有一条古道，以前步行去小芝、溪口或者临海方向，都要翻过这座山，走的就是马岙岭的这条石古道。记得几次跟母亲去外婆家翻过这座山，还有一次跟着母亲去马岙岭头一座庙拜香供佛，就是翻的这座山。但每次去的时候大都是在正月里，正是寒冬萧瑟之际，因而对这些山没有深刻的印象。

这几年在外面走得多了，名山大川的景致也见得多了，倒是勾起我对这座后山的眷恋，好歹这是叫作"老家"的地方。近几年的秋冬时节，我总会选一个清朗的周末带孩子们去爬爬这座山，但以往都因一些意外没有成功登顶，心中不免有些遗憾。

入秋以来，我就开始计划去爬山。今年的秋天并不是我们说的秋高气爽，碰个晴朗的周末却是难得。今日，太阳公公终于来个好心情，露出一个明媚的笑脸。我邀上好友，带上孩子们，一队人浩浩荡荡向着后山出发了。

从村水库上去，一路上碰到劳作的村民，热情地打过招呼，聊几句家常。水库边上有一片竹林，竹林不似春天时的青翠，竹叶已有些黄色。碰到一个老邻居在竹林锄地，原来是在找冬笋。

沿着竹林往上走，是微陡的山道，山道上是一些不规则的青石铺

成。不知是古人铺成，还是原本这条道就是乱石堆，恐怕没人能回答。乱石的表面都已被磨得光如鹅卵石。没有任何棱角可以硌脚底的。尽管经千万人踩踏，路面仍是不平整，道道印痕刻印在青石上。这不光是毛竹留下的拖拉印痕，而是岁月留下的无言沧桑。大大小小、高高低低的青石路在山间蜿蜒曲折。出来玩是孩子们最开心的事，蹦着跳着在山道上追逐，一晃眼拐个弯就消失于我们的视线中，惊得朋友直喊孩子的名字，声声回荡在山谷中。

临近冬至，算是寒冬了。但南方的山林一向都是慷慨大方的，仍把最美的景致呈现给大自然。站在幽深的山林里，心在瞬间变得宁静，山中的一片深绿、一抹红、一簇杏黄尽览无余。

山道两旁有成片的橘林，有些橘树上仍然高擎着黄澄澄的橘子，在寒风中不停地摇曳着。也许太早知晓自己的命运，被主人遗弃了，只是不甘心这被遗弃的命运，希望得到路人的青睐。果真在今日等到它想要的结果，我们的孩子一看到枝头的橘子，眼睛滴溜溜盯着这红彤彤的小灯笼。我早已洞穿孩子们的心思，一声令下："没关系，这样的橘子已经被主人遗弃，你们可以随便去摘。"孩子们拿着亲手摘的橘子，脸上显露出得意的神情，绝不亚于奥运会冠军的激动。山上除了橘林也有大片的杨梅林。杨梅树的枝叶向四面呈圆形伸展开来，犹如一把大绿伞。西湖村人的农副产业以橘子、杨梅为主。记得二十年前，我们家也有大片的杨梅树和橘子树。夏天，一大清早一家人就匆匆提着竹篮子去山上摘杨梅，用近两小时的时间把 23 株杨梅树上的杨梅按等级放在篮子里，

拿到集市上去卖掉。一入秋，父母就忙着采摘橘子。父亲在后山也开辟了一块橘子地。这块地里的橘子比田里的要甜些，但我们舍不得吃掉，多卖一斤多几块钱。那个时候，换来的钱都送进了学校。直到两个妹妹也从大学毕业工作后，父亲才决定这块山地的橘子留作自家吃。后来，政府规划83省道从我们村里通过，村上的橘地大都成了公路的必经之地。为了方便大众交通，我家的橘子地全都贡献了出去。此后，橘子户就剩下山地橘。后来，我们举家搬到小镇上居住，因无人打理，橘子树也撒手西去了。今日看到大片的橘子林和杨梅林，又勾起了我对这里六年生活的很多回忆。

这座山虽不算高，却连绵起伏，东与洋平白岩山连接，西向蔡岙山延伸，山山之间有深涧，说不上山高水深，却也是林密水清，一路上有溪涧水声相伴，叮叮咚咚犹如古筝弹奏出的《云水谣》。山林中最突出的色彩是那一片红黄为主色的山景图。冬日的山林是一幅最美的画：绯红、绛红、殷红、酒红、酡红……深红、浅红纷纷登场，杏黄、土黄、橘黄、橙黄……深黄、浅黄竞相斗艳，还有紫微微、碧澄澄也赶来凑热闹。此时，我真忘了身在何处，没想到我生活过六年的地方竟有这么美的景色。

红枫和水杉可谓是尽显风姿，一片炫人夺目的红染遍了我的眼球，目光所及遍野的红，似火在蔓延，高高腾起的火焰一簇簇熊熊燃烧着，红得如此热烈烂漫，如此奔放张扬。水杉树则红得像是披上了红绸布，如瑰丽的云霞在山间移动。红枫拼尽一生的热情来拥抱寒冬，用生命的色彩来彰显对大自然的敬奉。一阵寒风拂来，飘零的红焰在空中随风飘舞，翩如惊鸿，以最优美的舞姿无声地坠落。我屏息倾听，似乎听见那一声轻叹，凄婉询问：落叶如蝶为谁舞？轻声叹息对大地的思念。霎时间，猩红满地。山道上那一片红艳似殷红的血在流淌。我再侧耳倾听，听见的不再是幽怨的枫语，而是枫对大地的一片赤诚。哦，大地是枫的母亲——不！大地是枫最诚挚的爱人，归入爱人的怀抱有何怨言？那红枫飘散的青石山道上，如一杯香醇的红酒，醉意在风中飘散着，醉了这山，更醉了我的心。

如果说枫的一片红给了大自然最热情拥抱，那么，银杏的一片黄则给了大自然最温婉的柔情。冬日的银杏美到极致，金黄的飘叶轻盈坦然地飞旋而下，霎时演绎成一场酣畅淋漓的群舞。我羡叹银杏的潇洒，能用这种方式让生命走得如此从容、飘逸，这种胸襟是如此博大与宽厚。我想，这也是西湖人的胸襟吧！不过，我想每个经过此地的人都会体会到这份从容与洒脱。

我觉得只要具备一双善于发现美的眼睛，不一定寻访名山大川，我们身边就有很多美景。此时，放眼看山峦，极目之处异彩纷呈。这橙黄红绿映入我的眼帘，扰乱了我的思绪，更平添我对这片土地深厚的情感。

杜桥人的凤凰山

杜桥是位于东海之滨的一个小镇。小镇上有白石山上的白岩雪积、嵩山的嵩山秋涛、金家井的萧井品泉、礁坑的雏鸡枕月、穿山村的穿山晓日、楼下村的石人观潮、百里大河的龙浦回澜、凤凰山上的凤山夕照等八景。

在杜桥人的眼中，无论是黄山的奇秀，还是庐山的壮观，都不及凤凰山的秀丽。此山之所以被称为凤凰山，有人说是因为远古时代，一只金凤凰飞到这里，撞死在这座山上，人们为了纪念它，遂将这座山命名为凤凰山。山上还能找到凤凰肉，不信，去烈士陵园后面看看，还有那一条条凤凰肉的化石。也有人说这座山形如一只展翅的凤凰，前端是凤凰头，后面连绵的山脉延伸出去是展开的凤翅。这个说法倒是恰如其分。站在高顶的凉亭上往烈士墓方向看，果真像个凤凰头，中间平坦的长廊广场像凤凰的脊背，两边还真像展开的凤翅。是呀！这的确是一只展翅腾飞的凤凰，凤凰头化身凤凰楼、凤凰亭、凤凰脊背上建有凤凰长廊。传说，这曾经是凤凰传书的地方。长廊前雕刻着各种飞舞的凤凰图案，栩栩如生，生动自然。

凤凰山和杜桥人的生活最为密切，也最具亲和力。古有闻鸡起舞，杜桥人也借着晨光早起，凤凰山便成了人们晨练的好地方。杜桥人在凤凰山上健体，从最早的踢踢腿、弯弯腰，到现在锻炼项目发展得五花八

门。单说广场舞，就数不清有几个晨练班，各有各的风姿，各有各的节奏。往往是自带一个音响，找个平台，三五成群就是一组。太极拳也有几个派系。跳扇舞的、跳交际舞的、打羽毛的、踢毽子的、倒立的、劈叉的……各种项目应有尽有，只要有平台的地方，就有人晨练。每天的好心情从晨练开始，优雅的生活从晨练开始，健康的身体从晨练开始。

上凤凰山有好几条路，可以从桑园呑里村上去。一入牌匾，是一片竹海。一棵棵挺拔坚韧的青竹漫山遍野，竹叶密密匝匝盖住了整个碧空，青翠欲滴，为大地撑起了一把把庇荫大伞。层层叠叠的枝叶在微风中拨动，相互交织着、涌动着，簇拥在一起，像久别重逢的闺蜜拥抱在一起。置身于这片绿海，双眸饱受绿意的爱抚，心肺清洗着浊气，清新的氧气沁入肺腑的每个角落，让人不由多吸了几口裹挟着竹香的空气。双耳倾听着悠扬缠绵的竹之曲。清风徐来，竹枝摇曳，像少女般飘逸灵动，跳着曼妙的竹之舞。这飘逸唯美的景致，没有人不为之痴迷沉醉。在这里，人们忘却了俗世尘嚣，摈弃了红尘恩怨，独享一个宁静的清平世界。

竹笋不畏艰险破土而出，青竹虚心，节节而上，直入青云，一如杜桥人吃苦耐劳、敢为人先、勇于创新的气魄，令眼镜事业遍及大江南北，闯出一片属于杜桥人的天空。不仅如此，造纸业、铸铁业……行行业业在国内外声名鹊起。

竹林的尽头是东岳庙。从东岳庙往南有很多条分支小路，有大理石、花岗石铺成的小路，也有鹅卵石铺成的山道，条条道路都能相通。一路往南走上几百米就是一条主道，向上是凤凰山顶，向下是凤凰楼。

上凤凰山的主道由白色大理石砌成的台阶构成。台阶两旁是大理石栏杆，上面刻着很多浮雕，图案各不相同，有梅兰竹菊、花鸟虫鱼……仔细看，几千幅的浮雕中竟无撞脸，栩栩如生的鸟儿仿佛要飞出大理石，椰子树摇曳着枝叶仿佛在和人打招呼，每朵花好像被风一吹就会绽放笑颜，真的十分惊叹于浮雕师傅精湛的技艺。

每天晨曦微露，小镇还在酣睡中。三三两两的早锻炼者穿着运动服或白色太极服，手持扇子或一柄长剑，步履匆匆地踏上这白色台阶。他们身姿轻盈，毫不费力。这微陡的石阶有两百余级，对于不爱运动的人来说还是有些望而生畏的。南侧有红色木质楼梯，比较平缓，大都是来凑热闹的年轻人或老人会选此径上山。

台阶尽头便是凤凰楼了。若赶上晴朗的傍晚，必能看到美丽的夕照。日薄西山，锦霞映衬落日，西天酡红如醉。血红的夕阳，血红的晚霞，这一片红如同古时新娘的盖头。整个西天如同燃烧的火焰，瞬间绚丽多彩起来。慢慢地，落日在不经意间藏了一个角。偶尔，一只飞鸟发出疲倦的嘶鸣划空而过，飞向远山之外。这是一幅壮美的《夕照归鸟图》，难怪这里被称为"凤山夕照"。

凤凰楼广场空阔，清晨是中老年者的晨练之所，白天是孩子们玩耍的天地，黄昏又是红男绿女跳舞对歌的场所。特别是清明前的一段时间，这里是缅怀烈士的地方，是杜桥各中小学的德育教育基地。说到缅怀烈士，恐怕每个土生土长的杜桥人都知道，凤凰山上知名的人文景观便是烈士陵园了。这里安眠着很多为解放杜桥而献出宝贵生命的英雄。当他们在硝烟弥漫的战壕里英勇杀敌时，无不渴望光明，可为了更多人的光明，他们甘愿奉献自己。和平年代，多少杜桥儿女为了为国家的安定与富强也奉献了他们宝贵的生命，家乡人民不会忘记他们的英雄事迹，便把他们葬在这美丽的凤凰山头。每年清明节，杜桥各中小学师生来此缅怀烈士；每年农历三月十八，杜桥百姓自发带着纸钱、鲜花来悼念亡灵。烈士用生命换取百姓今日的幸福和安宁，百姓也不忘长眠在此的英烈们。英雄远去，却永远活在百姓的心中。正因他们昨日的流血

牺牲，才换来今日的幸福安逸。每一个经过这里的人，必定都会珍惜生命，热爱生活。

走过凤凰长廊，朝北望去，杜盈公路像一条白色玉带自西飘向东；新建的杜桥中学一幢幢教学楼矗立在环城北路边上；金都花园、万邦国际家园、蓝盾时代名邸等新时代新型住宅在小镇上雨后春笋般拔地而起。穿过凤凰牌坊，是一条绿荫山路，两旁树木伸出层层叠叠的绿叶，伴随清风唱着动听的歌谣，随着节拍翩翩起舞。漫步在幽静的小径上，倾听着绿叶之曲，这清雅别致的大自然音符让人驻足不前，忍不住想与大自然高歌一曲。

一条条鹅卵石小道、大理石小路成为山间的纬线，延伸向北就到东岳庙，与经线合并就能直上山顶，但不管走哪条路都能相通，最后都能登到山顶的凉亭。走走歇歇，有一段路的路边有柱体形态的岩石，它们足以证明凤凰山的历史悠久，这种岩石称为"柱状节理"，和桃渚珊瑚岩是因同一个火山喷发而形成。8000万年前，晚白垩纪火山喷发，岩浆喷射出来的熔浆冷却后形成这种地质风貌。牌坊后的石柱很有特点，百姓说这是凤凰肉，其实，这是典型的节理性火山遗迹，就像一根根排列有序的柱子斜靠着，每一块都有棱有角。而山腰上的石柱形如横着堆放的石头柱子，以前没路的时候，人们就是踩着带纹理的石柱上去的，这石柱就成了上山的路。这些石柱传递着8000万年前地球的信息，呈现给人们最原始的地质资料。凤凰山是名副其实的地质公园，也是一部最真实的大自然科普书。

轻嗅清香的空气，耳闻悦耳的鸟鸣，顺着小路就到了山顶凉亭。站在亭内可以看到整座山的形状，仰立的"凤凰头"是一片郁郁葱葱的绿，一如发展中的杜桥，生机蓬勃。再顺着凤凰的两翼望出去，高处的山是元宝山，春夏两季，深绿浅碧；深秋时节，橙红金黄宛如一幅壮美的山景图，置身于绮丽的山景中，让人心中满是舒畅与惬意。

俯瞰山下，极目凝望，全城尽收眼底。一座现代化的杜桥新城呈现在我的面前，以解放街老路、环城北路，及环城南路东西贯穿，然后杜东路、杜川路、杜西路及嵩山路南北通往，还有很多条小支路，条条街道纵横交错，犹如蛛网交织在东海之滨的这块土地上。高楼林立、商贸繁荣的杜桥新城宛如一颗镶嵌在椒北平原上的明珠，璀璨夺目，熠熠生辉。

崛起的中国在腾飞，兴起的杜桥也腾空而起。杜桥人用自己智慧与勤劳创下一个个奇迹，谱写着辉煌的篇章。杜桥不就像一只振翅腾飞的金凤凰吗？带着杜桥人的中国梦翱翔在东海之滨的上空。

游记偶得

王凤仙

童燎水库偶遇暴雨

一年夏日的一个傍晚，热浪滚滚，暑气袭人。饭后，约朋友开车去杜桥后花园——童燎水库，散散步，纳纳凉。

车开至水库边，晚霞已悄悄褪去。乌云不知何时已涌上山头，恰似给高山戴了顶灰帽，又似撑起一顶硕大的黑伞。我们行走在弯弯曲曲的水泥路上，两旁树叶显得无精打采，低垂着脑袋瓜。不知名的野花一朵朵、一簇簇，随处可见，粉的、淡紫的、金黄的……应有尽有。其中那叫不出名的鹅黄色小花，挨挨挤挤地站在岸边，发出淡雅的香味，似乎要溢满行人的心田。

我是个爱花之人。每次经过此处，必驻足凝望许久，猛吸几口，也不过瘾，总有种"徜徉花蕊间，醉而不知返"的奢望。朋友见我默然止步，转过身来，拍一下我的肩。我才醒悟过来，继续前行。

脚不停嚓嚓地走着，嘴上海阔天空地聊着。夜幕渐至，不知何时，远处一两点灯光已隐约可见，那光亮似是瞌睡人的眼，迷迷蒙蒙的。左边小山上各种小虫啾啾啾地此起彼伏叫着；青蛙呱呱地呐喊助威；归巢的小鸟们短一声长一声地较着劲；树上的知了疲软无力地呻吟着；偶尔也会听到一两声来此偷偷游泳者的尖叫声。这些声音时不时交汇在一起，像是小型交响乐。右边是一条深不见底的长长的水库，高高矮矮的青山绿树倒映水中，显得妩媚动人。

小山上的橘树结满了青籽儿，鸡蛋那么大，藏在绿叶丛中，似乎在偷窥行人的动静。朋友青边走边叫嚷："老话讲，橘子是七月分瓣。我上去采几个尝尝鲜，是酸，还是甜？如何如何？"我们相视一笑，不语，继续前行。

天边不知何时又飘来几朵乌黑黑的云。"要下雨了！"不知谁冒出来一句。我不禁抬头仰视天穹，墨汁似的云黑压压的一大片，往我们这边飞奔而来。雷声闪电相继跟来，一场大雨即将降临。这里没有避雨的场所，我们又没带伞，从水库源头到尽头是一条弯弯曲曲的水泥路，往返一次要两小时左右，只有道路中间极远极远的地方有一两间房子，离我们还有一大段路程，至少要走半小时。这前不见村，后不见店的，要是下起大雨来，可就要淋成了落汤鸡了。所幸，我们只走了十多分钟，于是立马调转头，原路返还，小跑前进。此时，一阵狂风袭来，卷起些许枯叶乱舞。刚刚水平如镜的水面漾起一圈圈波纹，倒映水中的小山也不见了踪迹，只留下一环环波纹漾开去。

我们边跑边笑："雨啊，别着急，别着急，待我们到车里再来哦！"风雨无情，哪会理会我们，还是

如期而至。起初只是一点、两点、三点……落到发上、手上、衣服上、树叶上……凉丝丝的，舒服极了！还没来得及细细品味，豆大的雨点儿横空扫下来，滴在衣服上，迅速晕开，滴在眉毛上、镜片上，顺势而下，划过脸颊，掉在地上，近了，又近了！十米、九米、八米……此时雨越下越大，这雨如同积了诸多委屈，要发泄发泄。我们在雨中狂奔。到了到了，一头扎进车里，个个满脸涨红如张飞，一时喘不过气来，连雨珠狠命往车上砸，也无心搭理了。

这暴雨来得太突然，只一瞬间，天地间便挂上了硕大的水幕。稍稍过了一会儿，我们才缓过神来，透过车窗往外看。一阵风扫来，那雨便跌跌撞撞地到处斜飞，飞到车窗上，雨珠如截断的蚯蚓，又似爆炸开的烟花，飞流直下；飞到水库里，"咚"地便往下沉，随即四周泛起一圈圈水花；飞到树叶上，便滚动着圆圆的肥身姿，迅疾落地，奔向低洼。转眼间，雨更疯狂，倾巢而出。我真担心车顶要被它们砸漏。闪电更是横行霸道，如金蛇狂舞。一声闷雷猛地在远处"轰轰"击地。我们不禁打了个寒噤，哑然不敢吭声。青立即启动车子，飞奔逃离。

这次偶遇暴雨虽已过去多年，每每忆起仍不寒而栗。这件事不断提醒我，生活中充斥着太多不确定的因素，我们要坦然面对，不急不躁，成为生活的勇者。

秋末游骑松山

清晨骑着自行车出门，一阵寒风迎面扑来。我条件反射似的缩起脖子，好冷！一股淡淡的香气忽然飘至鼻间，四下寻看，只见小区绿化带的桂花树上，缀满了白色的小花。不是一场凄风冷雨带走芬芳了吗？为何过了这么久，现在又是满枝绽放？哦，原来这是四季桂。或许，它们觉得上次开得不尽兴，又悄然储足了能量，再次回馈秋天吧！顿时，桂花赐予的惬意令我蓦然欣喜。我便像一只欢快的鸟儿，迎着初升的太阳，猛蹬自行车，一头冲到公路上，寒意被抛到九霄云外。

自行车在公路上缓缓行驶，一会儿便拐到嵩山脚下。我们杜桥人把嵩山的红跑道称为"绿道"。绿道是大家锻炼和休闲的场所。这里远离了汽车扬起的尘土，以及各种嘈杂的喧哗声，空气特别清新。

杜桥东有凤凰山，西有嵩山。传说，凤凰山是凤凰撞死山上而得名，而嵩山则传有飞龙游过此山而得名。这一龙一凤，护佑着杜桥人民平安幸福、子孙绵延。嵩山不算高，爬顶半小时即可。山上绿树成荫，鸟语花香，更有橘树、杨梅树、枇杷树等妆点，最有诱惑力的是山脚的绿道。这条红色的跑道，围绕苍翠的嵩山，仿佛给嵩山镶嵌了一道红色的丝带。

闲暇时，我常登顶锻炼。这里虽无"会当凌绝顶，一览众山小"的壮美，却能将整个杜桥尽收眼底。学海中学的红色墙体、万邦国际花园、东方会等建筑错落有致。杜桥人有着聪明的头脑，有着打拼天下的闯劲，他们是改革开放的弄潮儿，拼搏精神闻名海内外。中国哪座城市没有杜桥人？哪座城市没有杜桥眼镜？如今的杜桥人与时俱进，不仅是打拼天下的好汉，还懂得劳逸结合，修身养性。健身成了杜桥人的时尚。嵩山，便是杜桥人春夏秋冬健身的好去处，因此，许许多多男女老少都来此爬山、走路、打太极、跳舞……个个自得其乐。到嵩山健身，成为杜桥一道亮丽的风景。

曾经有一段时间，这里搭满了违建棚、烧烤摊、小卖部，乱停车现象随处可见，杂乱的叫卖声此起彼伏，不绝于耳，使得锻炼的人们心烦意乱。镇政府加大了对违章建筑的清除力度，终于又让嵩山恢复了自然状态，全镇人民无不拍手叫好。

我骑着爱车在绿道上快乐穿行，灿烂的阳光为我引路导航。秋风吹

拂如瀑的乱发。我边行边注目秋景，任思绪向蓝天远飞。路旁的芭蕉叶
也似吃了兴奋剂般，摇头摆脑地狂舞。三头老黄牛静默地咀嚼着，兀自
甩着尾巴快乐着。

　　再往前骑了一程，碰到一个七十多岁老妪，头发花白，穿一件蓝
色罩衫，身旁放着两个大盆，盆里浸满了各色衣服。看来，她是个勤快
人，或许是持家的一把好手。否则这么冷的天，怎会到山脚下用天然的
井水洗衣？我发现她的双手冻得通红，可能家庭条件不富裕，是为节水
而为之？不禁心生怜悯。下车攀谈后才得知，我是杞人忧天了。她是一
举三得：一是此处空气新鲜，二是井水不费钱，三是来去走一趟，既干
了家事，又锻炼了身体。见她身子果然硬朗，便相信她真的乐在其中，
感慨之中又生出了感动。这时，迎面跑来了一个穿短裤汗衫的胖帅哥，

塞着耳机一边听歌一边从我身边小跑而过。看他汗流满面样子，想是健步多时了。正寻思着此人也是自得其乐，忽见前面不远处有位老翁，约七十多岁，缓缓骑着自行车，后座绑着一根横木，两头各吊一个鸟笼。鸟笼用一块黑布罩着，却听不见鸟叫声。难道笼中无鸟？存了一肚子的狐疑，便追上去问："大伯，您好！笼里无鸟吗？"大伯踩着自行车答："有啊！正去遛呢！""怎么蒙了布？""怕叫！骚扰人就不好了。"老翁拐了一个弯，朝长廊那边骑去。有几位老人也在长廊遛鸟，他们正欢快地交流着什么。

秋末的风滑进领子，游向胸口，钻进下腹，但出了汗的我却毫无冷意，倒反觉得很爽。晨跑的男女，或一群群，或一个个，或与我同向，或与我逆向，全都精神抖擞，无一萎靡者。见此情景，我忽然明白了，晨起锻炼不仅有益体魄，也能提升精神。

独自骑着车，悠然自得地看风景，身体沐浴在阳光里，心儿却在低吟浅唱。这何尝不是幸福？对，幸福就这么简单。

邂逅山水间

俞国江

三上天堂的山

一

2005 年初夏，我与老彭、老五等六人怀着好奇心第一次登上天堂山，亲历山顶的天堂古村，探索山野的奥秘，领略村落的神奇。

远眺天堂山，它处于烟云飘逸的茫茫群山之中，游人沿登峰石级蜿蜒而上，放眼天堂内外，大大小小针叶林、阔叶林，绿波阵阵、葱郁深邃、浓荫遮日、古木参天，野藤遍地，形成以多种植物并存的绿色生态屏障；密林深处时有花蝶飞舞、布谷声声，打破了这片远离尘世间的寂静，使人仿佛步入仙景。

天堂山村，这是个以山为名，海拔 546 米的小山村。这里四周翠竹覆盖、碧水潺潺、九曲梯田和石屋民居，所有这些形成了一幅幅优美的天然风景画。从我们进村的一瞬间起，纯朴善良的村民马良法老大爷便自告奋勇地成为我们的义务讲解员，讲述起天堂山村的过去与现在。

据老人回忆，1946 年 4 月，土匪为了利用天堂山村有利的周边环境做基地，抵抗官兵追剿，与村民发生了利益纠葛，并一步步激化。土匪头子一怒之下一把火烧光了村里八户人家的房屋，致使村民依着茅房过艰难的日子，直至 1966 年才得以重建瓦房。

1950 年，人民解放军向全国挺进。国民党全线退居台湾后，为谋求在大陆的最后防线，与当时新建的共产党地方政权相抗衡。他们以美式装备武装了这些原国民党余部和 25 股地方土匪，集结 2000 余人，凭借天堂山优越的地理环境，以及四周险要的石壁屏障，构成易守难攻的军事要塞，相继聚集桐峙山一带，并将天堂山作为首要据点以统率全局，并扬言要与共产党决一死战。此事惊动浙江内外。同年秋，中国人民解放军六十二师在临海县委统一部署指挥下，分别从大田、涌泉、东塍、涂桃等地出发，对山上土匪形成了四面围攻之势。

最后，在我人民解放军和当地民兵的政治宣传和强大的军事攻势下，桐峙山、天堂山上的土匪最终土崩瓦解。部分顽固不化者也在逃跑途中跌落悬崖而死。土匪头子陈维邦逃至老家，第三天被当地民兵击毙。随着天堂山匪帮的彻底肃清，台州其他小股土匪闻风丧胆，相继而降。

马良法大爷，高寿九十，身体硬朗，耳聪目明，头脑清醒。据他回忆，天堂山村在20世纪50年代前由于受土匪的欺压和敲诈，加上生活条件所限，人口连年减少。新中国成立后，因为国家政策的扶持和人文关怀，最兴盛时，全村人口从新中国成立之初的9户发展到20世纪80年代初的23户，村里也有了自己的小学堂。那时，村民们的田间劳作伴随着孩子们的琅琅读书声，天堂山走进了有史以来的鼎盛时期。

时间又向前推移十多年，随着山下经济不断发展，以及交通环境的改善，村民们不再满足现状，渴求过上山下那种日益富裕的小康生活。从20世纪80年代后期，就有人陆续迁移山下安居。难怪一位大妈开玩笑说："他们不愿过着天堂生活，而要下凡人间。"现在的天堂山村今非昔比，留村的只有十位老人，最年轻的也已年过花甲。

当问及老人们为何不随子女迁居山下时，马大爷似乎深有感触，他并非享受不惯山下的安逸生活，只是觉得他已深深扎根于这片养育自己一辈子的故土，舍不得离开。

午后，我们离开天堂山，往桐峙山方向进发。由于不识路，村里的李大妈自告奋勇地给我们当上了向导。过了几个山坡，到了一个三岔口，在大妈的指引下继续前行。临别时，我回过头来拿起数码相机给大妈留下了一个微笑的瞬间。

二

2008年，一个烟雨飘洒的日子，我与椒江过来的老陶、老洪三人穿越于迷雾封锁的山道，一起再上天堂山。老陶、老洪其实不老，不过是老学究而已，对椒江南北两岸的民间文化很有研究，此次正是奔着采访民间故事而来。

与2005年前比，天堂山村显得无比苍凉，多了一分伤感，少了一分人气。奄奄一息的马良法老大爷躺在床上，等待儿孙们的送终，不日便归西了。

好在得到三年前为我们指路的李大妈和李大伯的盛情款待。李大伯说："三位山下客人，二周（中午）没什么好给你们吃的，就是烧蕃莳芋头，将就着吃吧！"然而，这却是我们求之不得的美餐，久居市井哪里吃得上山里的精品土产粗粮？这些既营养又绿色的食品确实离我们远去，眼前的食物是最珍贵的了。

吃饭间，李大伯说："天堂山村的老人走的走，归的归，良法大哥若再归天，天堂山村就只有我们夫妻二人了。日后好孤寂，你们能到这里，我太高兴了。好啊，饭后我带你们三位搞圈（周边）转转。"

饭后，李大伯果然领我们去看了石大人与天仙桥。

石大人在距离天堂山村有两华里远的一个山坡上，要翻过两道山梁才能到达。石大人有十米多高，如一个苍老长者，坐东朝西，亿万年来

孤零零地挺立着。

据李大伯讲述：石大人对面不远处就是桐峙山。桐峙山是座船山，东高西底，船头向着大海。传说，船主的父亲年年月月目送儿子撑船讨海。慢慢地，父亲老了，走不动了，就在原地变成一块大石头。儿子也弃船转行，那艘船也变成了一座山，就是现在的桐峙山。

天仙桥是天堂村前不远的一座天然石桥，长约八米、高三米左右，形如拱桥，横跨在山冈上。天仙桥桥面形如鲫背，桥两侧长满杂草和茂密的灌木。此桥没有动人的传说，而是村民以"仙人架桥"为心愿，渴求美好的生活。天仙桥周围有块天仙石，玲珑精巧，凌空插入石堆，若有风吹，便有摇摇欲坠之感。听老辈传说，这很久以前的一次大风把山头那块石头吹到了这里。

告别石大人，走过天仙桥，进入天堂竹林深处。"天堂修竹"远近闻名，形成广袤的竹海，青翠挺直的竹子释放着清新的气息，给久居都市的人们以独特华贵的感受。竹林深处荡漾的是清新不含杂质的空气，山泉如涌，清冽如镜，如饮甘泉。田野连着竹山，竹林掩映着石屋民居，显得苍老的古村好似一幅天上飘落人间的水墨长卷。

天堂山不仅是一座风景秀丽的山，也是一座历经沧桑的山。它并非人间天堂，只是在生产力低下的历史条件下，人们对美好生活的向往。可以想象，这里的老祖宗们为了避开战争的硝烟和官府的追捕而遁迹山林，过着艰难困苦的深山生活。

历史已走到文明发达

的 21 世纪。这里已无匪乱，也没有官府的迫害追踪，村民们最终选择走下山尖，离开这片曾赖以生存的土地，缘于时代的变迁和对未来生活的美好憧憬，让这片美丽的山川回归自然，重展新的魅力，成为探险者的乐园、旅游者的天堂。

距离 2008 年的那次天堂山之行又隔了 6 个年头，不知当年的李大伯、李大妈如何。2014 年，听梵音寺僧友达果主持说，天堂山上至今只剩李大伯夫妇了。他们始终坚守着这个古老的家园。随着岁月的推移，天堂山上的人和事也许会成为一个遥远的传说。

我想，应该择日三上天堂山，去看看健在的大伯、大妈。

由于生意上的杂事缠身，三上天堂山成了我的牵挂。

三

十年过去了，我时常在想，不知现在这个小山村如何了，不知山上的大伯、大妈是否安好。于是，2018 年正月初三，我与妻子会同好友传君师傅及其夫人冰凌女士等九位朋友，迎着初春的微风一起踏上崎岖的山道，三登天堂山。

这次上山又有了另一番感慨。十年前，李大伯夫妇已不在山上，大伯已于三年前离世，大妈被其儿女接到山下居住。眼前的天堂山显得格外凄凉，房子破败，田园荒芜，到处散落着村民用过的家居、农具。这些拿不走的打稻机、碾米机、粉碎机锈迹斑斑，随意放在地头墙角，古老的石臼和倒在路边的磨盘向世人诉说着天堂山曾经的兴盛。

取代天堂山聚得一点人气的是一座小庙。据庙主大嫂介绍，她本是天堂山村的原住村民，二十多年前就已定居山下，一直在宁波谋生，有一个安逸的居住环境。交谈中得知，只因一个梦境便改变了他们夫妇后半辈子的生活方式。那是一个朦胧的清晨，大嫂梦见一位师太在村中古庙双手合十，盘坐其中，念念有词；又在梦中隐约看见一尊石佛躺在庙后的乱石堆中。一觉醒来，她问丈夫才知原来天堂山村从前有一座尼姑庵，庵中一位师太年老圆寂。丈夫还说，古庙原来有石佛，"文革"中遭弃，后又搬至山下西坑村，佛像当作乱石填充路基。这就是一尊古老石像的命运，也许在今天我们可以作为文物去研究它的价值了。

梦境与现实竟如此巧合！庙主大嫂归心似箭。2017年春，大嫂与丈夫一起放弃宁波的事业，回到阔别多年的天堂山老家安居，着手恢复古庙的工作。庙宇因年久失修，已成荒丘，山高路岖，道路泥泞，重修古庙谈何容易？水泥砖石全靠骡子一步步地运。庙主夫妇的执着感动了无数信众。在众人的帮助下，古庙得以重振，让沉沦寂静的天堂山又增添了几分人气，复还了往日的喧闹。

奇山秀水白岩顶

白岩山坐落于浙江省临海市杜桥境内，系早期白垩纪火山喷发构成的熔岩地貌，距今有八千万年历史。白岩山经岁月风雨的洗礼，山上奇石峻峭，景色迷人，山梁连绵，宛若腾龙，林海中佛光普照，香烟袅袅；山下有原始的田园风光、完好的森林植被和清丽的奇花异草；白岩顶上的大雷头犹如一颗洁白无瑕的宝石镶嵌在云雾缥缈的青山绿海之中。

白岩山分南北双顶，海拔高度分别为 508 米和 505 米，外貌相似，且高低微差。南山为白岩山，民间称"白崖山"，北山如南白岩的影子，故称"白岩影"，民间称"白岩顶大雷头"。

登北白岩顶，需走石阶小道。入林间蜿蜒行进，时而闻到山中溪涧的潺潺流水声和各种鸟鸣；行至数百步石级的山腰，映入眼帘的是摇摇欲坠的龙角岩，它仿佛迎面俯冲而下，平添了几分惊恐之感；龙角岩下有座"苦乐亭"，形容登山修身本就是苦与乐同在。在亭子的一对石柱上留有杜桥书法名家金吕夏的手迹："建凉亭苦布施众生迎八方信徒驻足，虔超度乐为人得道愿万里来客登临。"亭子的下边岩石上刻有"雄奇高古"四个苍劲优美的大字，写出了白岩山雄伟高大的气势。观罢龙角胜景，再往前突遇一巨石挡道，但见其上是杜桥书法爱好者卢秀满所写"龙虎关"三字。我们绕侧而过，果然名不虚传，山谷两旁只差几米之隔，似有龙虎把关，倘若一人把守千军难克矣！过龙虎关进入有两百米长的翠竹长廊。据当地民间传说：有普陀观音菩萨踩莲座驾祥云入东海路经此地，见一巨石置于山顶犹如仙迹天台能遥望东海，台下一平坦之地颇有仙气，是不可多得的风水宝地，因而心血来潮，轻拂宝瓶，用净水点化此地成为一片翠绿的竹林和一座玲珑的小庙。穿过竹林，我们看到那座有"白岩洞天"之称的白岩洞寺。此庙始建于何时已无典可考，据传，有章安大师灌顶曾循迹于古庙讲经说法。

　　白岩洞西有一洞穴，名为灵泉洞。灵泉洞有一小庙，庙内一清泉终年不涸。据椒江章安街道梵音寺中撰于嘉庆十年（1805）的《大悲院碑记》记载："扁舟和尚系出本邑张氏，少业儒丰神朗秀，便飘然有脱俗意。年三八恭虔白岩峰灵泉洞，皈依上愚下顺别峰禅师，祝发披剃尘缘遂了，嗣是具戒，律于维扬隆觉，受法于天台山国清。"扁舟和尚俗姓张，临海人，年轻时刻意功名，虽有满腹才华，终不得志，于是看破红尘，有意出家。扁舟于白岩山灵泉寺出家后云游四方，得道于扬州隆觉寺、天台山国清寺，遍参名僧。多年后，扁舟回归故里，一日路经杨司，但见这里地广水清，一派田园风光。乾隆三十八年（1773）因缘巧合，扁舟和尚驻锡于此，取名为"大悲院"。其徒上晴下川法师接过法脉因要传戒，故于嘉庆十年（1805年），改名为梵音禅寺。

200多年后的今天，梵音禅寺主持达果师父善继先师之志，步随寺祖足迹，且年复一年于清明期间领弟子和众信徒前往祖庭灵泉洞，以诵经、上供、扫塔等形式追思纪念祖师先德。一时，梵音缭绕，经声琅琅，借此表达对祖师大德的无限感念之情。

白岩墓塔位于灵泉洞西百米左右，在一突出的巨石下，排列着由清康熙至光绪年间六代僧人的墓塔。其塔高一米，由一条石和塔顶构成。2006年，白岩洞寺僧人墓塔被列为临海市文物保护单位，以利保护传承。

白岩洞以东现存的阿弥寺，旧称"阿弥庵"，至今已破败不堪，至于何时起荒废，今无史迹追踪，可能毁于清顺治年间的迁海。2008年，在居士杨世德的领头下，重建庙宇，雕刻弥勒大佛，之后又邀请福建石匠名师王祖长打凿全堂石佛像。2010年9月9日，佛像完美落成。经王师傅打造的石佛，造型动态夸张，线条粗犷流畅，达到了较高的艺术造诣。

在古庙周边还有雨花洞、阿弥庵、石船、嬉娃叠石、古时的捣臼和历代僧人圆寂后的墓塔等景点棋布于白岩顶下东西南北的凹凸之处，这些人文景观和自然景观给旅游者提供一个理想的游览空间。

到白岩洞天、阿弥寺，距白岩顶只走完一半之程。大雷头这块巨石对游客来说，充满了谜团。那么，岩顶上到底是怎样一个地方？欲攀登峰顶可走东边小道拾级蜿蜒而上，行程一小时多。至顶端忽现峰峦延绵、巨石纵横，登高远眺，桃渚胜景尽收眼底，东海烟波如海市蜃楼般，在日光的映照下，童燎水库波光粼粼，美不胜收。

我们站立在悬崖绝顶举目环视，看到的并非想象中的火山口，而是似一口铁锅般被硬物击破之形，剩下的呈半圆之状。据地质专家介绍：白岩山系早期白垩纪火山喷发构成的熔岩地貌，是距今13 000万年前的地质运动，并一直延续到 8000 万年前才彻底凝固冷却，最后形成杜桥至桃渚一带形态各异的独特地质结构，是浙江一带最年轻的火山地质结构。白岩顶是一个火山口，是火山猛烈喷发后岩浆溢流的结果。它多次倾泻到东北桃渚、武坑等地，因此在该地出现了石柱峰、仙人担、将军岩等多种熔岩风化地质现象和岩浆涌动的地貌景观，而留下的部分就是现在人们所看到的喷发时岩浆冷凝后充填在火山通道形成的岩塔。

在岁月风雨的侵蚀下，白岩顶上那些火山岩浆流动的线条更加明显，好似海中的波浪在风雨中涌动，而有的熔岩怪状形象逼真，有如蛤蟆登天、旱船触礁、老龟爬坡、合撑抱卵等，给人以自然美的享受和丰富的想象空间。

置身这险、峻、奇为一体的绝壁悬崖之上，感受大自然赋予的神奇美妙。透过夕阳，遥望巍峨的南白岩和西邻的芙蓉峰，顿觉大自然神工鬼斧的奇迹造化，想象着人类何等渺小。若在画师的丹青下，描绘那舞动的群山，定能胜过俊美的黄山和阳刚的西岳。只是自感才疏学浅，无法抒发对自然界的赞美，只好发出内心的呼声。

美哉，白岩山，你神奇的双顶！

春绕花枝踏后地

彭连生

　　春天的阳光柔柔的，万花怒放，田野里大片大片的油菜花儿也开得正旺，枝头上的小蜜蜂围着花朵儿在吮吸。春天的后地村映衬在田埂路上的金黄油菜花里，春天的美景让人心醉。

　　后地村是杜桥镇里的一个大村，却和别的村子没有太多不一样。多次到过后地村，每一次它都能吸引我的目光。村里保留着两座名人故居：一个是清光绪年间在台州地区百姓妇孺皆知的"金满大闹台州府"的传奇人物——金满的故里；另一位是不为人所熟知的民国时期林学家林渭访的家乡。我正是踏着这些乡贤名人的足迹而来的。

　　走过几个村落，只见池塘布满青青的水草，地上开满黄黄的油菜花，远处的村庄映在一片片油菜花里。这沿海小镇的春天充满了平原的绿意，把我们的脚步变成一个个印章和一曲曲音符。直到我们来到假山自然村的金满纪念馆，看到其故居前的石碑，便知道后地村已到。

　　踏上村中小道，我们会向村庄里的名人故居投去崇仰的目光。村中西边的长塘头林氏大宅是民国林学家林渭访（1918—1974）的故居，是其出生至少年时居住和生活的所在。正房坐北朝南，小台门向东，是典型的四合院结构。东边的假山自然村是清道光年间金满的故居。金满（1839—1917），字玉堂，是浙江晚清时期的绿林人物，啸聚"十八弟

兄"揭竿起事，声闻朝野。

村落因有了这两位名人的故居，吸引了不少前来寻幽探奇的来客。这些旧日居所静静隐在新楼之中，并不醒目，仿佛被遗忘似的，最多是被村中百姓与探访者提起。时空交错的恍惚中，我忽而看到当年揭竿聚义的大旗随风呼响，忽而又瞥见林先生清风傲骨的身影自故居中缓缓走出……

每次，都是我带友人来参观，可迟迟不愿离去的偏偏是自己。熟悉这些宅院的人们已渐渐逝去，新人对它们的感觉却模棱两可。光阴如梭，数百年已过，老宅周边的环境从未改变，此情此景让我们还能嗅到那些名人遗迹的淡香，这些便是精神家园人文历史的依附载体。这就是乡土村落历史文化之美，它所承载的历史愈久愈浓。或许，这两处名人故居终有一天会消失，不变的是人们对他们的怀念，就好像陈酿美酒和落日余晖。愿这些名人故居常在。

名人走了，叹息之余，唯有纪念。

骑行杜桥溪口

余云征

溪口水库是临海市的第二大水库，位于灵江支流龙溪上，承担着杜桥镇、椒江区的防洪、供水任务，为社会带来了巨大的社会效益与经济效益。水库建成运行至目前已近40余年，其水流经椒北平原，滋润了万顷良田。它是临海市杜桥镇和台州发电厂30余万人口的饮用水源，是临海东部沿海的大水缸，哺育了杜桥人民。

很久以前就知道溪口水库，也曾多次去那里游玩。随着近年道路状况不断得以改善，溪口水库成了台州城区的后花园，湖光山色吸引着人们去欣赏、去游玩。水库东岸的大路线复线是骑行爱好者心中的绿道。过椒江大桥，沿章溪线北行8公里后，即到溪口的三岔路口，再沿S225前行一二公里，在下山路村路段，见路的北侧有一小道盘山而上，这就是大路线复线。这是下山路山与狮子山麓的一条山间小柏油路，路面平整，在水库东岸盘旋延伸。

我们要开始进山了。大家把自行车的挡位调至爬山挡，慢慢骑进小道。刚进去不久，我们就被绿荫包围。高大的竹子挺拔劲秀，枝叶如凤尾垂下，在风中摇曳，发出沙沙的响声。树木就更多了，高的、矮的、大的、小的，说得上名的松树樟树，还有说不上名的杂树，无不长得葱郁蓬勃，在初夏阳光的照射下闪烁着点点光亮，尽情地展示着生命的色彩。

竹林浓密的枝叶遮住了强烈的阳光，光线透过缝隙在道路上留下斑驳的影子。林间清风送来阵阵凉意，暑气被挡在了山外。这里没有城市的喧嚣，亦无机动车的轰鸣，有的只是山林的清幽与宁静。且把烦躁的心绪抛在脑后，暂时忘却忙碌与奔波，只需双脚慢慢蹬踏，山地车就不紧不慢地向高处前进。山路不停向高处盘旋，清新的空气弥漫在绿荫丛中，深深地吸一口带着清新和芳香的空气，沁入心脾，令人陶醉。忍不住又贪婪地再吸几口，舒坦怡人，让人忘记了骑行的疲劳。初夏时节，正是山花烂漫之际，各色野花不断映入眼帘，绿色的山林因而变得绚丽多彩。山栀花开了，如点点白雪点缀在绿意之间，于风中散发着阵阵清香。这花香，香了风，香了路，香了整个山林，也香了我们这些骑行人。

骑行中，我们不觉寂寞，那些充满灵性的小动物一路与我们相伴。看吧，一只只粉蝶在身边飞舞，时而出现在头顶，时而出现在车前，用舞蹈表示着飞行的快乐，也像是在欢迎我们到来。除了粉蝶，其他小昆虫也不少。可爱的金龟子有时忽然快速地飞出来，微微地吓你一下。当然，这也是一种乐趣吧！清幽的山林不乏鸟鸣声，唧唧……喳喳……啾啾……什么音色都有。有几只鸟儿高兴起来了，还拉长了声音，唱出婉转的曲子。我们兴奋起来了，不由得大叫大喊，以示心中的愉悦。许是这喊叫惊动了鸟儿，几只鸟扑着翅膀从我们头上掠过，停在了更远的树枝上鸣叫。

不知不觉中，我们已骑到大路线复线的最高处，停下车来歇息片刻。我们已身处大自然的怀抱中，坐在山石上，看青山映衬下的蓝天，似乎比别处更蓝、更洁净，而天上飘过的白云也分外悠闲。再向道路西侧看去，溪口水库已十分清晰地呈现在我们眼前。那一泓碧绿的湖水啊，如璧如玉，不时有微风吹过，水面就荡漾起轻波，阳光的照射下，还闪动着粼粼波光，水库对岸的青山映入水面，真是"湖光山色一眼收"啊！这时候，我们可以什么也不想，尽情享受清风的凉意，还有这山间的美景。我们陶醉在溪口水库"绿道"的美景之中，久久不愿离开。我们闲聊起来，说起一些地方建绿道的事。杜桥人真有远见，早就为我们建了这么一条绿道，真是好极了！的确，美丽的杜桥溪口，有山有水，还有绿道，怎不令人留恋向往？未来的日子里，如果把这里好好规划一番，我相信，溪口的风景会更美，会吸引更多的人前来休闲观光。听说"五水共治"后，原来水库边上的野味馆、酒店都已被关停，这已为水清岸绿开了一个好头。

　　歇息片刻，我们开始下坡，顺着向下的公路，欢呼着前进。车轮飞快地滚动，山林在身边闪过，只听得耳边是"呼呼"的风声。我们享受着下坡的畅快淋漓。下坡路在一片橘林处终结，我们已到了南溪村。南溪村的旧房改造做得很好，公路旁矗立着一幢幢高大美观的新居，让人艳羡不已。我们无暇再次停留，旋即去了龙潭坑。

　　从龙王村的村牌进入，就是龙潭坑的所在地。听说龙潭坑有十八个坑，溯溪而上可达兰田。这是个青山如屏、沟壑纵横、树旺林密、环境幽静、风景秀丽的地方，我们只是骑行者，没有那些"驴友"的本领，骑到水泥路的尽头也就驻足了。但愿能在来日，再有机会欣赏这里的自然风貌和浓郁的山情野趣……

　　虽然只是一路走马观花般地走过杜桥溪口，但溪口的美景已深深印在我们脑海里。我相信，我会随时骑上单车，再去溪口，再去杜桥的其他地方。

龙潭坑记

项海滨

在杜桥镇西北端与涌泉镇接壤处横亘着一条溪涧，名为龙溪。龙溪发源于涌泉镇桐峙山新屋一带，向东蜿蜒而行，最终注入溪口水库，龙潭坑正处其中下游。戊子冬十二月十六，是日天朗气清。清晨，我们从龙溪下游的龙王溪逆流而上，走向龙潭坑。大概是江南温润的地气所致，在溪水局部冰封、溪边繁霜压草的深冬时节，两岸山木仍葱绿得可爱，精神抖擞之状俨然一位好客的主人。龙王溪是平缓的，水流无声，此时更无鸟鸣，但见眼前乱石纵横，一股夹杂着大自然气息的寒意扑面而来，令人顿觉远离了喧嚣尘世，进入了另一个世界。行两百余步后，方闻潺潺水声，继而才见一潭。这就是我们见到的龙潭坑十八潭的第一潭，据说其名为龙冲潭。潭水清冽至极、绿意盎然，潭底石子历历在目，看似触手可及，但不经意间伸手往潭中一摸，却够不着半颗石子。原是潭水在愚弄人啊！

山路渐行渐陡，山势险处奇石纷呈。行至第四潭，只见潭边数块巨石垒成半丈见方的石窟。石窟内飞泉哗然，更奇之处，有两条腕般粗细

的树根傲然探入，作入主石窟之状，使本来冰冷的石窟顿显生机无限。至第十潭稍前而右转，可见峭壁耸立于前，壁上挂一飞泉，泉下蹲一奇石，其状酷似一蟾蜍昂首接水。大自然的鬼斧神工令人惊叹。行至第十三潭处，则有两块巨石突兀于眼前，一纵一横。纵者立于潭中，横者卧于潭畔，其间仅可容两人并肩而过。两石俱有一缺口，立着缺口朝上，卧者缺口朝下，犹如两顽童于潭中戏水时所作之大笑状，令人看后顿觉妙趣横生。向前再行几十步后，不经意间回首再看这两块巨石，它们又如一河蚌懒散地在潭畔晒太阳，移步换景之妙乃至于此。

行走在龙潭坑，路有时要自己探索的。行至第九潭后，山路渐趋险峻。过第十一潭时，便无法缘溪而行，须攀岩而过。然而，山中草木扶苏挡人视线，几乎难以睹其全貌了。我们发现凡至险绝难登之处，必有枝藤蔓出供人攀缘。这就是造物主的惠人之道啊！如果山势险绝无法攀登，我们就不能尽览美景，如果一路行来都是如履平地岂不又索然无味！

行走在龙潭坑，目光所及之水景无不沁人心脾。龙潭坑之水发源于山间，流动于山间，远离了尘世，这就是其美之缘由。纵观十八潭，潭潭相连，或接之以飞泉，或引之以缓溪，或急或徐，急而不野，徐而不滞，石因之而润，木因之而秀。对于龙潭坑来说，山石为其骨骼之奇，草木为其面目之秀，而溪水为其神韵之美。

龙潭坑至今仍属纯天然风景区，毫无人工斧凿之处，初临其地甚觉平淡，以致不遍游十八潭不能穷其美。如果把龙潭坑比作一个人，她应该是质胜于文的。古人云："质胜文则野。"野者，质朴也。而真正的风景不仅仅是质朴的自然景观，还需要有人文景观的点缀，这还有望于我们每一位热爱家乡山水的志士仁人。

世外桃源塘里洋

王丽敏

　　塘里洋，坐落于杜桥镇区的北边，位于童燎水库上游，北靠白岩山。塘里洋村里有一个乐园，面积不大，却如小家碧玉般美丽动人，近年成为人们休闲小憩的场所，孩子们心驰神往的乐园。在游人眼中，它是杜桥镇区的"后花园"，也是人们的精神家园。

　　第一次得知"塘里洋"这个地方，好像是在朋友圈看到的。我不知道它名字的由来，单凭一个"洋"字就已让我浮想联翩，那里定是个有山有水的好地方。是日周末的早晨，我们全家慕名而往，顺着路牌，穿进一个古老幽长的山洞，阵阵凉风袭来，依稀听见水滴的叮咚声，平添神秘阴森之感。出洞口，顿觉豁然开朗，映入眼帘的犹如一个世外桃源，树木苍翠葱茏，别墅傍水而建，瓜棚顺势而搭。继续向右拐 200 米左右，便到了塘里洋乐园。园外那条幽深的小道沿着山脚伸向东方，听闻再过去就是童燎水库。山路边，房屋村舍依稀可见。下了车，空气好新鲜，我与微风撞了个满怀。

漫步在铁桥上，静听溪水潺潺，时而望见数名孩童在溪边捕鱼嬉戏，天真烂漫尽显于此。儿子早已飞奔进去，原来那里有一座高高的滑梯——这可是儿子的最爱！我们紧随其后，斜坐在秋千椅上，尽情享受着大自然的恩赐，听山风，观美景。有位教育家曾说过："人是自然之子。"我感受着大自然赋予我们心灵的启迪。野外拾趣中，我不由得敬畏起大地的神奇。近处，娇艳的野花在草丛中摆动着身姿，仿佛倾诉着风光的旖旎；时而，美丽的蝴蝶在花间翩翩起舞，好像告诉我们飞行的快乐。身后，可爱的草莓在棚架里绽开笑靥，透露着丰收的喜悦。远处，那绿得发亮的树叶在风中不停摇曳，我听到生命的呼唤。一草一木皆有情！这自然界的小生灵正用各自不同的语言与我交流，我听出了它们蓬勃的气息。

小憩片刻，我移步来到滑梯的最高处——一座简陋的木凉亭。坐在此处，山风更大了，一股清凉惬意席卷全身。这里虽没有"一览众山

小"的境界，但周边的景色尽收眼底。溪水边，一行行红枫树排着整齐的队列展示着顽强的生命力，树影、山影、人影倒映水中，宛如一幅优美的泼墨山水画。石屋下，人们忙碌着烧烤，锅盆碗筷的触碰声悠然响起，奏出一曲动听的交响乐。乐园中，孩子们踩木桩、荡秋千、溜滑梯，爽朗的欢笑声此起彼伏，犹如一首美妙的山间舞曲。在这里，男女老少均返璞归真。在这个小世界里，人们找到了别样的乐趣，体验着非同寻常的人生。

抬头仰望，对面便是高耸的白岩山，山势险峻，山路蜿蜒，是冒险者的膜拜之地。此山海拔约450米，主峰是一块巨石，孤绝秀异，在阳光的照射下呈灰白色，故名白岩山。群峰怪石，岩洞密林，涧瀑可见，别有洞天，素有胜雁荡之称。眼前景，

眼前人，思绪如潮涌般打开。那一年春节，家人携同亲眷一起攀登白岩山，当时尚不曾听说白岩山脚下便是塘里洋。拾级而上，沿途是景，约莫一小时才登上山顶。虽身疲力乏，但山上风景独美。眺望远方，一山之隔，桃渚与杜桥依山而立。山下，绿波闪闪的湖水如一条宽大轻盈的绸带穿过山脚，飘过密林，一直汇聚到童燎水库。山上，古寺威严肃立，神佛庄重，禅意深深；岩洞鳞次栉比，古朴高深，历史悠远；怪石形态各异，或如帆船，或如美猴……置身于此，如同来到天堂之境，如梦似幻。曾记得于雨花洞中敬听一僧人讲述遥远而神往的传说，并接受神仙水的洗礼。白岩寺内虔诚参拜神佛的情景历历在目，殷殷祷告，恍如昨日。庙宇旁曾目睹莘莘学子在"青蛙石"前诚心跪拜。"青蛙石"是块吉祥石，外形像巨蛙，当地人把青蛙谐音为清华，赋予它灵性，祭拜过的读书人定会考上重点大学。每逢春节期间，神石会吸引无数学生来此膜拜。白岩山上，有我们一起走过的足迹，有家人的相扶相持，有属于我们共同的故事……岁月匆匆，一晃八年之余，吾家小儿亦长成。阵阵山风唤我前行，择一日重攀白岩山。

不知不觉，日上三竿，儿子呼我归去，而我仍沉浸其中，怀想发呆，怡然自乐，流连忘返。我喜欢这样静静地、久久地独处着。

塘里洋，你是我心中的劫、此生的恋！从那以后，一家三口常会择日来此小坐片刻。离开尘世的喧嚣，抛开俗世杂念，让心灵沉静，任思绪翻飞。聆听自然之声，感受生命的真谛。塘里洋，一个依山傍水的小村庄。

那一方桃源地

徐丽芳

在杜桥的西北角有个村子叫"西湖"。杜桥美景数西湖居首，它虽未有杭州西湖那么驰名中外，但那如世外桃源般的村景却别有一番况味。

那是我的第二个故乡。我在这个村中生活了六年，对这里的一山一水、一草一木了如指掌。这是一个有着一千人口的小山村，村间有一条古路，一直通往后山。小路旁边有棵几百年的古"沙朴树"，树冠如伞，沟壑纵横的树干诉说着岁月沧桑，历经着时代变迁。它见证了这个山村的历史。小路尽头有一口几百年的古井，是全村人的生命之水，无论多么干旱，井内从未断过水，清清冽冽，甘甜醇美。每天清晨，金鸡报晓，就会有勤劳的村民前来挑水，打水声、说笑声、鸟鸣声，声声入耳，惊扰了山村一夜的酣梦。于是，美好的一天也拉开了序幕。古井的右上方有个小型水库，常年清凌凌的，水里有小鱼小虾。这个小水库是全村人洗刷的地方，上边用来洗菜，下边用来浣纱。河水清亮透底，村中妇人们提着大篮小桶的衣物早早来到河边，边洗衣边话家常。春夏时节，雨水充足，水库边也从未断过人。从外村来的大姑娘、小媳妇提的提、挑的挑，有些是开着车来的，把整个冬天用过的被褥、毛毯、棉鞋都带到此处来清洗。堤上常有钓鱼的老翁，戴着斗笠，手中捏着鱼竿，一动不动地盯着水面，悠然自在。他们都来此处感受大自然馈赠的礼物。是呀！自然环境不断遭到污染与破坏的今天，还有哪个地方的水比这里更清冽呢？

顺着蜿蜒的山道往里走，不远处还有一个水库，更大一些，也更深一些。水库四周竹林茂密，丛林幽深。有这样一座天然屏障，怪不得无论有多干旱，这里的水源从不间断。此水库在20年前就被村民修建成一个自然水塔，供应全村一千多人的家庭用水，村民在20年前就享用免费的自然水了。

水因山而媚，山得水而活。有好水的地方自然就有好山，山水总相逢。西湖村的好水就因傍好山，绿树村边合，青山郭外斜，这是西湖村的特点。村后是绵延高耸的群山，向东通往洋平，直至白岩山，向西通

往蔡岙。山路两旁古树翠竹葱郁繁茂，丛林中野花绽放，异彩纷呈，飘香山间，蜂蝶绕花丛。碧绿的清流倒映着新绿的翠竹青柏，白雾在溪涧中弥漫，霞彩在水面上荡漾，轻烟淡雾，蒸腾出几多梦幻和迷离，恍若来到瑶台仙境。

山脚到半山腰以大片竹林为主。漫步林间幽径，轻风吹拂着林海。此起彼伏的林海涌起滔滔绿浪，竹叶吟唱，牵引人的心曲柔情。炎炎暑日，高温而至，外面让人闷热难受，身在竹林，永远不会感到暑热，永远是那么清凉，那么舒心。竹叶挡住了阳光，抵住了烦躁。邀上知己好友，来这竹林中，翘首倾听鸟雀低吟浅唱，举杯品饮，说古道今，体会孟浩然那种"逸气假毫翰，清风在竹林。达是酒中趣，琴上偶然音"的飘然情趣。一片竹林千顷绿，竹的绿是闪烁着希望的翠色，竹的绿是西湖人生命的碧色，竹的绿是祖辈留下的财富。

半山腰至山顶有苍松劲柏，有绿杉红枫。西湖人爱树！此话说得一点不错。每到初春，勤劳的西湖人总是扛着锄头、铁锹到山上转转，看看有需要填补的地方就立即买棵小树苗栽种。西湖人爱树，还不如说是爱上了那生命的绿色。他们懂得生命的起源在于绿色，生命的保障在于绿色，绿色的环境能换来健康的身心。他们愿意用勤劳的双手换取一座天然的氧吧，换来子孙后代的身体康健。勤劳的西湖人不仅植下一座天然氧吧，还种下了巨大的经济财富，山间田野只要有空隙的地方都是果园，桃树、梨树、橘子树、杨梅树、枇杷树、栗子树、李子树……东风吹醒了沉睡的大地，漫山遍野像燃烧的火焰，红得让人沸腾，红得摄人心魂。桃花像羞答答的新嫁娘穿上粉红的衣裙，羞红了脸庞；梨花则穿上洁白的婚纱，白皙的脸庞绽放出迷人的微笑；橘花是个万人迷，矮山坡上、村前田头全是它们婀娜多姿的身影，空气里弥漫的全是那醉人的清香。初夏，桃树上挤满了一个个可爱的桃娃娃，杨梅树上缀满了红果果，枇杷树上挂满了金黄的枇杷；金秋十月，满山漫野的橘树上挤满了一个个金黄的果实，像一盏盏橙红的小灯笼挂满绿枝；高大的栗树枝头长满了刺球，像一个个小刺猬顽皮地在绿枝上荡秋千，引来一群群顽童在树下用竹竿敲打，手提竹篮的小姑娘则在树下拾掇，他们正准备把这些打下的栗子送给孤寡老人王奶奶。

西湖人的勤劳不仅美化了自然环境，还创造了当地美好的生活。你看那一排排、一幢幢崭新整齐的新楼房，明亮宽敞的厅堂，透亮晶莹的落地玻璃窗，暗红油亮的木地板，雪白光滑的大理石。虽说是农村，却和城里人住着同样的房子。村子的主道路纵横交错，宽阔的水泥路直通每家每户，小轿车直接到达每家大门口。村部出资在主干道两旁种满鲜花，粉红的、正红的、粉白的月季花，竞相开放，舞动着迷人的身姿。初秋的清晨，雪白的木芙蓉花瓣形如玉碗，羞答答地开放在绿树丛中，群芳争妍的盛景让人难以移步。近午，雪白的芙蓉换上粉红的衣裙，至午后两三点，又换上深红的衣衫，夕阳西下时，深红渐渐加深，真可谓"晓妆如玉暮如霞"。"妖红弄色绚池台，不作匆匆一夜开。若遇春时占春榜，牡丹未必作花魁。"若在春天开放，牡丹未必比得上芙蓉的娇美。芙蓉之美不在外貌，而是不屈不挠的品性。芙蓉凌霜开放的性情一如同西湖人敢闯敢拼的精神。改革春风吹拂大地每个角落之际，敢拼的西湖人就外出打拼，虽有挫折，却永不言败，顽强的精神终令他们在商战上屡战屡胜。

西湖村除月季和芙蓉外，更多的是桂花。金风送爽，丹桂飘香，一进村口就能闻到醉人的清香。漫步进村，上百棵桂花树上缀满了橘红色的小花朵。西风飒爽，村里飘起了阵阵桂花雨。那场景，让经过此地的客人流连忘返。

村前是一片沃野，成片的油菜花翻腾着金黄的波涛；盛夏的一眼青

碧，一块块稻田跳起舞蹈；初秋稻浪翻滚，滚出丰收的喜悦；隆冬的西兰花绿莹莹的，给萧瑟的季节平添了一抹生机。视觉上的无所羁绊净化了心灵，顿时让人心清目明，胸襟豁然。晨曦中，老农们"种豆南山下"，星光下"带月荷锄归"的乡野生活会深深吸引着久居城市荒芜的心田。这样的美景，这样的感受，只能为西湖人所独享。我虽离开此地十多年，一得空闲必去找老邻居聊聊天，就有了"故人具鸡黍，邀我至田家。开筵面场圃，把酒话桑麻"的那份乡情。"月上柳梢头，人约黄昏后"，我喜欢走在乡间的田埂上，一路聆听鸟吟虫咏，踏着皎洁的月光，轻嗅淡淡的花草泥土香，陶醉在这如痴如醉的梦幻里，仿佛置身于一个童话般的世界。

当你小心翼翼地呵护着大自然的一草一木时，大自然也会加倍地回报你的恩情。当水泥钢筋结构的城市进入炎夏，人们只能躲在空气混浊的空调房里寻找一丝阴凉时，西湖村人则聚集在门口宽敞的道地里唠着家常。阵阵清风拂过，那份清凉雅致的惬意，令人有种超凡脱俗、远离红尘之感。这是一座绿色的天然氧吧，这是一个五彩缤纷的花园。这样的生活居所不正是我们渴求的家园吗？这里的空气永远都是那么清新，这里的蔬菜总是那样新绿，这里的水果总是那么鲜红。你无须担心过量的农药，也无须担心催红剂的作怪。西湖人过的是最真实、最美好的生活，西湖人过的是最原生态的幸福生活。这不正是陶公笔下的世外桃源吗？这不正是人人向往的世外桃源吗？

凤凰山上竹林青翠

王敏俐

凤凰山，在杜桥这个小镇算是个比较有名的去处！每逢有远道而来的同学或者朋友，首选游玩之地必是凤凰山。凤凰山上的风景名胜除了烈士陵园外，还有凤凰传书、凤山夕照等多处美景，而凤凰山脚下的那口名叫"双家井"的古井，它在小镇上也是家喻户晓的。它的井水甘甜清冽，据传是仙人遗留下来的琼浆玉液。而我尤其钟爱凤凰山上那大片岩石上天然形成的一把石头椅子，喜欢将那把石椅叫作太师椅。每爬凤凰山，太师椅是必定要上去坐坐的。只可惜年前带小女去爬凤凰山时，想让小女也体验一下坐在那把太师椅上，享受众人皆小我独大的乐趣时，那太师椅却怎么也找不到了，甚是遗憾中！

除了那把太师椅，我独爱凤凰山上的青青翠竹。年少时，每当我们学校期末自由复习的日子里，我和同学芬，总喜欢来到凤凰山上的这一片竹林里复习功课。从凤凰山下那棵老樟树旁的小路上去，顺着石阶走过二三十级，就能看到竹林了。竹林很大也很幽静，一眼望去看不到头，只能望见那一片片的绿影。竹林很安静，除了偶尔有上下山的村民路过之外，只听到清脆悦耳的啾啾鸟鸣声。我和芬最喜欢坐在竹林边的岩石上，边看书边享受这清新的空气，还有阵阵温润清爽的山风温柔地轻抚我们的秀发。偶尔看书看累了，手枕着胳膊，躺在岩石上，仰望天际，入目也是满眼的绿……

几场春雨过后，春笋争先恐后成群结队地从地底下冒出来，凤凰山上的竹笋鲜见有人来挖的。竹笋直直的，像一支支大小不一的毛笔挺立在眼前，有的刚破土而出，有的已经长到数尺高了，最顶上的两片嫩芽，翠绿翠绿的，和那灰褐色的外壳形成了最鲜明的对比，在我们眼里这些竹笋真是可爱极了，鲜美极了。我们俩一合计：反正这些竹笋也没人管，我们就扳两根回家尝尝鲜。我们俩没有铁锹和锄头等工具，就用手直接抓着竹笋那毛茸茸的外壳，使劲地左右摇晃，可竹笋长在地里，坚实得很，哪里是双手能够直接拨动得了的，好几次我们都累得趴在了地上，竹笋仍旧纹丝不动，好不容易才扳下来一根，赶紧放在一边，再瞄上另一根，又是使出吃奶的力气……没等我们扳下这一根竹笋，山上下来一位大叔冲着我们俩大喊大叫，边喊边朝我们跑来，吓得我和芬的小命丢掉半条，赶紧放开竹笋，撒腿就跑，哪还顾得上之前拔的那根。人真的不能做坏事，此后有好长一段时间，我和芬路过竹林都是绕着道走……

晴天的竹林很有韵味，雨天的竹林更有韵味！那应该是初夏时分的清晨，我随着父亲一起去凤凰山上采药，那是一种名叫"黄毛绿草"的草药，就生长在竹林间的泥土里。清晨有雨的天空是灰蒙蒙的，雨点儿打在我们身上清清凉凉的。我和父亲步入竹林，只见细小的雨点儿轻轻敲打着竹叶，"扑扑"作响，雨水洗去了竹叶上的尘埃。有的雨滴留在竹叶上，在竹叶上无声的滚动着，恰似一颗颗晶莹剔透的珍珠；有的雨滴顺着叶尖滑落下来，无声无息地落进了泥地里。因了雨水的滋润，竹林更加郁郁葱葱；因了雨水的滋润，竹林里缥缥缈缈，宛若仙境。父亲是不会让我闲着的，他一会儿支着我拿袋子装他采好的草药，一会儿又教我怎么辨别这种药草，地上枯黄的竹叶儿吸饱了雨水，脚踩在上面软软的，我用手扒拉竹叶找药草时，有时会从里面蹦出一、二只俗称"纺织娘"的绿色昆虫来。此时的竹林，风声、雨声、鸟鸣声、人声交织在一起，就像是一首交响乐协奏曲……

年前某日和小女再登凤凰山。走过"凤凰传书"这个景点，往左拐入一小道，顺着小道往前行走，蓦然，我们的眼前出现成片的竹林，竹林围着林间小道，风儿轻悠悠地吹拂过竹林，竹子摇曳，发出"沙沙"的响声。我对女儿说：看！这就是让我难以忘怀的、留着我美好回忆的竹林！

小女"哇"了一声："好美的竹林呀！"她像花蝴蝶般飞入林中，满心欢喜地瞧着青翠的竹林，摸摸这株，摸摸那株。竹子长得愈发更高而挺拔了！它们努力地向天空伸展着妩媚的身姿，那翠绿的颜色在阳光下的照射下闪着绿莹莹的光亮。多情的春风，把竹子特有的清香送入我们的心田。女儿正围着一棵竹子不停地转圈，一边转一边笑，她那银铃般的笑声在幽静的竹林里回荡着……

此刻，面对竹林，面对女儿的快乐，我这颗尘世中浮躁的心也会逐渐安定下来变得宁静，烦恼和疲劳也会一扫而空，只留下这绿色的美好心情。竹林真的很美很可爱。

第三辑　风物杜桥

时间静静流淌，生活呼啸向前。曾经的旧事旧物，不停地远去，不停地消失，不停地叹息。用文字唤醒温暖的记忆，用执着坚守一份传承。让有温度有情感的事物，在岁月长河中留下夺目的光华。

耘书楼耕书

何方伟

不知道为什么，耘书楼于我，总有种异样的感觉。或许是因为我是个藏书家，或许是我对书有着特别的钟情。

然而，我对耘书楼，却多了些失礼。按理说，我是读书人，又酷爱藏书；它是藏书楼，我是杜桥人，它就在杜桥大汾老街上，与我咫尺之遥，我随时可以去拜访它。然而，我却很少光顾耘书楼，几次匆匆经过都与之失之交臂。

壬辰年一开年，却意外迎来了和它邂逅的机会。正月初二，一个风清日丽的日子，我陪复旦大学人文学院的屈教授和几位友人在参加大汾东岳庙会后，穿过喧哗的大汾老街，来到幽静的小村。汾西一座旧居古宅出现在我们眼前，这就是耘书楼的所在地——李氏宅院"玉溪小筑"。

"玉溪小筑"临河而居，坐北朝南，夹在两条窄窄的小巷之间，是一座中西合璧、极为精美的民国建筑。它积淀了丰富的乡土文化特质，凝聚着当年屋主人醉心自然、营造情致的衷情。宅院门口立有临海市人民政府市级文物保护单位的石碑。庭院结构属于"三进九明堂"中的"一进"，占地面积1000平方米左右。中间为两层楼，两边为三层楼，分为厅堂、东西厢房，中有卧室、客厅、更衣室等。

"玉溪小筑"始建于1941年8月，距今已有近百年的历史。整座建

筑有着江南民居常见的素净淡雅的色彩，错落有致的黛瓦粉墙非常富有清闲雅逸的美感。历经百年岁月冲刷，白粉墙早已斑驳陆离，青色小瓦也黯然无光，失去了初始的明朗和单纯。然而，这更使它显得古老而神秘，彰显出浓郁的沧桑感和历史厚重感。

耘书楼在玉溪小筑的西南面，与小筑相连。底层一边是过道，另一边是小厨房通楼。二楼是书房，三面临轩，室内明亮，是当年小筑主人的藏书楼。

耘书，一个多么朴实而又富有诗意的名字。

我的思绪不由穿越时空，回到那流水般逝去的岁月，探寻其如烟似梦的往事，浏览历史长卷中的沧桑。于是，我带着探索的目光，走进这栋百年耘书楼，轻轻叩开神秘的门扉。它们无一不在诉说着往日的翰墨书香，就像一部活化的历史巨著，吸引着人们去浏览，让人百读不厌。

置身耘书楼，仿佛看见当年屋主人坐在窗前看书的情景。

李彦兵（1908—1951），字砚兵，杜桥大汾人，上海暨南大学毕业，曾留学日本明治大学。1934年任福建南安县县长秘书，1938年任临海县花桥区区长；1943年任临海杜桥大汾乡乡长。其父早逝，由母亲李氏抚养成人。幼时，即资质聪颖，过目成诵，文采滔滔，颇得同邑宿学老儒的看重与赏识。李家是大汾望族，李彦兵又为人豪放，嗜酒好交友，家中常高朋满座，饮酒赋诗连日不断，平生慷慨好施，族中贫困之家多有他的救济。

李彦兵一生嗜书如命，每次外出，都要遍访书肆，搜求古籍。在日本留学期间，他曾多方搜求日籍文献。回国后，又经常到苏杭一带搜访。有机会便与著名藏书家来往，见闻更广，收藏亦富。后娶黄邑申氏为妻。申家乃黄邑大户，其妻申醉吟是黄岩的大家闺秀，能书能文，嫁入李家，相夫教子，怡然自得。申氏十分贤惠，也精通文墨，夫妻二人曾在耘书楼相互展阅书籍，评书论画，唱和诗词。

新中国成立后，这座老宅为原大汾乡政府驻地；2005年，乡政府搬去新址。因无人管理，老宅已破旧不堪，几乎是一片废墟。

李彦兵的儿子李猷九眼看祖宅就要败落，心急如焚，跟在义乌做生意的儿子李警说明自己的心愿，希望在有生之年买回祖老屋。儿子非常支持他的想法，斥资让父亲放手去干。

从2005年开始，李猷九开始分步购回这座宅院。为按民国年代原貌装修祖宅，他费尽了心思，请来十几名懂古建筑的能工巧匠，方使玉溪小筑及耘书楼的复原和修缮工作基顺利进行，使之保持了本来的面貌。如楼前庭院，保留了硬山重檐，门窗古雅，雕刻精细的建筑风貌。

耘书楼的构造与别的房子不一样。外墙层间和摆窗间用砖放出线道，在二层与三层间用砖角和蛎灰做出流苏头状；三楼墙面勾出石块形；在东边凸出的二楼窗上嵌着长方形石板，阳刻繁体楷书"耘书楼"。

藏书楼最为稀奇的是旋转书橱。通常书橱都是单面可移动的，可这里的书橱设在西南墙角，里边的书架是圆柱体的，可以旋转。拉开窄长小门，找什么书转一下，很是方便。书架上还有主人生前题的诗："东西书史罗列其中，前贤往哲千载相逢，涵今茹古运用无穷，名言至理世界大同。"精辟解读了书籍的作用。

2009年农历正月初八，李猷九迎来三喜临门。他着实大办了一次庆典，宴请亲朋好友：第一件喜事是女儿李谊的结婚典礼，第二件是为纪念其父母100周年诞辰，第三件喜事当然是庆祝祖屋修缮一新。

虽经历80多年的风风雨雨，走进耘书楼这座充满历史韵味的老宅，了解其书画、古籍收藏的前世今生，就像穿越一段幽静的历史，探寻一段鲜为人知的传奇。依稀仿佛看到当年辞官回乡的李彦兵躲进耘书楼，与历代书画为伴。漫步耘书楼，宛若回到古老的从前，生活展现的岁月陈迹，会使人们忘却喧嚣，忘却烦恼，并在品味自然与和谐的同时，驰骋无尽的思古之情，让人感叹岁月的轮回和生命的留痕。

回眸归程，屈教授同样充满感慨。当我们离开时，李猷九一直把我们送到大路上。

外洋人

程豪勇

　　我老家在三门浦坝港镇渔西村，坐落在健跳港以南一个三面环山一面靠海的地方。长期以来，渔西人都认为每次出行，应以三门湾水域及沿海为界。要是去三门县城、健跳、蛇盘等地，从海上走，往西北纵深行，但都在三门湾水域内，算是没有出洋。若是跨出三门湾水域，过东叽列岛，如到杜桥、临海方向，先出三门湾，往南经头门岛进入台州湾，沿椒江向西然后北上去临海，这都算出洋。由此，渔西人就把处于杜桥区域的乡村，都叫外洋。

　　有外洋就有外洋人。知道外洋人就是杜桥人，还是在我五六岁的时候。

　　那时，村里经常会有一批批外洋人在走街串巷。他们有挑着货郎担，一边摇着"滴里笃落"响的拨浪鼓，一边放开嗓门叫着"洋红洋绿丝线尼扣要伐""头发鸡毛换糖"的小商贩；有挑着木炭烧红的火炉，带着模具铁锤，叫着"打镴铸铜勺"的小铜匠；有补缸、补牙罐、补搪瓷面盆的；有做裁缝、收购中草药的；甚至还有斜背着灰布长袋，用筷子敲打着搪瓷盆"叮当"作响，挨家挨户讨饭的人。

　　每当外洋人的到来，我们这些根本没有见过世面，且长期生活在海边山村的孩子，仿佛见到了外星人，纷纷围拢到外洋人的货郎担边，馋猫似的盯着那四四方方的玻璃柜里琳琅满目的商品，还翻出家里多时积聚的头发、破烂不堪的旧衣服、猪毛鸡毛鸡肫皮、锈迹斑斑的船钉，去换姜糖、薄荷糖、红头绳。大家赖在小铜匠和裁缝老师摊前不走，盯着他们做戏法似的把一块块废镴块融化、凝结，做成了一把把精致的茶壶酒壶；把一只只洗净后染上紫色、蓝色的无纺布化肥袋，在那把闪亮的剪刀舞动下，裁割成了一张张大小不一、形状各异的零碎布片，然后快速组装拼接，做成针脚紧实、款式合意的汗衫、短裤和拦腰……

这一拨拨生意人的来临，伴随着那一声声高亢婉转、略显夸张的吆喝声，还有那群顽皮孩子的围观吵闹声，给昔日寂静得有点单调的海边山村增添了几许热闹和欢快。看多了一拨拨熙来攘往的外洋人，我就好奇地问爸爸："为啥做这生意的都是外洋人，我们这里的人怎么不去做？"爸爸语重心长地对我说，"你不知道，我们这里的人在山靠山，在海靠海，弄点海鲜，种点小麦、番薯和洋芋，还能解决吃饱的问题。在外洋，人多地少，他们吃不饱、穿不暖，想活命，只能隔山过海来做点小生意。其实，他们是被生活所迫，才来赚常人不想赚的一点小钱，以积少成多。"

"那外洋到底在哪里？"我又问。得到的回答是："若是坐船去，要一天时间；若是走陆路，必须带着冷饭团，先翻过高高的渔西岭，沿山脚走半天的崎岖小路，到小湾渡口，坐渡船过浦坝港，继续走半天，到四岔，再走一段大路，直到晚上，才能到那个住着很多很多人的集镇，那地方就叫作杜桥。"

从此，我就知道外洋就是杜桥，属于临海县管辖的一个区。这外洋人就是杜桥人。那我家外婆，人家都叫外洋婆、外洋婶的，也是杜桥人喽！还有我的前道台里桂琴阿姨的妈妈，人家也叫外洋婆，她应该也是杜桥人……我如此类推。

我的类推在外公那里得到了证实。从此，我知道外婆和村里的桂琴娘并不是那些流动做小生意的外洋人，她们是从外洋嫁到村里，在村里长期生活着的，准备一直这样终老的外洋人。

我的外婆，确切地说，是我的第二个外婆。那个与我妈妈、娘舅有血缘关系的第一个外婆，早在妈妈七岁、娘舅两岁时就驾鹤西去。我外公含辛茹苦，独自一人在拉扯了妈妈和娘舅六年后，实在难以顾全地里的劳动和家里两个幼小的孩子，才续娶了二外婆。其实，二外婆是我知道的唯一的外婆，我一直把她当亲外婆。

外婆老家在杜桥炮台村。听爸爸说过，她也是大户人家出身，有兄弟姐妹多个。是什么原因让她放弃优渥的家庭条件，毅然离开父母兄妹，只身来到百里之外极端偏僻的海边山村，嫁给了身为农民的外公，做起我妈妈和娘舅的"老寄娘"，我不得而知。

盛夏的夜晚，湛蓝的天空高挂着三三两两或明或暗的星星。闷热的空气仿佛和村前屋后树枝上的绿叶一起沉睡了似的。外公和娘舅们提着湿漉漉的衣衫，拖着疲惫的双腿从田里回来。他们在台门口水井边的拗斗里舀起一蒲篓接一蒲篓的水，从头上、肩膀上淋下，把身上的污泥连同汗水一同冲走后，就赤膊去揭开锅盖，匆匆开始了当天最后一顿正餐。当然，钢精罐里的半罐米饭是让给我们这些孩子吃的。大人们一边摇着蒲扇，一边就着咸菜、蟹糊、菜头丝，喝着小碗里的薄粥汤，嚼着大碗中的番薯干。此刻，外婆还在堂前的风车前"叽里咕噜"地扇着当天翻晒好的稻谷。夜深人静时，大家都已进入梦乡，外婆却独自坐在灶间的小矮凳上，戴着老花镜，在昏黄的煤油灯下缝补着外公衬衣上已经磨碎了的肩膀部位。

翌日清晨，万籁俱寂。一股细微咸湿的气流缓缓从海上向山村弥漫。村前屋后树枝上的绿叶仿佛突然之间从沉睡中苏醒，微微晃动着叶尖。当大人们刚把一张张旧草席从道台里的泥地上卷起，将睡榻从户外转移到屋内床上时，外婆早已在灶膛里点上火，开始了新一天的家务劳动。

春去秋来，年复一年。外婆始终是家里起得最早、睡得最晚的人。她每天都有忙不完的事：全天候照管着三个还没上学的孙辈；全家八九个人一天三餐的饮食，农忙时节还要烧好下午四点钟的半午餐点心，送到田头给在劳动的大人们吃；八九个人被褥衣服的清洗、晾晒和缝补；一亩多自留地里豆、薯、菜类作物的收种和管理；家养的二十多只鸡、三四头猪的食料准备和喂养；从生产队到家庭承包制后收获的所有粮食的翻晒收藏……

我上初中时，外婆就跟来家看望她的同胞姐妹一起，天天插空摇着纺车，踏着织布机，为我早早准备了粗布被子和粗布红口袋，当作我将来的结婚用品。后来，我结婚时真的用上了外婆亲手做的粗布被子和红口袋。虽然这被子盖在身上比较暖和，但碰到脸上、手上还是会感觉糙痒。即便如此，它仍凝聚着外婆和姨婆们的一片绵长情意。十几年前，我在整理家里的衣柜时把不用的衣服、被子都丢了，唯有外婆给我的粗布被和红口袋还收藏着。再过几十年，这种面料的被子和口袋或许是一件无处可寻的文物。

外婆从不生气，也不打骂我们。外公却是一个急性子的人，有时很暴躁，甚至会骂外婆，但外婆从不还嘴，就像没听见一样。一次，外婆送午后点心给外公他们吃，回来的路上，突然下起雷阵雨，外婆被淋了个落汤鸡，晒在晒场上的稻谷也被暴雨冲走了小半担。外公回来后大发脾气，指责外婆不提前把稻谷收回家，还大骂她是"傻瓜""败家子"，连一些不堪入耳的话都用上了。外婆只是一声不响，默默地烧着晚饭。晚饭后，大家都到后门的矮墙上聊天，外婆却在灶膛前黯然落泪。

我上小学前期，外婆经常挤出时间带我去海里捡海蛳、捉泥螺，去地里拔猪草、摘蚕豆、削麦草、翻番薯藤……培养我从小养成热爱劳动的习惯。海里的活儿轻松容易有收获，还可以带回家享受一餐；地里的活儿复杂难做，还比较吃力。所以，一旦让我去地里劳动，我就不愿意。外婆总是这样教导我："省力的要做，吃力的也要做。做好了吃力的，省力的也就有得做了。只做省力的，不做吃力的，哪有饭吃！"

外婆就是这样，日复一日地从灶头、水井头、针孔篮头、纺车头到鸡窝头、猪栏头，从田头、地头到榑场头、风车头、谷仓头，一直不知疲倦地奔走着、忙碌着。到外公家后，她一直没回过老家杜桥。在外婆身边，我从没听她说过累，也从没看她闲过。直到有一天，外婆突然中风，无法起床了，娘舅一家人才觉得这家务事真的太多，没有外婆在，实在难以招架。

与上年纪的人闲聊时，大家都有同样的感触：做父母时，对自己所生儿女的关爱，远远没有做爷爷奶奶、外公外婆时对孙子、外孙们的关爱来得用心、真切。我对自己的女儿并没多大关顾，但自从女儿生下小外孙女后，我可是三天两头牵挂着这小宝贝，时时刻刻想去看她、抱她、逗她玩。或许这就是中国传统文化"隔代更亲"的传承。自然，我的外婆也是如此。

爸爸在外工作。妈妈生下我，待到我断奶时，就去邻近的三岩公社三沙洋棉花站打工了。而我，就成了娘爸不管、外婆外公管的宝贝。在外婆家，我的饮食起居理所当然地落在了外婆身上。据外公说，初到外婆家时，我还不大会走路，外婆用拦腰布做成背篼，时刻把我背在背上。她常背着我在家里烧饭、洗衣服，到晒场翻晒稻谷，到后门山去拔猪草，到坑后园自留地里摘蚕豆……每当她要挑担或背重物不方便时，就把我安置在事先用干净的稻草和旧衣服垫起来的竹箩里，让我看着她劳动。她会经常牵着我的手不厌其烦地让我学走路，等到她能够放手了，就让我在家里沿着门槛、板壁走，顺着楼梯往上爬；累了，就让我在小凳子和小竹椅上休息一下。到我会说话、会走路的时候，外婆就带我一起做家务。

因为刚断奶就到了外婆家，外婆先是挨家挨户给我讨要舅妈、婶婶们多余的奶吃，后是让我喝粥汤和"粥油"。每次煮粥的时候，外婆总是一再让粥镬沸腾，再反复用慢火熬，最后把浮游在镬面的那层黏稠如浆的"粥油"捞上来，用扇子扇，用口气吹，等冷却到可以进口时，才喂给我吃。后来，外婆又变着花样，给我磨豆浆、做米粉糊，煮番薯丝糯米粥、炖番薯粉羹、烧虾皮鸡蛋糊……不厌其烦地一羹匙一羹匙地喂我吃。直到四岁的时候，我还让外婆喂饭。外公实在看不下去了，怪外婆过分宠溺我。外婆也只是笑笑而已。

后来，外公外婆把木头房子让给娘舅一家住，他们住茅房。为了尽早将茅房换成瓦房，外婆每年要养几只羊、三四头猪和几十只鸡。猪、羊养到过年时直接杀掉或卖掉，除购置少量年货和衣服被褥外，余下的都为将来造房子准备柱子、桁条、楼板和砖瓦等建材。家养的鸡大多是母鸡，靠鸡蛋来换购油盐酱醋、针头线脑和表弟表妹们的书薄纸笔。那时，一个鸡蛋五分钱，谁都舍不得自己吃。只有来了贵客，才会慷慨地拿出三五个鸡蛋，给客人烧红糖鸡蛋茶。孩子们一年到头就在隔壁邻舍或亲戚朋友嫁娶的日子，弄个红鸡蛋吃吃；或者家里来客了，烧给客人吃而没吃完的蛋茶。对我，外婆从不吝惜，每周会清煮一个鸡蛋或泡个鸡蛋茶给我吃。她自己从来不吃，一旦烧好鸡蛋，就会坐在我身边，看着我吃完才走开。我大一点的时候，外婆会用自留地里采回的食材当原料，施展出从老家带来的烹饪手艺，给我们做米浆糕、食饼筒、糕饼、糯米青团、鸡蛋炒麻糍吃。

亲情是一个亘古不变的主题。正是这血浓于水的亲情，陪伴我走过人生旅途中每一个难忘的日子。况且，过来的人都清楚，父代对子代的牵挂，远没祖代对孙代的牵挂来得浓烈和绵远。一次，我不小心翻倒了外公打草鞋用的高凳子，把边上的小矮凳弹起，凳子的一角撞到我的嘴巴，顿时，鲜红的血从齿间唇边赶趟似的流出。外婆慌忙赶来，发现我的下嘴唇碰破了一块小指甲大的皮肉。她连忙把这块还没完全掉落的唇皮粘回到伤口上，急速将我送到公社卫生所处理。连续几天，我的嘴唇肿得像糖葫芦，痛得天天哭闹，连饭也不想吃。外婆像犯了大错似的，逢人就说，反复念叨着自己的不是，说没有照顾好我，让我破了相，嘴唇留了伤疤，等女儿女婿回来怎么向他们交代，云云。那天晚上，外婆哭得很伤心。第二天上午，我发现她的眼眶还是红肿的。

恋母是孩子的天性。恋母情结表现最突出的是四岁左右的小男孩。我的父母在异乡工作，尽管相距不到二十里，但他们有时两个月也不见得回家一次。处于幼儿阶段的我难免不想妈妈。一天晚上，我突然大哭，说妈妈回家了，

要外婆带我回家去见妈妈。外公外婆不管怎么哄我，都没止住我的哭喊。他们只得起床，打着灯笼，送我回家。到家后，我发现妈妈没在，又是哭闹不停。最后，外婆突然念起了一段民谣：

燕阿燕，高山飞屋背。

屋背白，背小麦。

小麦麦头摇，飞过桥。

桥上打花鼓，桥下娶新户（媳妇）。

一娶娶个癞头新户，夜夜赖麦鼓。

麦鼓碎，来妹妹，

妹妹几时嫁，天娘（明天）后日嫁。

嫁介人，嫁邻舍。

邻舍桶，两头空，嫁相公。

相公无田无地，嫁仔鸡。

仔鸡非出坑，嫁小生。

小生非做戏，嫁皇帝。

皇帝非管天下，嫁给马。

马无辫，嫁给黄浦鳝。

黄浦鳝非打洞，嫁给蓝眼红。

蓝眼红双眼烂糟糟，嫁给猫。

猫非抓老鼠，一棒笃个死！

……

外婆那如诉如歌、韵味绵延的语调吸引了我。随着外婆反复多次的吟诵，我不知不觉间止住了哭闹，仿佛陷入一个新奇美丽、遐想无边的童话世界。我在外婆一遍遍的吟诵声中进入了梦乡。

有人说，住茅房舒服，因为冬暖夏凉。那是没住过茅房的人异想天开。外婆家的茅房有两间，一间烧饭，一间卧室。茅房没有瓦房那么高，由稻草缠绕在栎树枝上的条条草楞拼接成厚重的人字形房顶，直接架在不到一人高的南北两堵泥坯墙上。尽管在四面泥墙上开了个小窗，但茅房里面还是黑咕隆咚的。夏天，茅房内闷热不堪，热辣辣的太阳晒在头顶的稻草楞上，房间里的柱子、衣柜和凳子，床上的草席都像在火炉里烤过似的。每当高温来临，外婆就会在晚饭后往道台里的泥地上倒一桶水，等水全渗进泥土里，再把旧草席摊开，让我们睡在露天的草席上。

夜深了，山村里的一切归于安静。除了偶尔的几声狗吠，黢黑的夜像是一个庞大的曼妙之物，携着湿气，在紧靠高山、濒临大海的山村里覆盖和浸淫。闷热过去了，凉快来了，外婆不愿叫醒熟睡的我，让外公轻轻将双手插进我的背脊与地上的草席之间，横托起我，移步进茅房，再轻轻地把我放在还是有点发烫的床上。那时，不要说空调，连电扇也买不起。在这一个个闷热的夏夜里，我都是在外婆不停摇动着蒲扇的细微声响中，进入梦乡的。

夏去秋来，山上和田野里的植物开始变得缤纷。银杏叶黄了，枫叶红了，柿树裸得只留下红红的果子挂在枝头。成片沉甸甸的稻穗压在开始泛黄的叶面上，仿佛向人们展示着无比靓丽的深秋风姿。住茅房的日子也因秋深而变得舒适和温馨。可是，好景不长，转眼冬天就来了，我的心也随着冬的来临而被揪紧。冬夜，刺骨的寒风从泥坯墙头和不怎么紧密的门缝、窗缝里钻进来，冻得人瑟瑟发抖。我捂紧被子，蜷缩在外婆的臂弯里，贴着她温暖的身体，在她细声细语哼唱的摇篮曲里不知不觉地睡着了。

外婆中等略高的个子，方脸盘，双眼皮。长期的辛劳给她的眼角留下了深浅不一的鱼尾纹。花白的头发打成辫子，整齐地盘在脑后。不管怎么看，外婆都有一种知识女性才具备的气质。我被送到外婆家时，她就已经年过半百。随着年龄的增长，以及对外婆认识的加深，我有时会猜想，外婆年轻时肯定是个美女，一定有很多英俊的男子追求过她。尽管这样想，我始终没问过外婆，生怕搅起她心头的痛。

外婆常穿的衣服没几件，且都是黑色和蓝色的打着攀扣的大襟衫。我也很少看到她穿新衣服。我曾看到她给外公、娘舅买过衣服、打过毛衣，但从未看到她为自己添件新衣服。平时在家，她都穿一双土布鞋，劳动的时候穿一双解放鞋。不管在家，还是出门，外婆总是先对着小镜子认真梳理头发，把洗得已经发白的衣服和裤子整理得服服帖帖的。她那洁净、精明、干练的形象，经常被前后邻舍们称赞。

中风后，外婆在县人民医院住了一段时间。回到家后，娘舅又上宁波、下温州，四处寻医，求得中草药每天按时给外婆煎服。外婆始终乐观地对待病痛，坚持不断加大活动强度，开展康复锻炼。经过两年多时间的疗养，她重新站了起来，然后能够行走，到能做些简单的杂事，直到再次挑起照顾全家生活的重担，足足又干了五六年。一个七十多岁的老人在重度中风后，还能彻底脱离病痛，回到正常生活轨道，真是一个奇迹！

外婆是在十六年前的那一天走的，享年八十五岁。她走得很突然，我们都没赶上送她。但她自己清楚，她是那支燃了很久很久的蜡烛，从顶部彻底燃到了底。

外婆走了，她的子女和孙辈们至今还不知道她姓甚名谁。外婆走了已经十六年了，我还是刻骨铭心地记得她，记得她是一位来自杜桥镇炮台村的外洋人。

是杜桥这片人杰地灵的土地和美丽的山水哺育了外婆，滋润了外婆。而她，却在偏僻的三门浦坝港镇，这个海边山村的人家，呕心沥血奉献了自己所有的光和热。

　　外婆，你是我最亲爱的亲人，我会永远铭记您的恩情！杜桥，你这方神奇无私的热土，我因你养育了我亲爱的外婆，还养育了一批具有优秀品德、常令我动容的诸如包小华、黄荷风、李正瑞、李小龙等朋友而心悦诚服！

金满的传奇人生

林热军

早年听说过黄金满打桐坑，以为黄金满是小芝方向的人。杜桥文学协会秘书长吴方华告诉我，黄金满是杜桥的穿山村人。我很是诧异，于是跟随杜桥文学同仁一同去探访。

到了穿山村，果然找到了黄金满的故居与纪念馆。到时，我马上发现了一个问题，黄金满并不姓黄，而姓金，就叫金满。我问旁边的阿公，"为什么外面流传的都是黄金满？"阿公说，"金满是绿壳大王，所以叫王金满（杜桥方言，王、黄同音）。"我又听后地村人——我小姨的夫君金良先（他与金满是同族）说，"听老人讲，金满娘曾改嫁到黄姓人家，所以金满也姓黄。"

台州绿壳，自古闻名。绿壳，就是强盗或海盗。第一个有名的绿壳是唐朝的袁晁，声势浩大，跟随他的民众近二十万；元末的方国珍还立过国。到现今，台州人在外面也以"横狠"闻名。舟山人就被台州人打怕了，直说："台州绿壳，比狗还恶。"北京秀水街，当地人说台州人打起架来不要命，都是忌惮三分。台州人身上都留有绿壳的基因。

台州为什么多绿壳？很长时间，台州是南蛮，属于野蛮之地，开化很晚，所以，身上留有一股子蛮劲。到唐朝，还是流放之地，郑广文、骆宾王都曾流放到临海。后受郑广文"教民立学"的教化，台州才慢慢步入文明社会。台州地处偏僻，交通不便，是海角天涯，离统治中心遥远，统治者鞭长莫及，地方政权薄弱。另外，台州穷山恶水，地主豪绅盘剥厉害，老百姓生计艰难，往往铤而走险。

金满就是台州近代最有名的绿壳，他的一生充满传奇色彩。在了解有关金满的事迹后，我发现他有"七奇"。

一奇，年轻习武，立寨为王。他从小家境贫穷，帮工出身。年轻的时候，他向一位武林高手学习武艺，功夫相当了得。他喜欢赌博，把赢的钱财全都送给贫困急需之人。讲究一个"义"字，好为人排忧解难。因不满现实黑暗，与"十八弟兄"在桐坑立寨，与官府对抗。

二奇，得到百姓的拥护。一般绿壳杀人不眨眼，杀人越货，欺男霸女，绑架勒索。金满则竖起"平心大王"的大旗，多行义举，劫富济贫，杀贪官污吏。每吃百姓一餐饭，必多赠银洋，人数虽不多，却得到百姓的拥护与掩护。

三奇，金满有着杰出的军事才能。他无师自通，在运动战中与清兵周旋，并取得了惊人的战绩。比如，光绪六年十二月，在海上截获海门官兵火药船；光绪七年六月二十九日夜，率三十余人乔装入临海城劫狱，救出亲戚项道志及重犯二十余人；不久，又破宁海西垫厘卡，活捉委员史秉诚；又一昼夜行军百里，袭清军花桥据点，杀临海丞邱洪源等等。

四奇，金满受招安，为国效命，从绿壳转变为爱国将领。光绪九年，兵部尚书彭玉麟建议招抚金满，由天台廪生谢梦生出面与其谈判，金满接受招安。这其中，谢梦生有何人格魅力，能得到金满以自身及兄弟们的身家性命相托？对此，文献上没有详细记载，恐会成为历史之谜。中法越南之战，清廷令彭玉麟赴广东，布置对法防务。金满以"外委"随往。中日甲午战役，他亦曾受命赴援。金满成为抗击外敌的前线将领。

五奇，招安后能全身而退。看到招安，我立马想到宋江的故事。梁山好汉受招安后，遭朝廷猜忌，大多不得善终。而金满取得彭玉麟的信任，被他收入帐下，得到他的多方庇护。彭玉麟对金满的为人也极为敬重，与他兄弟相称。金满还得两江总张之洞的赏识和保荐，官至长江水师守备、直隶提督，这也体现了他卓越的治军才能。

六奇，晚年告老还乡，采草药为乡人医治。金满晚年生活清淡，同街坊邻里同样吃穿，平时穿草鞋，常上山采药，义务为乡里百姓医跌打损伤。就像邻家大伯，人不识其曾是赫赫有名的人物。炫丽之极归于平淡，角色转换非常自然。这是何等的格局与境界！

七奇，八十多年来，始终被人民怀念。台州人民借地方曲艺道情筒、莲花落等演绎《金满闹台州》的故事。人民政府也为他设立纪念馆。我在纪念馆里看到，一方面是爱国主义教育基地，另一方面，百姓在金满像前上香，把他当神灵膜拜。

人民的眼睛是雪亮的，老百姓心中有杆秤。台州绿壳金满的是非功过经过了八十多年历史的严苛检验。现在，他已被台州人看作一代英雄豪杰，是"台州式硬气"的代表，是台州人的骄傲。

泥人朱

吴越子

一个晚上，皎洁的天空挂着弯弯的月亮。我和儿子走在温柔的夜色里，去街上买陶泥。

清风徐徐吹来，送来一缕桂花的清香，沁人心脾，顿觉得清气爽，精神为之一振。走了好几家文具店买陶泥，店主都说没有卖的。忽然间，我想到"泥人朱"那里应该有陶泥，便带着儿子走向他家的店铺。

说起"泥人朱"，我是通过他的儿子阿西与其结识的。几年前，我住在杜桥镇上的桥头王，隔壁邻居就是阿西。我俩一回生二回熟，便成了好朋友。阿西中等身材，长得白白胖胖的，笑起来很憨厚，人也本分老实。和他交谈中，我逐渐了解了他家的情况。他很自豪地跟我说，他老爸叫"泥人朱"，本名朱吕贵，是浙江非物质文化遗产泥塑的传承人。对于杜桥"泥人朱"的大名，我早有耳闻。百闻不如一见，在其子的引见下，我同他老人家见了面，看到了栩栩如生的泥塑作品。桌子上的一排排泥塑看得我眼花缭乱。他的泥塑人物作品，或怒目而视，或贪嗔不语，或巧笑嫣然，或目藏奸猾，件件形象生动逼真。我仿佛置身古代社

会，和古人面对面把酒畅谈，看他们的人生百态，走进他们的内心世界，来了解他们的喜怒哀乐。

朱吕贵从小酷爱地方戏，对戏台上人物的一举一动、衣着打扮，都牢记在心。因而，他的泥塑作品大多取材于台州民间戏曲，人物形象丰富多彩，富有地方特色。他的代表作品有《十五贯》，取材于昆剧中的"况钟访娄阿鼠"，巧妙地捕捉到人物瞬间的细节，刻画得惟妙惟肖，诙谐幽默，甚是传神；还有《水浒》人物系列，无不构思巧妙，造型生动有趣。

朱吕贵是农民的儿子，从小就喜欢玩泥巴，对村庙里的泥塑老爷很感兴趣，时常模仿着用泥捏。小时候，家里穷，为了生计，十三岁那年，他就跟随大哥朱吕寿学习泥塑手艺。由于天生聪慧、心灵手巧，他很快掌握了泥塑的入门技巧。大哥带他走遍临海各地，为各地庙宇装塑神像，学得了过硬的本领。

朱吕贵捏泥人的材料是用沿海平原地表下深1.5米的纯净青丝泥土，掺水后反复揉捏，使之富有弹性，然后根据造型人物大小，按比例上泥积坯，再依据人物表情、动作、服饰特点捏出人物形象，经阴干、烘烧、打磨、上色、打蜡等多道工序，一件完整的泥塑作品才大功告成，整个过程都是纯手工制作。

经过几十年的潜心创作，他的作品可谓出神入化，令人惊叹不已。《十五贯》《三岔口》等作品在省内外至全国各地参展，都得到了专家们的一致好评，为台州屡获殊荣，并得到省领导的表扬和认可。2005年7月，"杜桥朱氏泥塑"更名为"临海泥塑"。2006年6月，临海泥塑被台州、临海两级政府分别列入首批非物质文化遗产名录。所有这些成绩来之不易，这与朱吕贵的辛勤努力密不可分。

如今，朱吕贵年近八旬，后继乏人。所幸，临海泥塑得到了台州各级政府的重视和保护，越来越多的人参与学习这门绝活，他的一个孙女也打算跟他学习。

这样走着想着，忽然，儿子在前面叫起来："老爸，快来看，前面就是泥人朱的店铺了！"我的思绪一下子回到现实，抬头一看，我们已来到店铺门口。朱吕贵刚好在家，正同家人吃饭。一阵寒暄之后，我道明来意。他从楼上的阁楼里拿来一块湿润的陶泥，并嘱咐我们回家用保鲜袋包好，防止它硬化不能用。儿子接过陶泥，脸上充满欣喜，致谢不已。

回家的路上，儿子跟在我后面，不停把玩着这块刚买到的陶泥，差点跌倒。天上月如钩，街上灯光闪闪，桂香依旧……

绣娘

徐丽娇

午后闲来无事，去乡下的老家走走，我曾在那熟悉的村落生活了六年之久。漫步在桂树飘香的村落里，步至花树掩映的农家屋舍，瞧见戴着老花镜的老妇人独安坐在棚架之前，凝眸于绣绢之上。呆立路中的我正迎上妇人的双眸，她便笑着招呼我进家小坐。走进几净窗明的院落，看绣绢之上的鸳鸯戏水、牡丹花朵朵争芳斗艳。绣品快要完工，只剩下花叶的平针。

此景在二十多年前的农村极为常见。鸡冠花、月季花绽放的农家小院里，坐着三五个大姑娘小媳妇，支起花架，绷紧绣品。江南水养出的人儿灵气温柔，明眸善目。洁白的素绸上早有蓝黑墨印描摹的图案，一双双纤纤玉手飞线走针，这一上一下的巧手像两只飞舞的蝴蝶。一针针走出花树蜂蝶，一线线飞成鸟兽虫鱼，这份专注的神情透着温婉、优雅，这一低头的娴静如一朵不胜娇羞的水莲花。

小媳妇日夜奔忙只为小儿女的衣食，生活的忧郁、无奈与浮躁都在这针针线线中消失殆尽；大姑娘的针起针落绣进了对未来生活的美好憧憬，多少爱慕深情、多少的缠绵悱恻都被这丝丝缕缕的线织成凤穿牡丹，凤凰于飞。

和所有农中绣娘一样，迫于生计，母亲加入了她们的队伍，搬到沿海小镇。儿女的学费像山一样压着父亲，看着丈夫不胜辛劳，母亲跟邻居阿姆学了三天的绣花基本功，就独自起灶了。从此，母亲成为一名绣娘。看着一根根丝线随着她的手起腕落，不一会儿就成了栩栩如生的飞鸟走兽。我不愿再待在灶台上做饭，开始趴在母亲的绷架旁学起最简单的针法。在母亲的指导下，我很快能够独立成绢，也成了一个小小的绣娘，最喜欢双休日一放下书包，便趴在绣架上飞针走线。

我们家门口有个石板道地，前面是一片稻田，四季各有风景，春夏葱郁如翡翠，秋色金黄如锦。夏风阵阵，冬阳暖暖，邻居们都喜欢搬来绷架坐在我家门口的石板道地上飞针走线。邻居小葱婶人长得水灵，绣出的作品精致到无懈可击，每次收花的人捧起她的绣品无不啧啧称赞，让人很是羡慕。没想到多年后，收花的人竟成了她的亲家。

几十年前，没有现在的节能灯，伴着昏黄的灯光，明月的余晖也会挤进来。端坐在绣架旁，手拿细细的绣花针，手起腕落拉起丝线，花鸟在月光下点点成形。我抬头望着皎洁的明月，望着母亲脸上荡漾的微笑。月辉映在她白净的脸上，更显宁静安详。她用澄澈的目光凝视着几夜熬制而成的作品——这精致的绣品凝聚着我们对美好生活的无限憧憬和向往。

有些大型绣品需要一年半载的时间才能完成，相当费神。母亲是不敢接这样的活计的。这些活儿不仅要求高，而且花样繁杂，她一个半路出道的人还做不到出神入化的境界。母亲教会了我和妹妹们，却不希望我们在这件事上多费心神。母亲说："这终究不是你们将来要走的路，只是让你们体会一下生活的不易，一个绣品晨昏起落也不够养家糊口。只希望你们从中能感受到，做任何事情都要有绣花这样的耐心和细致。绣花看似都有套路，其实有些边边角角还是需要灵活变通，眼睛和心灵相结合才能很好地去完成一幅作品。如果能安安稳稳坐着绣完一幅作品，也能更好地学习文化知识。"母亲没有文化，却有满肚子的生活哲学。我们也正如母亲所期盼的那样，最终脱离了绣娘的生活，放下绣花针，从此与笔、电脑结下不解之缘。

今日突遇此景，勾起几多往事，很怀念那段清浅的时光，没有太多的纷繁世事打扰，心若静水。

弹花匠

王雪卿

　　我家对门阿公曾是弹花匠，方圆十里八乡的棉被十有八九就是阿公做的。

　　称他阿公，只因他辈分高，其实年纪比我父亲小，那时还是个健壮的后生。阿公勤劳老实，农忙是农民，农闲是弹花匠。每当棉花收晒好的季节，找阿公做棉被的就多了，堂前几乎天天传出"笃笃弹"的弹花声。

　　我的印象中，堂前是他的根据地。记忆中的他不是背着"钓竿"，就是推压着木圆盘在刚刚成型的棉被上游走，抑或是与他的老母亲（我叫太婆）一起铺牵棉纱线。

　　一般是在堂前中央摆上长条凳，搁上木板，搭成棚床。将过秤的皮棉（去籽的棉花）一团团撒抛在棚床上。这抛撒可有讲究，不能像"十三姑娘"学绣花，东一点西一堆的，要尽可能散布均匀。准备就绪，阿公就要披挂特有的装备，开始"笃笃弹"了！

　　看，那样子可真像钓鱼！不过，这竹制"钓竿"不是握在手里，而是稳稳绑在后腰上，杆顶高高地跃过后背，探头把垂在吊绳上的铁钩送到身前，牢牢钓住一把大弓的弓背。这弓可真大啊！竖起来远远高过头顶。它由一根毛竹弯成，绷着一根牛皮筋当作弦。阿公就是用这张特别的"独弦琴"弹出一床床温暖柔软的棉被。

阿公左手扶大弓背，不时推拉送拽着这张钓起的大弓，并灵活地转动手腕，让牛皮筋弓弦与将要弹开的皮棉保持合适的距离；同时右手执木榔头，不断地敲击着牛皮筋弓弦，弓弦在木榔头不断的叩击下欢快地唱起歌来："笃笃弹！笃笃弹！笃笃弹！"这时，弹动的弓弦似乎有了神奇的吸引力，不断地黏起皮棉。在木榔头与弓弦的一声声的加油呐喊中，一团团乱棉乖乖地吐出絮来，长长的，柔柔的，像一片片飞雪，更像高天上的朵朵流云，在棚床上悠悠地飘着。阿公戴着厚厚的口罩一刻不歇地弹啊弹，这一弹，往往要花半天工夫，弹得衣服湿透，尽管热天只穿一件背心，冷天只穿一件棉毛衫。

做棉被的程序繁多，而且每一道工序都不省力，弹棉花只是其中之一。长年累月，大弓的把手处和木榔头的手柄在这双长满厚厚老茧的手里硬是磨得溜光锃亮。渐渐地，棚床铺满了雪白蓬松的棉絮，像厚厚的新雪覆盖在草地上，像洁白的羊群温顺地偎依着，也像发到极致的白水洋米糕，更像无数捧空气感十足的棉花糖凑在一起，看得人激动不已。

接着，阿公就要在弹好的棉絮上布字作画了。以一床洁白的棉絮为纸，色线彩棉为画材。色线如笔，勾勒线条轮廓；彩棉做颜料，饱满层次。不消多久，一朵五彩牡丹便盛开了，花下还常有两条锦鲤欢快地摇头摆尾。有时，阿公还会在四角用棉线勾出如意结或红双喜。真是满床的喜庆！

该给这床棉絮铺牵棉纱线了。太婆和阿公各居棚床一侧，阿公右手挥动着细长的划杆，棉纱线由划杆上的小洞眼带着，在来来回回的挥动中，一会儿落在阿公的指间，一会儿落在太婆的指间。来回挥动的划杆在棚床上"咻咻"地响，母子俩眼疾手快，不停地接棉纱，贴棉纱，掐棉纱。棉絮上的菱形网格越铺越密，直到均匀地罩满整张床。如此这般，再铺牵一两层。牵好一床需要掐断多少线头，搭几排网格呢？阿公笑着说："要不你数数看？"我就一遍一遍地数，总是数不出结果，细密的网格多到看花了眼。太婆裹的是金莲小脚，一点一点地随纱线挪移。别忘了，这还只是棉被的一面，翻过另一面，还要这样一一铺牵呢！

蓬蓬松松的棉被就要大功告成了，真恨不得在上面打几个滚！不过，别急，还有最后一道重要工序。

阿公提起又厚又大的圆木盘来压被了。圆盘虽是木头做的，分量却不轻。推压时，得倾注全身力气，让它在棉被上游走，为的是让棉花与铺牵的棉纱线网罩紧紧相黏，不至分离。偷懒可不行，否则棉被用不了多久就会"揭灯笼"——棉纱网罩与棉絮相分离，整床棉被就要松散了。本指望一床棉被盖个二三十年，那哪行呢？做床新被不容易，更何况乡里乡亲的，这种倒牌子的懒万不可偷。"做日短，见日长！"阿公牢牢恪守此言。

后来，市场上各种各样的被子多得令人目不暇接，棉被不再成为首选；加上太婆作古，阿公也就改行了。

从此，堂前不再响起欢快的"笃笃弹"。阿公的整套装备估计要成为古董被收藏了。至于这棉被的传统做法若讲给后辈听，会不会被当作传奇呢？现在，阿公年近七十，即使想再来"笃笃弹"，估计也力不从心了吧？

不过，让我感到释然的是，如今就算手工做棉被，也会有机器的助力，师傅们不用再那么辛苦了——现成的棉纱网罩代替了一根根的铺牵棉纱，电动木盘代替手动木盘了。

待卿长发及腰，我必十里红妆

张礼标

　　"十里红妆"是古老的汉族嫁女民俗。人们常用"良田千亩，十里红妆"形容旧俗嫁妆的丰厚。一箱箱、一杠杠的嫁妆都朱漆髹金，流光溢彩。床桌器具箱笼被褥一应俱全，日常所需无所不包。蜿蜒数里的红妆队伍从女家一直延伸到夫家，浩浩荡荡，十里长路都洋溢着喜庆气氛，故称"十里红妆"。

　　关于台州"十里红妆"的起源，民间传说与宋高宗有关。1127 年，北宋王朝被金国所灭，康王赵构即位称帝，是谓宋高宗，南宋开国皇帝。建炎三年（1129）九月，金兵继续南侵，攻破杭州、绍兴，赵构南逃至绍兴、宁波，在海上漂泊至台州章安。赵构在章安驻跸，首尾共计十七日，在章安金鳌山上留下许多诗篇。现摘录一首，诗曰："碧天深处浪滔滔，万里无云见玉毫。不是长亭多一宿，海神留我看金鳌。"

　　高宗赵构避难章安期间，章安一农妇韩氏曾烧麦碎饭、淘鸡汤给赵构吃。吃了韩氏做的饭后，赵构龙心大悦，封韩氏为麦碎娘娘，封其他觐见的妇女为夫人，并恩准台州女子出嫁时，享受半副銮驾，凤冠、霞帔、蟒袍、龙凤花轿——十里红妆。因此，台州女子出嫁，遇文武官员，官员让道回避，因为姑娘大喜出阁时是娘娘的打扮，所谓"一天娘娘殊荣"！

章安一带百姓代代口口相传，自此有了"十里红妆"一说。元末明初的黄岩人陶宗仪在《南村辍耕录》中说，"虽易世其称尚然不改。"但是，这些殊荣眷顾的是官宦、富豪之家，同普通百姓是无缘的。台州老话讲："富人嫁女千箱万笼，穷人嫁女一个肩头包袱呒得重。"

　　从南宋始，"十里红妆"是豪门嫁女争相比富夸耀的标志。既称"红妆"，当然以朱红为代表。朱红又称"中国红"。在我国，红色代表喜庆吉祥，旧时台州家家户户或多或少都有几件朱红家具。朱红是矿物质颜料朱砂和生漆的掺和，然后髹漆在白胎家具上。朱红的原材料朱砂比生漆贵许多，旧时有"一两朱砂一两金"之说，虽有夸大，但也体现了朱砂价格不菲。主家能花血本在生漆中多放朱砂，漆出来的颜色鲜红欲滴，少放朱砂，颜色则为暗红。笔者考证，朱红家具数三门工最好，是收藏市场的抢手货，临海、黄岩、仙居产的清中期的朱红家具也不错。红妆家具以桶盘为例，上漆后盘面画上刀、马、旦、青等人物，

或者是举案齐眉、三娘教子、才子佳人等故事，又或者清供博古、吉祥瑞兽、奇花异草等图案，以及雅趣之士诗词等等。做好的红妆交相辉映，流光溢彩，极具富丽堂皇效果。

据浙江省非遗名录"杜桥泥塑"传人、浙江民间艺术家朱吕贵的太太陈仙梅说，至民国时期大户嫁女还有十里红妆排场。陈仙梅是晚清杜桥举人陈吉堂孙女。陈吉堂原籍杜桥镇九华村，后迁居上盘镇如宝村。陈仙梅伯父娶杜桥镇汇头村一个大户人家女儿为妻，女方嫁妆从上盘镇翻身村（六年路廊自然村）一路排到夫家如宝村。嫁妆中有珍珠一升，可见嫁妆之丰厚，被人传颂至今。

据杜桥镇杜东村苏通富、华山家园杨吕富两位红妆老艺人说，"十里红妆"的仪仗排列是：第一，两人扛抬大铜锣，四至八面鸣锣开道；第二，八面黄色彩旗；第三，二面龙凤三角旗；第四，直落式红色竖旗，上书"天作之合"四个金色大字，旗杆顶上装饰着各色料珠串成的凤凰，旗下面边饰红绿丝线结成的流苏头，旗面两边装饰如锯齿形镶边，有如蜈蚣之足，故俗称"蜈蚣旗"；第五，落地式锡烛台一对、铜天香炉一个；第六，八至十二人组成的细吹亭乐队；第七，新郎官骑马穿状元冠服，胸系红缎大红花；第八，直立式双喜大旗一面；第九，新娘坐八人抬大花轿，再配抬轿轿夫八人，轮流换用；第十，新娘大花轿左边为媒婆，称"行媒"，右边为新娘、娘家长辈，称"座媒"；第十一，龙凤掌扇一对；第十二，八个小姑娘打扮成宫女，手持宫灯；第十三，四位丫头持金黄色彩旗。

这才是开头，接下来才是真正的朱红嫁妆上场：第十四，一对童男手捧盛放送洞房用的锡烛台，俗称"三字蜡台"；第十五，龙凤枕头一对；第十六，大红缎龙凤被；第十七，各式箱奁、女红；第十八，穿箱；第十九，瓷器碗盏；第二十，其他日常用品；第二十一，两个姑娘手捧茶盘，上放盖碗，为新娘向公婆敬茶之用；第二十二，马桶——红妆中称"子孙桶"，因旧时妇女均在马桶上临盆，故称为"子孙桶"；第二十三，吹鼓手和唢呐，唢呐俗称"号头角"。同时，还要在嫁妆上放一些红枣、染红的花生、桂圆、红鸡子（染红的鸡蛋）、棉花仔等；有石榴的季节加放石榴，寓意早生贵子、多子多孙。

值得一提的是，迎亲仪仗在迎亲途中不放鞭炮，只有在新娘走出父母家时放三铳"响"鞭炮，到了夫家迎接新娘，再放三铳"响"鞭炮，所谓"出门三铳鞭炮，进门也三铳鞭炮"。直至现在，农村夫妻吵架时，男人赌气赶妻子走，妇女总会说，"我是三铳炮仗（鞭炮）接进来的，想我走就走，没那么容易。"

红妆仪仗步伐，随锣鼓声调节，一般每走五步停顿一下，称为"走五步"，经过村庄时，为了夸富走得更慢。这天，只要时间允许，不耽误新娘拜天地的吉辰就行。迎亲仪仗队伍人人系红腰带，每根竹杠上也缠绕红绸缎。整个红妆仪仗宛如一条红色巨龙逶迤在路上。迎亲队伍经过村舍，围观无数。

不管时事多乱，路上都不必担心安全。当地绿壳（土匪）不知何时传下不成文的规矩：不抢劫路上嫁妆，说抢劫了会遭天谴的。

"十里红妆"真有十里长吗？其实，这是夸张的说法。送嫁的队伍两人一杠，一个捧盒，一个杭州篮都算一杠，每杠间距十来米，队伍排出几里长是可能的，但远远没到十里。

做红妆的师傅在早时被称作"老司""老司头"。具体来说，做家具的老司称"细木"，木雕老司称"雕花"，箍桶老司称"圆木"。台州箍桶老司手艺最好的是椒北杜桥一带，他们箍的桶盘，边沿薄，小巧玲珑，人见人爱。传世的作品有九子拼盘、三十六拼盘、七十二拼盘，其他全套桶盘有大小圆盘、六角盘、猪腰盘、纸扇盘、金杏盘、桃形盘、

梅花盘、树叶盘、蝴蝶盘等等，应有尽有，叹为观止。

　　老百姓对油漆手艺好的老司，称"油漆先"，意为半个先生。成就高于"先"的称"鼎甲"，近代台州做红妆的顶级油漆老司头有八人，号称"前后四鼎甲"。前四鼎甲是陈培生、阮丹臣、陈莲舟、西仁（姓不详），后四鼎甲是阮伯瑛、方明祥、陈吉泰、夏笑春。这八个人在晚清、民国时期，被誉为"台州漆画界的全才"，各有绝技，为同行尊崇。比如椒江下陈的阮丹臣（1857—1920），首创"残书画"，模仿古籍、书画、契约等水渍、黄斑、虫蛀鼠咬、火烧残片油漆作画，广受称赞。

　　民国期间及新中国成立后，油漆老司称"先"一级的有：路桥的叶后胜、金德华、金福林，温岭的梁明德，仙居县的方荣乔，三门县的徐迪，临海的括苍樵子、福泽、囡仙、金吕灿、陈步云、金守松、林建明

（原籍黄岩人）等。如临海杜桥的金吕灿所画的墨水画、残书画、浅绛彩为椒北平原之冠。

细木、雕花、圆木等老司，都不在家具上刻写自己的名字，唯有油漆老司留有其名。油漆老司效仿书画和瓷器上的题款，也在自己的漆画上题款，开一代风气之先河。油漆老司往往在得意之作上题名留款，常见题款也有在白粉画、桶盘、杭州篮上的。但是，题名留款的大都是"前后四鼎甲"和一些"油漆先"的人物，一般的油漆老司是不敢题款的，怕贻笑大方。

新中国成立后提倡新婚姻，加上受玻璃制品、搪瓷、塑料制品的冲击，红妆系列逐渐退出历史舞台。据不完全统计，目前杜桥一带坚持做传统油漆手艺的红妆艺人尚有朱吕贵、李善土、杨吕富、苏通富、金敬连、吴学福、金礼广等师傅。

20世纪80年代初掀起古董收藏热，席卷整个台州大地，大部分精品朱红家具被外来商贩购走，有的漂洋过海流落异域。现在，古朱红家具少之又少。昔日"十里红妆"的盛况已成为历史的记忆。在这些遗留的吉光片羽中，我们可窥探古代红妆文化的辉煌。

与"白马熊"一起斗争的岁月

王斌

一

祖母去世那天,我在学校午睡,梦见自己躲在家门口的橘子树上啃西瓜。突然,一团白白的东西沿着树偷偷爬上来,嘴巴喷着气,两只爪子还扯住我的裤脚。

我大叫一声:"奶奶救命!"出了一身冷汗,就醒了。

我坐在床沿边发呆。这时,手机响了,屏幕显示是家里人打来的。我隐隐感到有点不祥。接通手机,听到手机那头传来哭声。

我的祖母终于走了,走之前在老屋楼下那张窄窄的床上苦苦煎熬多年。每次去看她,她都会说,"它来接我了,就蹲在门口。"

我看了看门口,看不到任何东西。

但我始终不敢相信她会死亡。

祖母从小两耳失聪。祖母的哥哥说,祖母两岁时随他放牛,不小心从牛背上摔下来。当夜,祖母就发起高烧,说起了胡话。那时,农村缺医少药,祖母躺在稻草编织成的床垫上烧了三天三夜,醒来就听不到任何声音了。

因为听不见,她的发音永远停留在两岁咿呀学语的阶段。但是她不

269

甘心，看着别人的口型学说话，最后创造了一种非常神奇的语言。这种语言听上去有颤音，韵律优美，像极了俄罗斯语。所以，我一直对外宣称祖母是十月革命后流亡中国的俄国公爵后代。

父亲外出打工，母亲农田劳作，祖母就担起了照顾我和弟弟的艰巨任务。照顾我们的同时，她毫无保留地把她的语言传授给我们。

我三岁那年的寒冬特别漫长，天地都布满了灰蒙蒙的粉末。屋顶是灰色的，树叶是灰色的，洗衣台是灰色的，就连一口口井也是灰色的。村里每个人都戴着油亮的狗皮帽，懒洋洋地缩进臃肿的军绿色大衣里。

一个冬夜零时左右，我家后座的阿公家传来惊恐的喊叫声："天呐，天呐！"接着是砖头、瓦片发出的破碎声。

我惊醒后坐起来，不知外面发生了什么。

母亲偷偷起床拉起电灯泡，还趴在玻璃窗上想看个究竟。这时，睡在隔壁的奶奶闯了进来。她脸色铁青，眼神惊恐，手里还拿着一把镰刀。

没等母亲反应过来，电灯就被她给拉灭了。

母亲好像做错事的小孩，什么也不敢说，只是僵硬地坐在床头紧紧搂着我。几个姑姑也从隔壁房间跑进来，裹着大衣如一群鸭子般挤到我们的被窝。她们瑟瑟发抖，不知是害怕，还是寒冷。

我在母亲的怀里伸出脑袋，吓得大气都不敢出。这时，奶奶侧脸贴着靠近玻璃窗的墙壁，两只眼睛密切关注着下面的一举一动。

那晚，我们就这样一起坐在床上度过了冬夜。天明时，后座的阿公家围满了村里人。

"哇，脚印有膝盖这么粗呐！"有人高声嚷嚷。

我们全家都小心翼翼地去看了。

阿公家的羊圈满地都是血，几只羊的身子都没了，只剩下羊头如皮球般七倒八歪地与羊屎滚在一起。

围观的乡亲们窃窃私语，神情肃穆。大家都说遭遇狼了。但见过狼的人却说，狼没有这么粗大的脚印。

"是白马熊，一定是白马熊！"村里年纪最大的大太公肯定地说。

大家面面相觑，头皮都在发麻。

白马熊的传说一直在我们杜桥的一些村落里流传。它神龙见首不见尾，成为我们年少时的梦魇。

大家回去后纷纷加固了自家的羊圈，民兵们还准备了猎枪、猎狗。没想到三天后，住在东边的大伯家养了快一年的大肥猪不见了。他们同样在猪圈附近看到了膝盖大的脚印。全家人找遍了全村角落以及附近的山上都没找到。

过了几天，外村有个牛贩在小镇的集市上说，几天前的凌晨，他起来赶路，经过靠近我们村的一条小路，就着月光，发现前方有一只硕大的肥猪在移动。他想着是不是谁家的猪丢了，于是加快脚步赶上去，想把它给捉住。大概距离猪只剩三四米的时候，他惊愕地看到一只雪白的动物紧紧贴着猪的侧身在移动。

猪的耳朵被它咬住，嘴里"哼哼"地呻吟着，甩着尾巴温顺地朝海边的方向走去。

至于这头雪白的怪兽到底长什么样，那个牛贩说自己也没看清楚。他当时吓得呼吸都暂停了，只看到那头怪兽的后背足有小牛那样宽，还长着长长的毛。

于是，那户丢了猪的人家沿着海岸线一路寻去，最后在杜下浦闸附近发现了猪的头盖骨，还有四个蹄子的硬质物。

一时间，村里人心惶惶，晚上都不敢外出，实在没办法就结伴而行。

二

那时，我家穷得吃不起肉，父亲外出打工，母亲在田里劳作。而叔叔还未成家，三个姑姑还未出嫁，经济来源少得可怜。

祖父和祖母不得不搞点副业增加家庭收入。于是，他们倾其所有，养了五头小猪。祖父在家的旁边搭了个茅屋，把这几头猪养在这里。打猪草、烧猪食成为祖母的主要任务。

每天凌晨四点多，祖母就摸黑起床为全家人烧好早饭，然后就拿着一把镰刀、一根兜网，挑着两个箩筐外出打猪草了。她行走在稻田里、山上、溪坑里、沼泽地上，割来解放草、茅根，采来苔藓、蘑菇，捞来浮萍、螺丝，满满一担挑回家，煮起来。五只粉红色的小猪闻到香味就在猪圈里的稻草中打滚，发出欢快的叫声。不到半年，五只小猪就被祖母喂得又肥又壮。

"这几头猪卖出去，我们家的屋子就可以翻新了。"爷爷吸着上游牌香烟，像一只快活的青蛙在家门口走来走去。

白马熊在村里的出现，却给祖父和祖母的希望蒙上了一层阴影。他们一天到晚担心这几头猪被怪兽抓走。于是，他们就召集母亲、叔叔、三个姑姑，开了一个非常严肃的家庭会议。

最后，大家决定在接下来的日子里打起精神盯牢猪圈。祖父还从床底下搜出一杆生了锈的火药枪，然后偷偷摸摸躲在谷仓里研制火药。可是一不小心，火药在枪管里爆炸了，不仅把枪炸成好几段，还把他的衣服烧出好几个洞。没办法，祖父和叔叔只好砍来几根毛竹做成弓箭，还特地在箭头上涂了癞蛤蟆的毒液。

从此，他们就像印第安武士一样，轮流躲在猪圈里守夜，一个负责上半夜，一个负责下半夜。小姑姑还特制作了一张值班表，至今画在我老家的门板上。

但是，白马熊就是没来，他们则被搞得精疲力竭。我祖母建议，晚上干脆就把这几头猪赶到楼下睡，臭点就臭点，总比没得睡精神崩溃好。

祖父点点头，觉得建议可行，就把五只猪赶进屋里。那晚，他们舒舒服服地睡了一个安稳觉。天亮起来一看，这几只猪不仅把厨房的木柴、角落的大白菜、土豆全部给糟蹋了，还四处拉粪，把整个房间搞得臭烘烘的，就连木楼梯都差点被它们给啃断了，惊得祖父操起一根木棍把它们狠狠揍了一顿。没办法，祖母又提议把猪赶回猪圈，然后又继续一个上半夜、一个下半夜地轮流盯着看。

就这样，持续了两个月，终于熬到杀猪卖肉的日子。买家都联系好了，有家里要办喜事的农民，也有专门贩猪肉的小贩。

那天傍晚，屠夫带着徒弟特地赶来吃晚饭。屠夫肩膀上挎着一袋装着铁钩、尖刀的挎包，手里还握着一根退了毛的铁器，嘴里叼着一根烟，烟味大老远就喷了过来。小徒弟顶着一只大木桶，跟在后面。那个木通可以容纳三个人一起洗澡，因此把小徒弟半个身子都罩在里头。

"师父，是一次杀五头吗？"木桶里传来小徒弟嗡嗡的声音。

"畜生！别这么大声，猪听了会害怕。"屠夫训斥道，用铁钩敲了敲木桶。

徒弟掀掉木桶，露出一张窄窄的笑脸。吃这行饭的人脸上都没什么肉。

他们俩吃了我祖母烧的浇头面后，就躲进我家一间靠近柴房的小屋呼呼大睡。

祖母烧了一整夜的滚水。杀猪在凌晨三点左右悄无声息地开始了。屠夫打着哈欠，抽着烟，蹑手蹑脚地摸进猪圈，然后用铁钩子勾住一只猪的下巴，往上一抬。猪发出"噢噢"的叫声，拼命地挣扎着。徒弟两只手提着猪的尾巴，用力把它抬出猪圈。

其余几只猪则惊恐地看着眼前发生的一切，发出不安的"哼哼"声。

"别怕，带你们出去嬉戏！"操起尖刀，屠夫还不忘给那些猪做做心理辅导。

一刀进去，血"哗哗"地喷到一只洗脚盆里。猪凄厉地叫着，叫声划破漆黑的夜空。一只又一只猪被杀倒。祖母连忙走到路边烧了一方纸钱，嘴里不知念着什么咒语，大概是希望那几只猪来生投个好人家之类。

就在祖母烧纸钱时，我叔叔突然惊叫一声："呀，看前面田里，好像有什么在动！"

祖父和屠夫他们朝那个方向望去，都说看不到什么东西。但叔叔坚持说看到了。他们低声争论了一番。最后，叔叔拿出弓箭朝那个方向射去。这时，一团白色的东西晃了一下，然后慢吞吞地后退几步，重又匍匐在那里，眼睛发出绿莹莹的光芒。

"娘哎，是白马熊！"屠夫拿刀的手抖了一抖。

"我去叫民兵！"祖父惊慌失措。

"别动，它会在半路袭击你。"

"那怎么办？"

"鞭炮，用鞭炮吓跑它。"

于是，叔叔就从屋子里搬来几根鞭炮，点燃后，冲那个怪物狠狠甩去。随着几声炸响声，那团白白的东西缩头缩脑地躲避了几下，然后纵身跳入河边的芦苇中。

三

五头猪终于顺利卖出去了，老房子也翻新了，叔叔也娶到了媳妇。

叔叔结婚前一天，祖父和祖母凌晨三四点起床，步行到镇上买鸡鸭鱼肉和海鲜。那时的道路状况很差，一路都是坑坑洼洼的石子路，走到市场岭头，她已累得满头大汗，身体都热了起来，于是脱掉外套继续赶路。

下坡时，迎面撞见一团白白的东西晃晃悠悠地走着。祖母全身的汗毛都起来了，刚想叫，就被祖父给拉住。夫妻俩就像两尊塑像一样，立在市场岭头的下坡路上动也不敢动。

那只白白的东西开始放慢脚步，慢慢地靠近他们。走到跟前时，祖母终于看清了它的真面目。它也惊诧地看了一眼祖母，闻了闻她的气味，轻轻地哼了一声，低着头如一朵浪花般消失在墨绿色的夜色中。

几天后的黄昏，祖母用她的"俄罗斯语"向我讲述了她两岁时的遭遇。

她说她哥哥讲的故事是假的。真实的情况是，当时，哥哥把她放在一头小牛的背上，就跟着小伙伴去游泳了。她抱着小牛的脖子睡着了，小牛驮着她四处乱走。醒来后，发现自己来到一个完全陌生的地方。她看到这里芦苇丛生，几条弯弯曲曲的小河横亘在面前，河面上泛着点点蓝光。不远处就是大海，汹涌的海浪拍在稀奇古怪的乱石上，碎成朵朵雪花。

海风吹得她打了个激灵。她感到有点冷，想下去，又不敢下。

突然，一头比狗大很多的动物，垂着尾巴从芦苇中钻了出来，嘴里叼着一只水鸟。祖母不知道这只动物是什么，还以为是条狗。而小牛却感到惊恐不安，打着响鼻慢慢后退。那头狼看到小牛后，瞪着凶狠的杏仁眼，皱着鼻子，慢慢向牛靠近。小牛开始调转身子奔跑，一跑就把祖母颠倒在地上。祖母坐在地上大哭，眼看那头狼就要扑过来咬她的脖子。

就千钧一发之际，海浪拍打礁石的那边传来一阵恐怖的低吼。那头狼一个急刹车，中了邪似的温顺地卧下来，浑身都在颤抖，还淌了一地的尿。惊恐万分的祖母，看到一只雪白的动物，威风凛凛地立在礁石上。这只被人们叫成"白马熊"的动物，冷峻地看了一眼祖母，然后如一道闪电冲到那头狼跟前，叼起它跃入海浪冲天的大海。

第四辑　美味杜桥

有人说：美食是最深的乡愁。不管你走多远，也不管你去过多少地方，最想念的，一定是家乡的美食，因为那是烙在你味蕾上不可抹去的滋味。

家乡小吃

水木青青

金团

"台州地阔海冥冥，云水长和岛屿青。"生活在台州杜桥的人都知道金团这个本土食物。它用糯米粉制作，口感柔软、绵糯、香甜，是一款具有杜桥特色的传统点心。过去，它常作为招待客人或用作婚嫁、喜庆时的特别食物；同样也是民间源远流长中积淀下来的一种饮食文化。

——导语

夏初，一个人，走在老街。街边的老房是高密度的，屋连着屋，瓦连着瓦，偶尔在屋后的墙壁上会看到一朵一朵花儿伸张出来。远远的，有一种香气在空气里弥漫，是松花粉裹着糯米的独特清香。我知道，阿广家的金团出笼了。金团是我们台州的特色点心，状似圆月，色泽金黄，馅多皮薄；一口咬下，清香适口，舌尖绵甜，喜欢糯米吃食的人对此百食不厌。阿广是金团店的老板，在这条老街经营这个店铺已经整整八年了。店里不仅有金团，也有红糖馒头、花卷、搭糕等各色糕点，因制作精良、物美价廉，很受四面八方的食客喜爱。

　　金团店的门面不大，就一间老木房。与其他店面不一样，他家门口除了搁置一些长长的木板和蒸笼，还有柠檬黄的松花粉。松花粉取自松树的花，是做金团的必备食材，色泽颜丽，粉质细密、轻滑，细闻之下，有着阳光、松针以及花朵的味道。除了松花粉，还有香香的芝麻、暗紫色的豇豆馅和金黄色的橘饼。

　　"做好金团，选材很重要！"阿广的金团有那么多的客人，自然有他独特的做法。首先，要挑上好的糯米，经过浸泡、晾晒、磨粉，再加水，揉成粉团。加水很重要，不能一下子注入很多水，要一点一点加。揉成米粉团后，还要在铺板上使劲揉压，越揉压，韧性越好。然后，把揉好的米团用刀切成一个个大小相等的小团，用秤子过一下，再一个个地手工做起来。金团的馅料以豇豆泥为主，慢慢用火在铁锅里熬，直到煨熟烧烂，用勺子把豇豆搅成豆泥，再加入适量的白芝麻、金橘饼、白砂糖等等，这馅料便成了。早晨三四点开始蒸，等到天亮时，新鲜的金团就出笼了。这一套顺序，阿广早已烂熟于心。

每次金团一出笼，就会有许多人过来买，有当点心吃的，有当主餐吃的，也有送人的。老板娘不慌不忙，淡定是对食物的一种敬畏。食物因人而生动，人又赋予食物以灵性。当老板娘伸手，敏捷地把刚出笼的金团往木板上放时，那种原生食物的香味便慢慢浮荡出来。它悬浮着，飘荡着，让人情不自禁地试图用手去搅动，却发现这温热的香气是世上最能打动人的气味。刚出笼的金团还没滚上松花粉，热气缭绕，清香四溢。一个个白白胖胖的样子，透着米粉的素白和光滑，特别可爱。这时候，松花粉是揉合金团的最佳物品，只要往木板上轻轻一滚，两边都粘上了松花粉，软糯的金团表面就有了丝滑的感觉。老板娘笑盈盈地把金团递给客人。有心急的趁热咬一口，满嘴的松树清香和糯米的甜香。一个金团两块五毛钱，一般都是一次买两个，称之为一双，成双成对的意思。

金团不光味道好，还寓有"团圆吉庆"的含义。除了一般大小的金团外，阿广常会接到一些特别的定制要求，比如寿辰、乔迁、小孩满月，还有敬神祭祖等，都少不了金团。特别是在婚嫁礼仪中，金团更是必不可少的礼品。一户人家，儿子娶亲，要定制一个特大的龙凤金团。阿广说，自己用了几斤粉，加水、加馅料，做了一个特大的龙凤金团，客人欢欢喜喜地拿走了。其实，他们要的是讨个彩头，金团金团，就是"团团圆圆、吉祥如意"的意思。

时光让老街的人们保留着质朴的口味和缓慢的节奏。金团对于上了年纪的人来说，更多的是一种记忆和留恋，也意味着传统生活方式的某种延续。尽管现在的糕点琳琅满目，但传统的点心依然让人喜欢。小时候，金团是一种奢侈的食物，平常在家里很少吃到它。但乡下有一种习俗：家有喜事，前后邻居会有挨家挨户送金团的习俗。一次放学回家，母亲从灶间捧出那口大海碗，一眼瞧见圆月似的金团。我们的眼睛都亮了，围在母亲身边，看她用刀小心地把金团切开，兄弟姐妹分着吃。就那么一小块，舍不得一口吃完，就小口小口地品。那豆馅的甜味和芝麻的香味，这么多年了，一直储存在记忆的味蕾里。

很多年过去了，金团已演变成一种日常的食品，不仅每天可以吃到，而且米粉和馅料更加精纯。馅子除了用豇豆或赤豆，还添加了瓜子肉、橙丁、橘饼、红绿丝、桂花等，使之更加香甜。生活总在催促我们迈步向前。人们脚步匆匆，启程、远行、落脚，停在哪里，哪里就会燃起对美食的向往。但不管怎样，任你的脚步走多远，在人的脑海中，曾经的味道、曾经的美食，都会是最美的回忆。

杜桥麻糍

对于美食，天生有一种不可抗拒的诱惑。丰富的食材，经慢火熬、煮、烹、炖，那些人间美味，便在街头的风中荡漾。它不仅诱惑着你的味蕾，还让你醉在其中，不愿出来。

杜桥的美食名扬远播，大街小巷，美味的小吃比比皆是。一格热气腾腾的小笼包子、一碗漂着细碎葱花的豆面碎、一盘富丽堂皇的炒麻糍、一杯浓稠可口的山粉糊、一团祥和瑞气的黄色金团，还有外脆内香的食饼筒。对于吃货们来说，这样精致可口的小吃是舌尖上永远的渴望。好小吃，其实跟人的性格一样。不受拘束的人对小吃，也显得特别随意，只要对口味，都会去尝尝。小吃小吃，其实是一个人对美食的眷恋和记忆。走过千山万水，当你站在某个陌生的街头，只要闻到熟悉小吃的味道，记忆中旧时光里的气息就会扑面而来。

初夏的杜桥，炊烟从街巷深处袅袅升起，食物的清香伴着人间烟火，让你的脚步慢慢停靠下来。巷子中间，一条窄窄的弄堂里，许多小吃店不断有人进进出出。麻糍店、面店、馄饨店、馒头店、金团店，应有尽有。最引人注目的便是"麻糍店"。不大的店面，几个炉灶，几口平底锅，一张方桌，几条木质凳子。店主在灶台间忙碌着，脸上却是波澜不惊的笑容。麻糍是那种手工捣好，洁白如瓷，一长溜一长溜地铺放在桌上的，上面半遮着麻质的白布，摊前买麻糍的客人排成长队。

常常会听到这样的声音："老板，来半斤麻糍、一两肉、两个蛋，放点绿豆芽，加咸菜、豆腐干！""好嘞！"老板笑眯眯地答着，手上麻利地切着麻糍。铁锅里，一勺色泽清亮的油刚倒下去，便"吱啦吱

啦"地响起。麻糍被老板切成块状，平铺在油锅中间，慢慢地煎成微黄。边上的老伴一声不响地切肉丝、豆腐干丝，打蛋，配合得十分默契。不出几分钟，平底锅里的麻糍就色泽丰富起来，加上切好的茭白丝、肉丝、咸菜、鸡蛋、葱段，还有料酒、酱油、味精，不停地翻炒，那混合着奇异香味的麻糍，扑鼻而来。

食物是有灵性的，当它们还是原生食材时，所有性能都隐而不发。但一切食物经人们巧手唤醒后，就变得有灵性了，添加调料后，更是色、香、味齐全。它们不再是呆板的食物，而是具备了美食所有的特点和味道。这种味道有食物本身的味道，也融合了时间、人情的味道。当这样一盘令人垂涎欲滴、异彩纷呈、变化多端的麻糍呈现在面前时，我们会为麻糍这种美食感叹不已。轻轻嚼上一口，食物的绵香和鲜美迅速在口腔内弥漫，舌尖上的味蕾如花般徐徐绽放。才下舌头，又上心头，那种滋味，真是欲说还休。

喜欢麻糍，不仅仅是色泽的香艳和口感的瓷实，更是一种情感上的追忆。小时候，每到腊月，家家户户都有捣麻糍的习惯。这似乎是年前的一大喜庆事，一般是几家人合伙，然后选定一个日子，备好木柴，洗好蒸桶，然后把品质上好的糯米浸泡洗净，倒放在木制饭蒸桶上火蒸，蒸熟后，倒进石臼里。家里有身强力壮的人，便开始轮番上去，一起一落有节奏地捣，那"嗨嗬嗨嗬"的声音和麻糍的清香一直留在我的记忆中。那时，麻糍的吃法要简单多了，一块麻糍，没有更多的配料，只在中间平铺着切一个口，加一勺红糖或白糖，再加一点自家种起来炒熟后的芝麻，就成了彼时最好吃的美食。现在，这种吃法已不多，人们喜欢色泽艳丽、配料丰富的炒麻糍，素朴的、至简的麻糍对味蕾少了一点挑逗，口感丰富和极有情调的炒麻糍成了大众的喜好。杜桥麻糍有各种做法，炒麻糍、烤麻糍、麻糍筒、麻糍搭年糕等。各人有各人的选择，就像一千个人眼中有一千个哈姆雷特，而我只钟情于五彩斑斓的炒麻糍。常有朋友隔三岔五对我说："约几个人，去杜桥吃麻糍。"我当然愿意介绍杜桥麻糍给朋友。于是，在一个周末的中午，和三五个远道而来的朋友一起，坐在街角的麻糍摊前，一盘炒麻糍、一碗热腾腾的骨头汤，随性随意，大口大口地吃着。麻糍的绵柔和醇香，便是留在唇齿间一个绝妙的故事。

扁食里的念想

有人说：美食是最深的乡愁。不管走多远，也不管去过多少地方，最想念的，一定是家乡的美食，因为那是烙在你味蕾上不可抹去的滋味。

前几天，远在北京上学的女儿发来微信，说："妈妈，好想吃你包的扁食。"一瞬间，母爱泛滥，赶紧回微信给她："好啊好啊，你等着，我包好扁食，马上快递过去。"女儿回了一个大大的笑脸。北京与我之间只隔着一笼扁食的烟火距离。

我是一个笨拙的人，巧媳妇会做的各种美食小吃，我大多不会。但有一样小吃我会做，那就是包扁食。扁食算得上是我们大台州的特色小吃，是用小麦粉精制而成的食物。一张轻薄的面皮，里边裹着细细碎碎的馅料，把皮子两端对折起来，用拇指、食指捏合成一个圆，就成了周围平薄中间隆起

的扁食，一只只可爱得跟人耳朵一样。它可以在重大节日里摆得上台面，也可以平时自己在家里包裹着吃，既属百姓口中的家常小吃，也算得上大酒店里的特色小吃。因为会做扁食，女儿笑称我为"扁食娘"。每逢节假日，我会去菜市场买好扁食皮和一些做馅的食材，一个人在厨房里剁料，那细碎紧凑的剁料声，有着尘世的热闹和温暖。

女儿从小就喜欢吃扁食，但她的喜欢仅限于我做的扁食。她不喜欢街上卖的那种只有肉馅或素馅的扁食，觉得纯肉的太腻、素馅的太枯。她喜欢各种食材混在一起，然后经铁锅不停翻炒，这种在空气里飘荡着香艳和鲜美的馅儿，绝对是诱人的。这是女儿喜欢的"妈妈味"。

每次一出锅，女儿就会跑过来用小勺舀上一勺，然后一边嚼着，一边发出"好吃好吃"的赞美声。各人偏好不同，食材所取也略有不同。我喜欢用肉、虾皮、豆腐干、香菇、包心菜、冬笋等做馅料，如果遇季节不对，冬笋就换成茭白。扁食皮菜场有很多家，我喜欢菜场北边那间小木房里的扁食皮。他家的扁食皮薄、韧、透，尽管每次买扁食皮都要排队，我仍愿意等候，就为出锅时那份晶莹剔透与特别的味道。

　　每一样食物的好吃，其实都是有讲究的。包一次扁食，就像是一场生活的小演练。扁食好不好吃，跟馅料有直接的关系。馅料炒成功了，扁食就成功了一大半，剩下的一小半就是扁食皮的质量和火候的掌控。别看扁食皮都差不多，真的包起来，手感就会有明显的不同，蒸煮后的口感更是不同。一笼好的扁食需要各种技巧结合在一起，炒馅不仅关系着先后顺序，而且对油温、料酒、酱油、盐的喷洒都是极有讲究的。我一般会在掌握好油温时，先爆一下小虾皮。小虾皮是海产品，被日光晒干后依然保存着淡淡的海的味道。它一经油，便释放出体内所蕴含的能量。那是一种及其丰富的表情，虾皮吸足了油会染上一层金黄的色泽，这时马上出锅盛在盘里备用。接下来就爆肉粒，肉粒是馅的主料，松、嫩是口感的关键。待肉色微红，就喷上黄酒、酱油，翻炒后香气四溢，再加上早已剁好的碧色包心菜、金黄的虾皮、降色豆腐干、洁白的冬笋，神奇的色彩和垂涎的香艳会让你掉入一场味觉的恋爱。看似不经意的搭配，实际上每一样食物的融合都有着人们巧妙的心思。

　　馅料做好冷却后，就可以包扁食了。有人喜欢把扁食皮摊放在桌面上，把馅料一勺一勺匀上，一个一个包。我习惯把扁食皮放在手上，舀一勺馅料，两头一折，左右一捏，一只小巧的扁食就做好了。包的时候，馅料不能太多，因为太多的话，在煮的过程中皮容易软烂，而馅料还没有煮熟，影响口感。在锅里大约蒸煮十分钟，就可以出锅。刚出锅的扁食肉色透明、皮质清亮，弥漫出来的香气是无以言说的。女儿喜欢这种烫烫的感觉，随手抓一个吃，舌尖上的味蕾就被这扁食温婉地唤醒了。

都说生活需要仪式感。记得曾经的日子里，一家人围坐在一起，一笼扁食、一碗清汤，加点醋，加点老抽，一口扁食一口汤。细细咀嚼，慢慢品尝，那是一段用真情染成的岁月本色。女儿现在已远在北京，扁食对她是一种念想、一种记忆、一种亲情。当她站在异乡的街头，思绪早已掠过来来往往的人群和街头各种辛辣食物，隔着千山万水，只对我说："妈，想吃你包的扁食呢！"

海的味道

李琦

邂逅"红落头虾"

在整个食材体系中，虾的种类不少，所占的地位却也稀松平常。但是，虾的独特味道，那种从头到尾的鲜美，让人忽略不了它的存在。

家常的烧法大多是把虾放水里煮一通，加点料酒、盐，大蒜、葱姜，美其名曰"保其本味"。吃多了本味，味觉的单一会让人不满足，就好像一个乖乖的、各方面表现都位居中游的孩子，不像那种优秀拔尖或刺儿头似的让人操心的孩子，能够夺取更多的关注和眼球。

但如果给予足够的热情，其实，那些貌不起眼的虾完全可以做出令人赞叹的美味。沿海一带有一种叫"红落头"的虾。不知道为什么要叫它们"红落头"，是因为虾体通红，而虾头容易断落？平常看到的都是脑袋身子齐整的，这倒是有点让人费解。这种虾肉及其肥美，剥开虾壳，粉粉的、水水的，令人食指大动；口感亦好，嫩滑不黏牙。要是那种捕获后直接拿到餐桌，平常说的不施"虾药"的那种，那简直是鲜甜得要掉眉毛了。

对于"红落头"，家乡一带的居民大多采用红烧、水煮法，鲜甜是鲜甜，总觉单一。"红落头"的虾壳比其他任何一种虾都容易剥开，虾

头一摘，虾尾轻轻一挤，整个虾仁便华丽丽地现身了，让人无端地欣喜。用细细的牙签在虾身上一戳，虾肠便被挑出，这样处理后的虾仁颜值已经很不错了，再撒一把面粉，细细抓捏后，用清水一冲，淡粉细腻的虾仁犹如少女的脸腮，会让人心生几许爱怜。

虾仁可以配好多菜，笋、茭白、青豆、藕带、洋葱、荸荠、萝卜、莴苣。这些食材做配料的话，讲究量不要太多，其次，宜切成细长条，越细越好。因为虾仁容易熟，急火爆炒数下就好，如果配菜块头大，不容易熟，个头大的配菜看上去有点蠢相，像是个粗俗的男人配个千娇百媚的小姐，总是不协调。

今年春节，家人托远海捕鱼的朋友买了几十斤未施药的"红落头"。那么沉沉的一大袋，两人围着餐桌，一边说着闲话一边不停地剥开虾壳，然后一小袋一小袋地分装，放到冰箱里速冻起来。数量那么可观，应该可以吃上几个月吧！兴许是春节期间饮食有点油腻，虾仁配上藕带总是很受欢迎，那种清淡酸爽冲淡了肠胃的腻歪，让人不禁为之神清气爽。做法却是极为简单的，虾仁用料酒、盐腌个十来分钟，藕带放流水中微微冲淡。一勺猪油入锅，虾仁裹上半个蛋清下锅翻炒。裹蛋清是为了让虾仁的形状完整、色泽清亮，否则太嫩的虾肉会炒出毛毛刺刺，像个刺猬似的有失温婉。待略略变色，便倒入藕带，薄薄的水淀粉沿锅边浇上一圈，翻炒均匀，即可出锅。粉色的虾仁配上细白的藕带，端的是素雅可人。而把虾仁与肉糜、冬笋、香葱做成饺子馅，那是极受家里婆婆推崇的，评价这样的饺子实在太好吃了。

粤菜中的小点心虾饺，我是全身心地喜爱着。喜爱的原因除了那透亮细腻的水晶饺皮，便是那剁细的虾蓉，外加整条虾仁做的馅儿。那种待遇，实在是对虾最高的礼赞了。

皮皮虾我们走

不知从什么时候起，开始把"虾蛄"，也就是我们嘴里说的"虾勾弹"，称为"皮皮虾"。据说，温州人形容发嗲爱作的小女人为"虾勾弹皮皮跳"，这"皮皮虾"是不是这样来的也未可知。但是"皮皮虾"这名儿着实好，有种孩童式的奇趣，兼着独特的喜感。微信里有个表情包——"皮皮虾我们走"，很多热爱皮皮虾的人看到时，总免不了会心一笑。

"皮皮虾我们走！"走哪儿呢？当然是我们的肠胃。

大体人家做皮皮虾都是水煮，一锅活蹦乱跳的皮皮虾，撒点盐，倒点酒，放上葱姜去腥，大火烧开，剥壳就可开起来。家常也可用椒盐的，皮皮虾洗净沥干，放七八成热的油里复炸两次，虾身通体鲜红酥

脆。另起油锅，放葱、蒜、姜爆香，倒入皮皮虾翻炒，撒入椒盐、黑胡椒粉、葱叶，鲜香可口的椒盐皮皮虾即可出锅。相似的做法还有一道叫作"咸蛋黄焗皮皮虾"，吃起来也是别有风味，就是把皮皮虾炸酥脆后，放凉；冷锅少许油，放入两个蒸熟的咸蛋黄，慢慢炒至起沙，再倒入皮皮虾，翻炒均匀，撒入韭菜叶段，香味浓郁，层次分明。

晒成干的皮皮虾真是好东西。鲜活的皮皮虾价格向来不便宜，晒干后却倒也不贵，常见小贩挑着担子逢街叫卖。遇见以后，总要叫停一下，剥开尝尝，大致上令人满意的多。买上几斤，存入冰箱，做汤面条时，往汤里扔几条皮皮虾干，那汤鲜得让你停不下来。家常的各式菜汤，或者吃火锅时，放几条进去，味道便进阶不少。天气称心的话，搬把椅子坐在阳光满满的阳台上，一边剥壳，一边往嘴里塞。皮皮虾的肉紧实弹牙，吃起来很有嚼劲。

干的皮皮虾剥掉壳以后，就剩一细条了，雌的话，还有一条黄颜色的膏，然后保存在玻璃瓶里。我曾用这个做过一道菜，切成粒，配上六分精、四分肥的五花肉，加上荸荠碎，做成丸子，用鲜嫩的娃娃菜铺底。上桌以后十秒不到抢光，吃完后再张嘴问这是什么的倒有好几个。

周星驰在电影《食神》里的那道神乎其神的"撒尿牛丸"，说是采用皮皮虾的肉与牛肉泥搅拌做成的馅儿。广东人、香港人把皮皮虾称为"撒尿虾"，倒是值得考证。因为这种会射出一线水柱的另有其虾，我们台州称为"拉水虾"的个头比皮皮虾少多了，但鲜味丝毫不逊于皮皮虾。

沙蒜物事

沙蒜其实是江浙台州一带对海葵的俗称。本地有很多人不认识这东西，也有一部分人是不吃这个的。但沙蒜实在是个好东西，虽然长得有

点那个，又腻又滑，可有点怪的长相总是叫人憋不住要暧昧地发笑。

沙蒜是一种食肉动物。海边人常吃的这种沙蒜叫"星虫状海葵"，长得一点也不起眼，青黄色的，朴拙的外表让人联想不起食肉动物的凶悍。菜场常见的沙蒜大体在十厘米以内，据说最长的可达一米左右。我没见过那么长的沙蒜，想来料理这么颀长的东西也不是件容易的事呢！

菜市场出售的沙蒜，大多被摊贩灌足了水，只只滚圆透亮，好似肥硕得很，其实不是那么回事。买的人往往看着满肚子水的沙蒜直摇头，感叹"一只沙蒜半只水"了。我是经常抗议摊贩不厚道，后来发现抗议的效果不大，只好自己动手去挑选，发现只要把沙蒜虚虚地握在手中，轻轻地挤压，肚里的水就箭一样地激射而出，现出沙蒜本该有的样子。虽然这一招会招来摊贩的强烈制止，但不得不出手，毕竟沙蒜的价格从来没便宜过，一次也没有。

买回的沙蒜宜养在淡盐水中半小时以上，接下来，就要处理表面那层黏糊糊的黏液了。这个不处理好，烹饪出来的味道那是非常腥臭的。据说，山东威海一带处理沙蒜，都是把它们放在网兜中，在扁平的石块上用木棒不停地敲打，将其表皮和体内的黏液都敲打出去，一边敲打一边用水冲洗，直至完全干净。据说，这样处理的沙蒜肉质会变得非常脆硬，吃起来像萝卜一样爽脆有嚼头。也有人用盐和白醋使劲抓搓沙蒜，直至将黏液去除干净。相比之下，我的清洁方法比较温和，就用平常洗锅用的细铁丝球一边冲淋一边擦洗，一通下来，沙蒜通体精光溜滑，排在碗里轻轻晃动，泛着青色的沙蒜看上去神清气爽的。

以沙蒜为材料的菜肴有红烧沙蒜、干锅沙蒜、沙蒜煲汤、黄酒炖沙蒜等等。我经常做的却是绿豆面烩沙蒜。沙蒜必定要先焯一下，水温不要太高，否则容易碎，皮开肉绽的样子很不中看，好似露出棉絮的破棉袄。焯好的沙蒜连同料酒、姜片、清水放进高压锅里焖上十来分钟；绿豆面提前泡软，把咸猪肉、干香菇、榨菜切成细细的丝。冷锅下油炒匀后，再倒入豆面，加盐、生抽略略翻炒，把沙蒜连同汤水一通倒入。刹那间，鲜香弥漫，汤水被豆面快速地吸收，盖上锅盖，听着"噼噼啦啦"的声音，身上的每个毛孔都充分胀开，令人无比期待。少顷，撒入细细的葱花，便可起锅装盘，一道鲜脆美味的绿豆面烩沙蒜就出炉了，猪肉的咸香混合着榨菜的淡淡酸爽，沙蒜独特的口感搭配吸收了浓稠鲜味的豆面，让人不得不叹服生之美好。

说到炒沙蒜，当然不得不提一下沙蒜煲汤了，那是不一般的鲜香绵绸，浓度相当之高，虽然看上去有点浑浊，实际上味道极其鲜美。用的材料无外乎火腿肉丝、冬笋片、香菇，担当的自然是沙蒜本身的鲜脆，热乎乎喝上一口汤，只觉得丹田之间一股热气缓缓升腾，绝对是一种美妙的体验！

近几年，沙蒜的价格节节攀升，身价越来越高，到饭店餐馆吃的时候，往往只有人手一两只的份，哪里过瘾？所以，时不时提篮上菜场买上个斤把，烧好后一家人吃个痛快，不图它的什么功效，只为了一饱口福。对海边人来说，这点要求应该是给予满足的。

味在舌尖

深谷幽兰

炒糯米圆

说到吃，我就两眼发光。美食于我，有着不可抗拒的诱惑力，特别是粉食。说到粉食，小麦面、南瓜麦饼、扁食、食饼筒等临海特色小吃便一股脑蹦出脑海。糯米粉类的美食中，最诱人的就是炒麻糍和炒糯米圆了。

听长辈说，炒糯米圆的由来还有个典故，说的是陈王乘船逃亡台州三门湾，为了逃亡途中耐饥，从皇宫出逃时专门由御厨精制了糯米蛋圆，把糯米圆和蛋同炒，作为点心。陈王后裔隐居三门湾后，将这一皇家点心发扬光大，又加入了弹涂干或去刺鲻鱼肉等海产品一起炒，从此进入寻常百姓家，成了沿海居民招待亲朋的高级点心。

传说归传说，那么，杜桥人何以对炒糯米圆情有独钟呢？想想应该和地理位置有关。杜桥地处沿海小镇，靠海村落大多数居民从事渔业工作。不管是滩涂捕捉海产品，还是海上渔业捕捞工作，都需要大力气，而糯米类的食品能熬肚（不容易饿）。也许正因为这个原因，杜桥人喜欢吃炒麻糍、炒糯米圆。特别是炒糯米圆，几乎是杜桥的上等美食，去谁家做客，或谁来家里做客，主妇总会炒一盘色香味俱全的糯米圆招待贵客。这一盘颗颗粉珠似的糯米圆凝聚着主人对客人的无比敬重，也会不经意间听见主妇与邻居的小声交谈："你家来客人了，做什么好吃的招待？""一盘炒糯米圆！""炒糯米圆？哎哟，客气得猛哎！"主人回答的语气里透着无比的骄傲与欣慰，邻居则瞪大眼珠子，流露出惊羡与嫉妒。客人吃完一盘炒糯米圆，摸摸圆滚滚的肚皮，擦擦嘴巴，必是一副无比满足的样子。

改革开放以后，日子越过越红火。特别是2000年以后，餐桌上的菜肴变着花样上桌。原来是求着下饭菜，现在是想着营养菜和舌尖上的享受。中餐也是变着花样吃，但炒糯米圆依然是杜桥人的最爱。就算家里无贵客，主妇也会做炒糯米圆慰劳一家人的胃。

炒糯米圆说简单也不简单，说复杂也不复杂。主妇系上蓝白围裙、白色袖套，清爽而干练。只见她麻利地舀上一大海碗的糯米粉，慢慢掺入温水，加水的速度不能太快，不然容易结块；一边加水一边揉粉，散粉慢慢与水融合成团，两手一上一下用劲揉搓，等面团揉得光亮细滑，把面团搓成长方形或者圆形；用刀切成大拇指指节粗的四方块，然后两手合掌将粉团搓成一颗颗弹珠大小的粉丸子。主妇熟能生巧了，一次两三个丸子一起完成，一大盘堆叠的糯米圆几分钟就搞定了。

炒糯米圆的配料不随季节而变化，一般是绿豆芽、豆腐干、鲜肉。当然海边人家最不可缺是海鲜，比如基围虾、花蛤、螃蟹，或者虾干等小海鲜，都是小镇人家餐桌上的常客。其他配料可随季节而变化，冬春季配冬

笋、鲜竹笋；夏秋季配茭白，再看个人口味而选择。另加上包菜、黄花菜或者香菇，哦，还有一样必不可少的是鸡蛋丝。把准备好的配料都一一切成丝，放在一边待用；倒上菜籽油烧开，把糯米圆一批批放进热油里炸，若同时放下去，丸子容易结团，结了团，也不用慌张，倒点黄酒，用铲子轻轻一铲，就会自动解散。几经翻炒，糯米圆炸得面面微黄，再盛到盘子里待用。

另起一锅，把鲜肉丝炒得香味四溢。如果是冬季，先放入虾干爆炒，炒出香味，再按顺序倒入各种配料，不停翻炒。看锅里的菜有几分熟色，再倒上糯米圆一起翻炒，加上黄酒不断翻炒，配料和糯米圆就均匀得融合在一起了，就如主人把浓浓的亲情搓揉在圆圆的糯米圆里，融汇于这一锅美味的佳肴中。真可谓是民以食为天，家为美味为情缘。

一大瓷白盘炒糯米圆似粒粒珠玑落玉盘，富有情趣，更能入味。红彤彤的海虾、金黄的鸡蛋丝、洁白的茭白丝、碧翠色的包菜丝；海虾的鲜味、葱花的清香，阵阵香味早已沁得心脾。一盘色泽诱人、香味扑鼻的糯米圆让你的视觉、嗅觉、味觉恰到好处地上演了一场味蕾之恋。看似简单的一锅炒糯米圆，其实包含着主妇的巧思和心意。精致的配料，莹白软糯的糯米圆子，这种海边人家骨子里的味道，已经融入年岁的旧时光和细腻的情感里。

浦岸人家端一张小桌放门口，一家人围坐一起开吃。小海鲜的鲜美、菜的爽口、糯米圆的香糯绵软，慢慢咀嚼，特有韧劲。一家人吃炒糯米圆的温馨画面就这样成了记忆里最暖心的一刻。男主人手执一壶黄酒、一个瓷杯，大有陶翁的诗意境界："结庐在人境，而无车马喧。问君何能尔，心远地自偏。"一口酒、一口糯米圆，悠悠品茗，慢慢咀嚼，咀嚼着生活的不易，一口口的糯米圆被咀嚼成碎末，慢慢消化，生活的艰辛也一起消化在一家人爽朗的笑声中，就像《舌尖上的中国》里说的，"这是一个巨变的中国，人和食物比任何时候走得更快。无论他们的脚步怎样匆忙，不管聚散和悲欢来得多么不由自主，总有一种味道。以其独有的方式，每天三次，在舌尖上提醒着我们，认清明天的去向，不忘昨日的来处。"有些人就为三餐温饱而生活着，有些为认清方向而生活。

久居外地的游子回乡，绵长的小巷中，飘来一阵阵诱人的香味。这是一种熟悉的味道，叫作"家乡的味道"。这味道让他不由得想起金黄色的旧时光，想起那带着糯米香的童年味道。舌尖上品味着生活的真味，记忆里珍藏着纯纯的真情，炒糯米圆是杜桥人用真情染成岁月的本色。

麦饼里的幸福时光

推开门的一刹那，一阵土豆香扑鼻而来，一阵笑声迎面扑来。"老大来了！"我一进门，老三就笑着和我打招呼。客厅里坐着的人吃着瓜子，剥着核桃，一个个谈笑风生。只有厨房里的"医生"在忙碌。老二的老公是医生，我们习惯称他为"医生"。他擅长做美食，麦饼、食饼筒、水饺，还有麦虾面，反正杜桥、临海的小吃都做得很地道。因为他的厨艺不比饭店里的厨师差，所以，只要他不上班，就引我们这群吃货往老二家跑。

老三说很想吃麦饼，一句话就让我们都沾光了。医生通常做的麦饼种类很多。麦饼从馅料上分类：有葱肉麦饼、霉干菜麦饼、土豆麦饼、冷饭咸菜麦饼等。今晚，医生为我们准备了土豆泥麦饼和葱肉麦饼。他把土豆洗干净，放在高压锅蒸熟待凉，捣成土豆泥，然后盛到大盆里待用；把鲜肉剁成泥，拌上小葱，放进大碗里待用。做这些工作我们也能学会，麦饼最关键的就是和面，和面是一道最费力的程序。和面最关键的是要把握好水和面粉的比例，水放多了，面会软，做不成饼；水放少了，面太硬，无法做。和面是个技术活，也可以说是眼力活。医生每次和面都是刚好，能恰当地把握好水和面粉的比例，大概是所谓的实践出真知吧！和面成团，面团揉好后，要醒上一段时间。

此时，我突然想起儿时母亲做的白糖麦饼。母亲是不擅长做这些副食小吃的，但在那些贫寒的日子里，她总是想法子给我们这几个馋嘴的小家伙改善伙食。那个时候，没有土豆泥麦饼，也没有鲜肉麦饼，更没有霉干菜肉麦饼，只是在饼里包上白糖，放在锅里烙成两面金黄。我们吃得那个香呀！真是比现在吃到酒店里山珍海味还有味呢！后来，家里条件好了，母亲也不再做白糖麦饼，可我仍然想着过往岁月中吃到的麦饼，那种香飘在我们的心头，飘在我们逝去的记忆中。

再后来，妹妹出嫁了，嫁的医生是个厨神。厨神最喜欢做临海小吃，这可便宜了我们这几个懒懒的吃货。每次我们一说小吃，他就会在休息的日子做给大家吃。这不，今日老三的一句话，又赏我们一顿口福。

面醒得差不多了，老二便把面团揉搓成长条形，切成一块块，把每一块再揉几下，一直揉到小面团很光很亮；然后，把面团捏成碗状，把馅料放进去，慢慢围拢，变成一个圆，再压扁，慢慢地、轻轻地向四周压出去；最后，用小擀面杖摊出一个圆圆的麦饼。每一环节，老二都做得娴熟到位。这看似轻松，其实并不容易，尤其使用擀面杖，那真是需

要功夫，两手必定要巧妙配合。我和老三也加入其中。老二揉面捏成碗状，把馅料包进去，再给老三用擀面杖摊出一个圆圆的麦饼。看似简单的动作，怎么一用擀面杖一压，不是这里黏在桌面上，就是土豆泥黏住擀面杖，总是漏洞百出。我看着心里痒痒的，也学着做，可做出来的麦饼也是破的破，要么就是皮厚的厚、薄的薄，拿都拿不起来。真是事非经过不知难啊！老二笑着说，"看来你们都不行，这样添乱，还不如我动作快些的好。"老三不服输，继续努力，在桌面多撒些干面粉抹匀，再在饼上也撒些干面粉抹均匀，轻轻地用擀面杖轻甩出去，慢慢地成型了，虽然不似老二擀得那么圆，但是已经很薄了，而且这次一点都没有黏住擀面杖或桌面。这么两张就做得和老二差不多，医生说，这个徒弟出师了。她们笑着说："老大，因为你不想学，依然还是零基础。"我笑着说："零基础没有关系，我给你们打下手，当搬运工总是可以的。"然后，我负责把她们做好的饼送到灶台上给大厨们煎饼，再负责拍照。

等铁锅烧热后，倒少量的食用油，轻摇铁锅，让油在锅里均匀铺开后，再把麦饼放在铁锅内煎几分钟，用锅铲不停地转动锅里的麦饼，以免烧焦。等一面煎黄后，再翻过来煎另一面，再不停地摇动铁锅，使劲一甩，麦饼就会自动在锅里来个跟头大翻身。几个漂亮的甩动，麦饼在锅里几个鹞子翻身，一个金灿灿的土豆麦饼就做好了。老三的老公是个体育老师，我们称他"运动员"。运动员身材魁梧力气大，他说，这样的铁锅大翻身，他肯定行。他一试，果然就学会了。这一甩一甩就甩出了一个金黄金灿的麦饼，还挺像模像样的嘛，俨然是个大厨了。我们说，运动员也出师了，家里又多了个厨神。

不出一个小时，近二十个麦饼就安然躺在餐桌上了。两位男神又做好豆面笋丝芥菜汤，给我们每人盛一碗，又放上榨菜丝和虾米。姐弟四家人在这个寒冷料峭春夜，聚在一起吃着麦饼，喝着家酿的葡萄酒、桑葚酒，聊着各自的工作和生活。麦饼里透着香，这香里夹着幸福。这是一家人的幸福，一种血浓于水的亲情幸福。

家乡的食饼筒

朋友打来电话说，晚上吃食饼筒，让我早点带闺女过去。听到"食饼筒"三个字，我还能不满口应允？我最爱吃食饼筒，这在闺蜜圈里不是什么秘密，反正，我也不隐瞒我的嘴馋，几个最好的朋友只要家吃食饼筒都会让我一饱口福。

一迈进门，就闻到一股浓郁的香味，特别是咸肉菜头丝的香味，阵阵钻进鼻孔里，把肚里的馋虫都勾出来了，遂捷步迈进厨房，只见朋友夫妇在厨房里正忙碌着。朋友笑着对我说："你娘儿俩去洗个手，马上就可以吃了。"最引人口水的是大圆桌这边飘送过来的阵阵香味，桌上已摆满了菜，有肉类、蔬菜类还有海鲜类，旁边的盘子里放着食饼皮。不用说都知道，朋友今天又是忙了一天。她说外面买的皮不好吃，坚持要自己摊皮，这一堆食饼皮需要花她多少时间，我就无从知晓了。

食饼筒是杜桥的一种美食，以前在老家随临海的叫法称"麦油脂"，后来搬到杜桥叫"食饼筒"，还有的地方叫"五虎擒羊"。认识三门朋友后，才知道在三门称之为"麦焦"。尽管叫法不同，做法和吃法是相同，总之，台州人特别喜欢吃食饼筒。

每次吃食饼筒的时候，总让我怀想小时候那段难忘的岁月。在我的记忆中，一到过年，妈妈将小麦粉加水调成糊状，再加入适量的水不停地顺时针搅动，最后到能使筷子插在中间不倒为宜。在粉浆上缓缓加入适量的水，以刚好淹没粉浆为限，过1~2小时，就可用粉浆进行摊面皮了。然后，就会生起火炉，架上鳌盘（平底锅），先涂一层食用油，用四个手指将粉浆按顺时针方向均匀地移动，摊成一个圆形，再往中间

铺平，然后翻个身两面烙熟，一张均匀无洞眼、薄而韧的食饼皮就成了，圆圆的食饼皮就像是用圆规画好的一样。我们的眼睛直勾勾地看着一张张皮在妈妈的巧手下成型。妈妈瞧见我们这副馋样，往往会拿出几张有些走样的食饼皮，让我们四个馋猫分着尝。这种摊食饼皮的手艺，台州老一辈的妇女基本都会做。到了我们这一辈，很少自己摊皮了，想吃就到菜市场买食饼皮，随时都能买到。

食饼皮里包着很多家常菜，炒米面与炒豆芽是头碗菜，豆芽不管怎么炒都有汤汁。这汤汁用来炒米面正好，又能给炒米面增加一些鲜味。肉片炒芹菜和炒大蒜心是必不可缺的，不过配菜倒是很随意，可根据个人的喜好来。可以猪肝炒大蒜心，也可以墨鱼炒大蒜心，再来个炒茭白丝或笋丝、肉片炒豆腐干、蒿菜炒豆腐干丝。如果再加红烧五花肉和剥壳的大虾肉这两道菜，绝对引人口水直流。做食饼筒最不能忘的就是咸肉烧菜头丝，临海人认为没有菜头丝的食饼筒不算食饼筒。菜头丝就是萝卜丝干，在晴好的天气里晒干，放在袋子里，随时想吃就拿出来吃。放上咸肉在大锅里闷烧，现在基本上都是放到高压锅里做。这一揭锅盖，那个香味直抵人的五脏六腑。食饼筒里，平常人家放十几个菜，条件较好或来客很多，可多达二十几种，菜类、肉类、海鲜齐上阵。也有按各家不同的经济能力或根据时令蔬菜拼成的。家庭主妇会按照家人的喜好来购买食饼的素材，做一桌丰富的食饼菜肴。食饼筒的菜肴有讲究，每一道菜都不能有汤水，不然吃的时候容易破皮，而且每道菜比平常要清淡一些，否则卷起来吃口味就会偏咸。

包食饼筒也需要一些技巧。把食饼皮摊在桌上，各种菜铺在皮上，菜肴太多，那么，每道菜就只放一点点。等自己喜欢吃的菜肴都放上去后，把饼皮卷起来。卷完第一层，把一头折一些再卷，这样吃的时候就不会淋汤滴汁。每次吃食饼筒的时候，我都觉得这个味道比肯德基的老北京鸡肉卷都要鲜美几分。如果中间也夹几根翠翠的黄瓜，咬起来爽口香脆，这种味觉让每一个吃过食饼筒的人都忘不了。

各种蔬菜拼成的食饼筒含有丰富的蛋白、维生素、不饱和脂肪酸和大量的膳食纤维，加上含有碳水化合物的炒米面，荤素搭配合理，营养全面，特别是给现在挑食的孩子，一卷起来，咧开嘴高高兴兴地统统吃完。台州各地老百姓喜欢在一些节假日一家人围坐在一起吃食饼筒，这是临海人的最爱。特别是临海小芝镇，从清明、端午、七月半到过年，几乎每个传统节日家家户户都要摊食饼、磨豆腐、做食饼筒，忙碌中还透着邻里情，更多是浓浓的亲情。

小时候，我经常问母亲，谁想出的食饼筒的做法和吃法？母亲总是含糊回答我，古人留下来的呗！长大后才知道，台州食饼筒是有来历的。传说，戚继光将军英勇抗倭寇，深受台州百姓的拥戴。抗倭时期，家家户户都做了菜肴想要犒劳戚家军。但这么多菜怎么送到前沿阵地确实是个难题。聪慧的台州妇女就用麦粉做了圆饼皮，一张张饼皮把菜都包了进去，送到前沿阵地犒劳杀敌的将士们。这种做法和吃法便保留了下来。每逢佳节倍思亲，台州百姓为了纪念奋勇抗战的戚家军，家家户户都做食饼筒，慢慢就成了节日里的一种美食。现在，经济条件好了，人们仍喜欢吃食饼筒，每逢家里有来客或者亲朋好友团聚，大家就会围成一桌吃着食饼筒，话着家常。

食饼筒对于台州人，特别是在外的游子们，不仅仅是一道美食，更多的是一种对家乡的眷恋、对亲情的一种依赖、对美好生活的一种怀念与憧憬。

杜桥馒头

在杜桥生活了三十多年，每次接到邻居送的馒头，会第一时间感觉，邻居家有喜事。在杜桥一带，馒头一般会于嫁娶婚事或者房子上梁等喜宴上用。

在北方，馒头为日常主食；在沿海一带，馒头则为婚席上的主食。杜桥人婚娶时做的馒头的数量是让外地人瞠目结舌的，每次都是几千双馒头，用于婚席上的主食以及送给亲朋好友的回礼。杜桥人很豪爽，好交朋友，回礼物品也多，几千双的馒头都算是小数目了。一大卡车的馒头浩浩荡荡运回家，红彤彤的包装袋透着一股喜气。农村人的酒席上，每张桌上放着雪白如棉的馒头。婚宴结束，客人散去时，主家就会赠送每个客人一大袋馒头。客人笑盈盈接过这一大袋子，回家后再分给邻居，一起分享这份喜气。

馒头不仅用于婚娶，也用于祭祀。杜桥的习俗，每个传统节日要祭祀，都有特定的祭品，谢年和除夕祭祖都要用到馒头。到庙宇里祭祀，或者村里给新车祭祀，馒头、猪肉和豆腐是必不可缺的供品。馒头作为供品，并不是杜桥地区所特有的，这可以追溯到三国时期。诸葛亮七擒孟获时，两军交战，战死冤魂过多。一天，诸葛亮的军队车马准备渡江，突然狂风大作，浪击千尺，鬼哭狼嚎，大军无法渡江。根据当地习俗，大军渡江之前必须以人头祭祀河神。诸葛亮求神降福惩魔，保佑生灵，但用人头祭祀河神，他于心不忍，于是，急中生智，用面粉做成祭祀品，即一种用面粉发酵蒸成的食品，形圆而隆起，形似人头，内裹蒸熟的肉，投入江中，以示供奉。传说，诸葛亮将其命名为"瞒头"；又有传说，因为孟获是南方人，当时南方人被称"南蛮"，做成的面食就当成孟获的人头，所以叫作"蛮头"，后来改称"馒头"。明人郎瑛的

《七修类稿》中载:"馒头本名'蛮头',蛮地以人头祭神,诸葛之征孟获,命以面包肉为人头以祭,谓之'蛮头',今讹而为馒头也。"

过去做馒头都是手工制作。做之前,必须先做酵母,准备好糯米粥,再加上麦麸,然后加上老酵一起发酵,等发酵溢满木桶,再用布袋把酵水榨出,再将酵水倒进面粉里搓揉。也有人懒得自己做,问人家要一些酵母。

面粉加糖精加水等调配均匀,若在面粉里再放一点盐水,可以促使发酵,蒸出的馒头又白又胖。水、酵母、面粉都调匀后,男主人用力搓揉。这是需要大力气的活,面粉数量多,用力更大。等搓揉成团,而且光滑如玉时,这道工序就算是差不多了。切成一个个鸭蛋大小的粉团,放在手心里搓揉成品,如果是宴席或者祭祀用,必须是半球形;如果是家用,可以是长方形,当然,也可以半球形的。有些家里请客,放上肉末、豆腐、笋或者茭白等馅料。

一个个馒头放进一格格蒸笼里,等它们发酵得差不多大概需要一个多钟头,再上柴开蒸。蒸馒头切忌用热水,因为生冷的馒头突然遇到热气,表面黏结,容易使馒头夹生。正确的方法应是在锅内加满冷水,放上蒸笼,再慢慢加热升温,可使笼内的馒头均匀受热,这样蒸出来的才松软可口。蒸了一个来钟头,要对馒头的生熟做判断,凹陷下去不复原的,说明还没蒸熟;手指轻按后,凹坑很快平复者为熟馒头。用酵母做出来的馒头松软白胖,咬一口,热腾腾的,可口酥软。馒头不仅味道甜美、营养丰富,而且易于下饭,且能抗饿。

随着高科技的发展,做馒头用的酵母改换成啤酒花,原先的糖精也被红糖所取代。啤酒用麦芽发酵而成,这个原理和酵母发酵差不多。馒头店一般都用啤酒花做酵母,做出来的馒头更加松软爽口,而且制作工具也更为先进,原先的手工制作被机械化代替。一台机器可以抵得上几

十个人工，多少水、多少粉、多少糖倒进机器里都是定量的，出来的粉团柔韧光洁。原先，只有祭祀或婚嫁时才用的馒头，或者农历六月六、过年才特意做的馒头，如今想吃就吃，到店里买上几个吃着就上班了。

小镇杜桥经济发展，企事业多，务工人员猛速增长，也推进了餐饮业的发展。馒头能耐饿、价格便宜，也增进馒头业的蓬勃发展。解放街和杜东路沿街都是馒头铺，逢年过节还排起长队呢！

杜桥搭糕

发糕，杜桥人一般都称之为"搭糕"。搭糕像海绵一样柔软，且富有弹性，气孔细密均匀，吃起来软口香甜。

搭糕应属杜桥的特产，在当地百姓心中是很受欢迎的。受欢迎的原因还归属于它的名字。因为发糕就是通过发酵制作而成的糕点，其名称也隐喻着一层"发财、发家、迎好运"的含义。

发糕分为两种，一种为米发糕，细腻白皙，有清香微甜的口感，吃一口便甜在心里。杜桥人称米发糕为"洋糕"，比如"水洋洋糕"就很有名。洋糕是一种小点心，如今五花八门的小点心层出不穷，吃洋糕的人少了，做洋糕的师傅也不多见了。另一种是面发糕，面发糕基本上就是红糖发糕。红糖与面粉掺和在一起揉搓，蒸出来的搭糕呈红糖色。相关医学记载，红糖性温味甘甜，有助脾化食、补血破瘀以及益气之功效，还有散寒止痛的说法。红糖要选优质的，优质红糖几乎没有杂质，色泽光亮，呈暗红色，有着浓浓的甜味。这样的红糖做出来的发糕不仅颜色漂亮，而且有益于健康。

　　面发糕也有多种，一种长条形搭糕，有两个手掌宽，大约有两尺来长。搭糕上面压了一条线，线中嵌着一排密密的蜜枣，也有附加一层细密黑芝麻的。还有盘子大小的小搭糕，身形和八寸的蛋糕差不多大，上面均匀有致地铺着红枣。也有比大口锅还大的大搭糕，上面全是红枣点缀的。长方形的红糖搭糕成为人们早餐盘中的主食，一些务工人员或小摊摊主起早来不及赶饭，就买些红糖搭糕垫垫肚子。红糖搭糕之所以能成为受人们欢迎的食品，不仅因为能果腹，且价格实惠。小搭糕一般用于节庆假日，家里来客待客，一家人坐在一起吃块搭糕，软软的搭糕，细腻绵柔，咬上一口细细咀嚼，甜甜的醇香直沁肺腑，令人回味悠长。小搭糕还可以当礼品送人，或者就当作祭品用。庙堂里祭祀或请车祭祀就用这样一个圆形的小搭糕代替了五个馒头，感觉大气得很。另外一种大搭糕一般人家不会去买，主要作造房子上栋梁用，方言说是"择日子发财糕"。造房的男女主人的两边兄弟姐妹都要买一对大搭糕恭贺新居落成，寓意"发糕发糕，发财又高升呀"。这比大口锅还大的搭糕一下子也吃不完，主家一般会切一半还给送者，寓意"一起发财，一起高升"。主家和亲戚一时都吃不完，又会把糕切成一片片，分给邻居们尝尝。虽然朴素粗犷，却也多了一份邻居情谊。一个搭糕从糕饼店到人们嘴里，已辗转多手，一切就粉粉碎，也浪费了不少，但这对于豪爽的杜桥人来说，绝对不会心疼。

杜桥小镇20多万人口，每个村落常会有人造新房，搭糕店的生意也一直红似火，特别是杜东路一带的馒头店。杜东路两边有无数馒头店，从原先的纯手工到现在的机器化，经营馒头和搭糕生意已有20多年。尽管满街都是馒头店，一家家的搭糕店依然生意红火，每年从小年二十三开始买小搭糕、馒头的人便络绎不绝，队伍从大清早一直排到大半夜，才慢慢归于宁静。至于生意秘诀，也许就在于店家总是用最优质的红糖。总之，回头率特别高，还能熟带熟。想来，老百姓的口碑就是最好的广告和招牌吧！

节日里的美食

柳骨仙风

夏至煮面

一听到夏至二字，意味着夏天已经到来，就会让人联想到大汗淋漓、烈日当空……由于是寒性体质，对于热，我是不怕的。夏至是一年中夜最短、昼最长的一天。

夏至这一天，太阳几乎直射北回归线，正午时分呈绝对（接近）直射状。夏至过后，昼逐渐变短，夜逐渐变长。据《恪遵宪度抄本》载："日北至，日长之至，日影短至，故曰夏至。至者，极也。"夏至之名由此而来。可惜今年夏至没有太阳，下着小雨，细雨随着风斜斜飞舞着。

下楼时，楼梯口的粉红玫瑰花饱受了昨夜的暴雨洗礼。娇贵的花瓣已褪淡了许多，没有往日的骄傲，羞涩地侧身，俯瞰地面。雨珠儿想依附它，停留片刻，一阵风袭来，打个滚便滑落下去。那枝叶吸足了雨，变得更绿了。邻居小沈送的一盆海棠花不胜暴雨浇灌，花瓣纷纷坠落于地，痛苦呻吟。当时看着这雨，有几分懊恼，雨天出行，开车视线不好，带来不便。没想到，民间有这样说法："夏至雨值千金。"夏至雨有如此金贵，能助它们以后更好生长。有意思！

我们过这节、过那节，却从没听说过夏至节。早在汉代，夏至属于比较隆重的节日，古时称夏节、夏至节。宋代《文昌杂录》里载："夏至之日始，百官放假三天。"清代之前的夏至日曾全国放假，回家与亲人团聚畅饮，以避夏日酷暑，名曰"歇夏"。

旧时的人们到了夏至日，在吃上是比较隆重的。《仪征岁时记》中记载："夏至节，人家研豌豆粉，拌蔗霜为糕，馈送亲戚，杂以桃杏花红各果品，谓食之不疰夏。"

其实，在我们台州也有过夏至节的习俗，只是我孤陋寡闻吧！

据史料记载：天台农村一些老百姓夏至日吃漾糕。三门人夏至则吃羹。三门有一句老话："夏至不吃羹，走路瘪塔塔。"这羹又称扁食、汤包，是三门夏至不可或缺的一种美食。

本来我是不喜欢吃面的，由于胃不好，面条养胃，所以经常吃面。吃着吃着，不知不觉便喜欢上了吃面。最近好久没有吃面了，看到朋友

圈说民间有"冬至饺子夏至面"的说法，就想着煮面吃吃，过过别样的夏至。

我是个懒人，煮面条食材也是最简便的。先煎个荷包蛋，那金灿灿的焦黄蛋置放在一边待用；再舀一勺水倒进锅，打开煤气灶开始煮；茭白切成丝，西红柿切块，切少许肉丝，浸泡过的香菇也切丝，切干鳗鱼丝等。准备好这些材料，等水煮开，再一股脑儿放入，大约水沸腾十多分钟，再放入虾、蟹等海鲜，同时放入麦面，再焖几分钟。最后一道工序，放入葱花，滴几点橄榄油，便起锅。西红柿那诱人的红、金灿灿的荷包蛋、翠绿的葱花，这三种颜色配合在一起，看看就会让你喉咙"咕噜咕噜"涌动起来。

等不及冷却，夹儿条面放入口中，烫得我直吐舌头。尽管这样，那鲜甜味的诱惑，却让人不肯放下筷子，继续享受这滚烫滚烫的海鲜面。十几分钟便碗底朝天，一个饱嗝，弥漫在空中许久许久……

处暑蒸盐水鸭

戊戌年八月二十三日六时二十分，处暑悄悄而至。

《月令七十二候集解》中说："处，去也，暑气至此而止矣。"处者，含有躲藏、终止的意思。

处暑是反映气温变化的一个节气，是夏天暑热正式终止。古代将处暑分为三候："一候鹰乃祭鸟；二候天地始肃；三候禾乃登。"意思是，此节气中，老鹰开始大量捕猎鸟类；天地间万物开始凋零；"禾乃登"的禾是黍、稷、稻、粱等农作物的总称，登即成熟的意思。

去年处暑这段时间待在北京看病。北京早晚温差大，秋风起兮，草木凋零，能感到秋高气爽的舒爽和肃默。可一回到南方老家，即使到了处暑，秋老虎还是龇牙咧嘴地发威，貌似要热煞死你。夏的况味仍萦绕空中，若午后行走在街上，你会热汗直流。我们没有重大事情，一般不出行，常蛰居在钢筋水泥的屋里，开着空调，图凉快。

处暑当天早上，七点推开门，一阵凉风袭来，舒服、惬意。楼梯口粉红色的玫瑰花，穿过白色的栏杆圆柱的缝隙，张扬地昂起头，摇曳在风中，频频向我点头，似乎在告诉我："主人，你可好久没有与我亲昵对视了。"我不禁想起自己这几日，由于身子不好，奔走于医院，心累，总是匆匆上下楼，没有注意到楼梯口的花花草草。玫瑰花、海棠花、茉莉花，它们一朵接一朵开着，这朵谢了，那朵又在悄然开放，从来都是低调开谢。处暑前，它们经过立夏、小满、芒种、夏至、小暑、大暑、立秋、秋分等这些节气，也曾被"蒸过""煮过""烤过"……它们不曾怕过，不曾躲过，依然秩序井然地开放着，这些"小精灵"敢于直面酷暑的勇气，令人感佩。而邻居家的格桑花和太阳花前一阵子都是傲然向阳挺立着，没想到经过蒸煮之后，华容已悄然逝去，低垂着脑袋，有气无力贴着地面，叶子要么是斑斑点点地枯黄了，要么是千疮百孔，好似生病的怨妇。我为那"小精灵"而扼腕叹息。

处暑后，意味着进入夏季的末尾了，炙热将渐行渐远，凉凉的妩媚的秋色在万物之间弥漫开去，越来越浓。我家的花儿也懂节气，风情万种地招引我关注。人生处处兼有情。

处暑节气前后也正逢农历七月中旬，中医上有补秋的说法。古人认为鸡鸭最有营养，也叫贴秋膘。全国民间各地有吃鸭子的补秋习俗。鸭子做法也五花八门，白切鸭、柠檬鸭、子姜鸭、烤鸭、荷叶鸭、核桃鸭……北京人处暑当天会吃处暑百合鸭；江苏地区会炖上"萝卜老鸭煲"或做"红烧鸭块"，要端一碗送给邻居，叫作"处暑送鸭，无病各家"，讨个好彩头。这么多做法，我最喜欢吃白切鸭。几年前，在南京旅游，吃过盐水鸭。盐水鸭是南京著名的特产之一。那鸭皮白肉嫩、肥而不腻、香鲜味美，具有香、酥、嫩的特点，至今仍回味无穷。回到家后，我常常自己蒸盐水鸭。处暑那天，一大早出门，到菜市场买了只鸭，拎回家，洗干净用沸水拂过，放在蒸笼里，在鸭身上涂一层红糖、一层薄薄的盐，再在鸭子里面倒上几两黄酒，放几朵香菇，放少许桂花，用猛火烧至下面的水沸腾，用文火慢慢炖，大约要三四个小时。如果是老鸭，时间要蒸得久一些；如果是新鸭，时间相应会少一点。一般用筷子去夹，能穿过鸭子肉了，就表示已经煮烂了。等蒸汽散尽，切成条形，一块一块地置于盘中。夹一块，蘸一下米醋，放入口中，香甜满口，意犹未尽，保管你欲罢而不能。我们一家人都是瘦瘦的，每年秋后，总是炖肉、蒸肉等来补一补身子骨。

家乡处暑还有一个风俗叫"七月半"，也叫"中元节""祭祖节"。旧时，到了七月半，家家户户要举办祭祖仪式，富裕人家还要请客吃饭，放河灯、烧法船、烧纸糊灵房等，既是祭祀祖先，又是超度亡灵。做七月半这个习俗便传承下来。

萦绕心底的粽香

浅夏夜晚，漫步小街，昏暗的路灯散发着柔和的光，转过街角，木屋的土灶里飘散出一股清洌的粽叶香，身上所有的感官一下子都变得兴奋起来，喉咙不禁"咕噜咕噜"涌动起来。

端午近了，萦绕心底的粽香念头便触动了我。端午是中国传统节日。端午节是农历五月初五，又名"端阳节""五月节""五日节""诗人节"……西晋《风土记》中说："仲夏端午。端者，初也。"这是"端午"一词最早的出处。

据说，端午节在我国已有上千年的历史了，起源于春秋战国，最早是为祭奠含恨死在汨罗江中的屈原。后来，又有传说是为了纪念窦娥。

端午前几天，集市上，卖粽叶、艾草、菖蒲的会多起来。民谚说："清明插柳，端午插艾。"端午节在门口插菖蒲叶和艾是个重要习俗。晋代《风土志》中则有"以艾为虎形，或剪彩为小虎，帖以艾叶，内人争相裁之。以后更加菖蒲，或作人形，或肖剑状，名为蒲剑，以驱邪却鬼"。菖蒲有香气，是中国传统文化中可防疫驱邪的灵草，为"天中五瑞"之首，象征驱除不祥的宝剑。民间传说，插在门口有驱邪之功效。

每年，我都要上街去买菖蒲和雄黄粉、高度烧酒，包粽子过端午。粽子是端午节的主角，也是我的最爱。小时候，端午前几天，家家户户都要包粽子。那时的粽子全村都是清一色——红枣糯米粽，蘸着白糖或红糖吃。

如今，超市货架上粽子常年都有得卖，我也会买来吃。这几年，我尝遍全国十几种天南海北的粽子，北京派包裹着果脯的大黄米粽；广东派的冬叶包裹着糯米、绿豆、咸蛋黄、冬菇、花生、五花肉及莲子粽子；素称"江南粽子大王"的嘉兴"五芳斋"大肉板栗粽子；风味独特的四川辣粽；也曾尝过厦门、泉州的烧肉粽、碱粽……但尝来尝去，总觉得还是没有小时候母亲包的粽子味香浓。

端午前几天，母亲便会忙碌起来。她一大早就去集市上买来粽叶，剪去每张粽叶的头尾，剪成圆润状，再去屋后那棵棕榈树上，用菜刀砍下两三片，撕成三毫米宽的线状条，然后一并放入锅中，加入少许食油或者食用碱煮开，用刷子刷洗晾干待用。母亲告诉我，煮过的粽叶又韧又滑，也不会粘糯米，还能承受住包粽子时的劲道和拉扯。最后，从米缸里找出那白得透亮，储存了几个月的糯米，手脚利落地浸入水中几小时，再放到箩筐里沥干。一切工作准备就绪，摆在桌上开始包粽子。

彼时，由于生活条件差，难得吃到美食，这粽子便是我们日思夜想盼来的美食。为了早点吃到粽子，我会在母亲跟前添乱。可母亲总是不让我学，就叫我打打下手。

于是，我就站在一边，看母亲包，给她做帮手，递递粽叶。她接过我手中的两张粽叶，依次叠在手上，往中间靠右的位置一旋转，就转成了漏斗状；用勺子舀一勺糯米，抓一颗红枣放入，再舀一勺糯米盖在前面，拉过叶尾覆盖粽身；一包一折，四角分明，用牙咬着一头棕榈细线，腾出一只手，绕着粽子扎起来，再打个结头，一个粽子就完成了。速度之快、粽角之立体，让我瞠目结舌。包好的粽子放入木桶的水中浸泡，等全部包好，土灶开始冒烟起火烧粽。

煮粽子很讲究火候和水量。一锅粽子，水要漫过粽子，否则上面的粽子没有浸着水，会半生不熟。刚煮时，要用大火烧，等到烧至水沸腾二十分钟左右，掀开锅盖。整个屋子漫满了粽叶香，让人有股冲动，想要拿一个尝尝。母亲摇摇头道："早着呢！还要闷一个晚上，这样有黏黏的糯味，才好吃。"我听了只好作罢。母亲拿起饭铲上下翻动粽子，放在上面的粽子，硬生生地逼迫它翻个身，往锅底下面沉去，而在下边的粽子要拉到上面，翻身成了领头军。

经过一夜的焖煮、一夜的念想，那粽叶的清香会调动你的每一根味觉神经。解开那细细的棕榈丝，一层层剥开，露出白得透亮糯米，再倒一勺红糖，用一只手拿着留有粽叶的一头，另一头在红糖里蘸一下。那赭红的糖粘着白白的黏糯米，放入口里，那嚼劲、那黏黏的糖香，让你甜爽无比，也充盈了味蕾的满足。至今都让我回味无穷。

冬至追忆

冬至，是一年里黑夜最长、白天最短的一天。以后，一天比一天长。

冬至又名"冬节""长至节"等，《月令七十二候集结解》有："十一月中，中藏之气，至此而极也。"《孝经·援神契》有："大雪后十五日，斗指子，为冬至，阴极之至，阳气始生，日南至，日短之至，日影长之至，故名曰冬至。"

晚七时，独自一人在客厅吹葫芦丝，沉浸在如诉如泣的《映山红》乐曲中。起先，屋外只是稀稀疏疏的声音，并不在意，忽传来"轰隆隆"的闷雷声，随即暴雨如注，"噼噼啪啪"敲打屋前玻璃房上。春夏下雨、打雷很正常，冬天则极为少见。冬天打雷，俗称"冬打雷"或"雷打冬"，简称"冬雷"。民间有俗话："冬天打雷，雷打雪。雷打冬，十个牛栏九个空。"言下之意，接下来，由于空气湿度大、雨雪多，天气阴冷，连牛都可能被冻死，是冷冬将至之象。

冬至大如年，古人最重此节。《汉书》云："冬至阳气起，君道长，故贺。"记得小时候这一天，母亲一大早就提着竹篮上街买糕点、水果、鱼肉等，准备祭天祭祖。一般是上午祭佛（方言叫"请土地爷、财神爷"，也叫"供佛"），下午烧鱼、肉等六样菜肴，再添上黄酒、冬至圆等祭品来祭祖（方言叫"请祖公"），祈祷神灵祖先保佑全家，来年一切平安如意。请祖公分两桌，一桌放在堂前（方言叫"祖公帮"）前请，六七户人家一桌接一桌排着，谁最早就排前面（暗示一年财运亨通），所以各户就常常抢在最前面；还有一桌就两碗，一碗叫"拼盆碗"（一个盘里有六样菜放一起，家乡叫"拼盆碗"）、一盆是点心——冬至圆，放在道地外面请。母亲怕鸡、狗等过来偷吃，经常叫我去看。要是小鸡、小狗过来，我会用握在手里的一根小棍吓唬他们。那天下午，约莫三点钟，忽然，狂风怒吼，雷电交加，飞沙走石，顷刻之间，下起暴雨，祭品全被雨水浸湿。我被雷电吓得直喊母亲。母亲听到我叫声，笑着走过来说："傻妞，哭啥？你又没干坏事，雷电又不会打你。"小时候经常听到有大人吓唬小孩，你若做坏事，会遭雷电劈。我虽没做过坏事，由于胆小，一有雷电，会吓得躲在角落里，不敢出来。这次，母亲

叫我看祭品，老实的我不敢跑又怕雷电，就害怕叫母亲，想得到她的保护。经母亲这么一说，我破涕为笑，从此不再害怕雷电了。

冬至圆一般在冬至日前一两天做好。临海人是做擂圆，"圆"意味着团圆、圆满。擂圆是用糯米粉和水揉成面团，再摘下如橘子大小的丸揉成圆，放在蒸笼上蒸半小时左右。蒸熟后，放在豆黄粉（或松花粉）和红糖搅拌，正反面翻几个身，拣起就可放入口中，软软的、暖暖的、香香的、甜滋滋的，滑进肚中，几十年都让我忘不了。

杜桥上盘一带不做擂圆，是包猪肉圆、蔬菜圆、芝麻圆等。猪肉圆是由猪肉、豆腐、葱、黄酒、盐等佐料，剁成细碎末，包在糯米粉和水揉成的团里，蔬菜馅可以是红萝卜、茭白、虾皮、瘦肉等自由选择几种，剁成细碎末，炒熟放进糯米团，收口成圆形。小时候，每到冬至前这一天，我便会围在母亲身旁，晃过来、晃过去，给她添乱。母亲心灵手巧，一家七口吃的圆只个把小时便会在她手里变魔术似的蹦出来，上蒸笼蒸。

我最喜欢母亲包的芝麻圆，里面有炒熟后去皮的芝麻、红糖，还有橘皮或橘子晒干和着糖（方言叫"脏饼"）。这样包好的圆，蒸好，再放在豆黄粉上滚几下，咬上一口，芝麻和糖汁溢满嘴，香气扑鼻，香甜可口。我们全家，你一碗、他一碗，捧在手里，幸福满满。

老家有句俗话："吃过冬至圆，幸福生活在眼前。"

冬至过后，进入三九严寒，农作物差不多收割完毕。农民开始闲下来，准备迎接新年。

时间飞逝，划过一个个梦的幻曲，年龄无声无息地长，在不经意间，我已步入不惑之年，父母也步入耄耋之年。每至节假日，做一些猪肉圆送给父母品尝，和他们聊聊芝麻旧事，享受天伦之乐，尽尽孝道。

包猪肉圆比搋圆复杂些，先掐一小团揉好的糯米粉团，双手按顺时针一手在上、一手在下揉圆，再用大拇指点按一个小洞，左手转圈，右手大拇指和四根手指小心翼翼地捏皮。按得太重会按出一个窟窿，又要重新做，等捏成窝状，这窝在手中越来越大，有盏那么大时，填进猪肉，再慢慢收拢虎口，收成一个小小的角，再放蒸笼上蒸，出锅上一层松黄粉，不黏手，不烫手，又好吃。

今夜，听雨，蘸雨做墨，捻花为笔，深思，追忆！

年糕香

洪琴华

冬至是临近年关的日子。此后，白昼变长，光明增多，渐至春天。

一切过年的准备都从这天开始。若是按照从前老一辈的规矩，冬至前后，家家户户是要做年糕的，通常一做便是两三百斤。

年糕据说是从苏州传来的。相传春秋战国时，吴王夫差建都苏州，终日沉湎酒色，国相伍子胥预感如此必有后患，兴建苏州城墙时，以糯米制砖，埋于地下。吴王赐剑逼其自刎前，伍留言："吾死后，如遇饥荒，可在城下掘地三尺觅食。"伍自刎后，吴越战火四起，城内断粮。正值新年来临，随从记起伍子胥生前嘱咐，召集邻里掘地三尺，果得糯米砖充饥。从那以后，苏州百姓为纪念伍子胥，每逢过年，都以米粉做成形似砖头的年糕，煮后不腻，干后不裂，久藏不坏。渐渐地，过年做年糕、吃年糕相沿成习，风行各地。

传统手工年糕一般有九道工序：浸米、磨粉、压榨、沥水、搓粉、上蒸、蹭捣、做糕、晾干。首先，米要浸到火候，把糯米和粳米按照一定比例混合，放在凉水里浸足十天以上；随后，将浸透的米淘清爽，磨成米粉，将米粉蒸熟成了热米团；之后，就是最关键的春年糕了。春年糕必须有两个人，一人春，一人手浸冷水，快速地翻炒热米团，然后捣成一颗颗粉团，用印糕板印制成一块块年糕。

在儿时的记忆里，爸妈得提前一天把准备轧年糕的粳米洗干净，沥水后，装箩筐里。然后挑到年糕加工点，排队等待一系列的工序。第一个程序是磨粉。将米舀入一个大漏斗中，磨成米粉，而后，从一个被机器排风吹成鼓鼓的布筒子里滑出来，流到箩筐里。大人们再把箩筐挑到蒸房。蒸房里排满一个个大大圆圆的簸箕，把米倒入簸箕内。加工点的人会拿水过来，再把米和一和，揉捏成合适的干湿状态。这是为下一步蒸米粉做准备，两百斤的米粉都和水搓揉完成后，再开始一个关键性的程序，就是蒸米粉。这也是孩子最期待的一个环节，因为在年糕米粉被蒸熟后，还未被机器整压成一条条砖块模样的年糕条前，需要倒在刚才的大簸箕中晾凉。这时，趁着尚未定型，孩子们可以掰下一段年糕，裹入红糖，塞进肚里。

最后一个程序——年糕定型。蒸熟的糕花拨拉到又一个漏斗筒里，年糕将会被最后压模定型，从机器口里掉出来的就是一条条热乎乎的砖块模样的年糕了。年糕条总是掉出来得很快，赶紧手忙脚乱地把一条条年糕码到旁边的大簸箕上，不然，那些热乎乎又有些黏糊的年糕会黏在一块。码好所有的年糕后，就能暂时松口气了，年糕再稍微晾干些，就可以收拾回家了。有好几年赶得不巧，在漫长的等待、加工后，待挑得年糕回家时，都已经是深夜十一二点了。

年糕蒸好后需凉透，放在大缸里用清水浸泡。这水也是有讲究的，贮存的是冬水，时间可以放久些；如果是立春后的水，需得勤换，否则年糕容易生绿霉斑。早些年，年糕通常能从年尾吃到第二年清明，甚至端午后，尽管到三四月份的时候年糕就有变软变酸的倾向了。

年糕是最好的午饭主食，可以切片、切段，蒸、煎、炸、炒、汤。台州的梭子蟹炒糕很有特色，白花花的年糕蘸上蟹膏赤酱，柔柔韧韧的，又有蟹汁的鲜美。寻常的炒年糕，可放点肉丝，加上小白虾、蛤蜊，煎个蛋，那味道，也很不赖呢！年糕便是这般好脾气，不论和什么食材搭配，配角也好，主角也罢，总是默默汲取他之精华，又丝毫不失自身淳朴的滋味。

若是汤年糕，煮熟的年糕便如婴儿肌肤一般幼滑细腻，乌菜、大白菜压了霜后，入得口内，脆中带绵地微甜。张爱玲的《多少恨》里写宗豫去探望家茵，小洋炉子上"有一锅东西嘟嘟煮着"，正是年糕汤！冒着热气的年糕汤，蓝边的粗菜碗，镜子上贴着待干的手帕，碎香水瓶里插的洋水仙……母亲乡下带来的年糕是宗豫和家茵短暂爱情的主要布景之一。爱玲实在是妙手，若是写成面条、馄饨、包子……难以想象换成任何别的什么吃食，怎会有年糕这样无言的温存与体己。

到了春天，还有花草炒年糕。《诗经》里说："防有鹊巢，邛有旨苕。"其中的苕，说的就是花草，学名紫云英。阡陌纵横，紫云英蓬勃着，如紫色云霞在田间氤氲。花朵状若蝴蝶，又如鸡雏，可编花环饰于发间。叶嫩未曾开花时，用来炒年糕，好吃。每年，我总设法烧上几回，却再也烧不出奶奶做的味道了。

又是一年冬至，时光仿佛倒转着行走。年高，年糕，年味也渐渐浓了。

红花草炒年糕

小渔

告别漫长的冬季，春天迈着轻盈的脚步徐徐而来。

春天多雨，瓦脊上的霜露与老树皮上的皱痕，被雨水浸润得染了色。河边的柳枝和桃花吮吸着春水，水灵生脆地饱满着。对于一个喜欢春天的人来说，那渐渐亮色的天空和田园，意味着一场全新的感觉。

黄昏时分，遇到隔壁邻居拎着一把红花草，那鲜嫩青葱的模样一下子就勾起了我的味蕾。

"呀，有红花草卖了？"

"是啊，新鲜着呢！炒年糕正好。"擦肩时，嗅到一股清新略带着野气。面对邻居远去的背影，我却怔在原地。

红花草，相信很多人是不陌生的。红花草，又名"紫云英"，一个非常雅致的名字。开春时，稻田里全是绿茵茵的一片，中间会冒出一朵朵紫色的小花，远远望去，灿若云霞。小时候，在乡下野惯了，喜欢去摘那些小紫花编一个花冠，戴在头上，花仙子一样，特别臭美。

不知不觉间，一年中的红花草季又到了。台州一带爱吃红花草炒年糕由来已久，除去入口时的清香难以拒绝，更多的是爱及红花草那一份的野和嫩。红花草在乡野随处可见，田间地头，全是它的芳踪。它是初春里的一道风景，细长的茎衬着嫩绿的叶子，用手轻轻一掐，沁出清凌

凌的汁水，没有人能拒绝这天赐的馈赠。

春天里的任何食材都代表着至鲜至嫩。清炒红花草，仅用油和蒜苗，放少许盐和料酒，就能直接炒出接地气的鲜美与清爽，那清香味儿是欢着跑出来的，沁人心脾。如果让红花草搭上年糕，那便是春天里最美食物的揭幕，年糕的软柔、红花草的鲜嫩，犹如白雪少年遇上青绿衫的小女孩，小清新却大能量。从发芽、长叶、开花，到绽放于餐桌，这红花草是阳春三月最别出心裁的、美味可口的食物。

挎上篮子去菜市场，迫不及待地往专卖时令小菜的摊点走去，仿佛一场走秀，那些还带着昨夜露珠的清嫩小菜，静静躺在农户的竹篮里，各种风姿尽显春色。我在摊前挑挑拣拣，卖菜的阿婆不停地说着自家红花草的鲜嫩。这样的季节，谁家的红花草不鲜嫩呢？我在一个不太言语却慈眉善目的阿婆的竹篮里拣了一把水灵的红花草，然后去搭配料：咸肉、春笋、蒜苗。回家后，就动手操作。红花草清洗沥干，切成寸把

长，把叶子跟茎分开，备好年糕。

食物的神奇在于你能随意调出不同的风味。红花草炒年糕每个人都会做，但食物碰撞后所蕴含的滋味，只有品尝过的舌尖才知道。往往一点点的改变和火候的掌控，就能激活一锅食物的味道。热锅倒油，爆炒咸肉，让咸肉在油里吸足热量，再放入笋丝和蒜白，锅里立刻飘荡出让人吞咽口水的香气。这时候，把红花草的茎加入，快速翻炒，一股草的清香瞬间散发出来。此时，将年糕倒入，慢慢地，在火的作用下，各种食材开始深度融合。随着氤氲的水汽升腾，空中开始弥漫起一股鲜香。最后一道工序，也是最重要的一道，那些翠绿的红花草叶子和蒜苗才是最后出场的佳人。它们含嗔带羞，与年糕拥吻在一起，年糕的纯白和红花草的翠绿极尽妩媚又寂静热烈，待到香气溢出，就该出锅了。

找一口白边瓷碟，置放好这一道红花草炒年糕。懂得吃的食客不会急着动筷，先是吸一口这蕴藏着大自然的野味，让味蕾在青草香里润和。这样的仪式感只适合一部分人，许多人是不拘小节的。端一碗年糕，找一个舒适的地方，或庭院、或自家的露天阳台，一边品大自然的春色，一边尝着碗里的美味。老时光的咸肉味、红花草的清新气、年糕的糯米香，各种滋味搅在一起，舌尖上的味蕾是极致的愉悦，这也算人生的一大幸事。

春光里，食一碗红花草炒年糕，要的不仅仅是这份舒适，而是透着一份悠然自得和品味生活的意境。

一场蟹之约

王静波

秋风起，蟹脚黄。八月至十月是吃蟹的黄金时期，价钱便宜，蟹肥。蟹的种类很多，青蟹、花蟹、梭子蟹、大闸蟹……

自古以来，蟹是美味之食。东汉郑玄注《周礼·天官·庖人》载："荐羞之物谓四时所膳食，若荆州之鱼，青州之蟹胥。"隋炀帝以蟹为食品第一。《清异录》载："炀帝幸江都，吴中贡糟蟹、糖蟹。每进御，则上旋洁拭壳面，以金镂龙凤花云贴其上。"宋元时期，流行吃"洗手蟹"，系以盐、酒、橙皮、花椒等调料腌渍而成。唐代诗人李白也曾道："蟹螯即金液，糟丘是蓬莱。且须饮美酒，乘月醉高台。"先生也和

诗仙一样，最爱蟹肉加美酒。这么多蟹中尤喜梭子蟹。梭子蟹头胸甲呈梭形，稍隆起，体型似椭圆，两端尖尖如织布梭。杜桥这一带管梭子蟹叫"白蟹"。

每年八九月，我们天天买白蟹。白蟹肉色洁白，肉质细嫩，膏似凝脂，味道鲜美，尤其雌蟹膏黄味香，居海鲜之首。清代李渔嗜食螃蟹，人称"蟹仙"，曾言："凡食蟹者，只合全其故体蒸而食之……入于口中实属鲜嫩细腻。""蟹之鲜而肥，甘而腻，白似玉而黄似金，已造色香味三者之极致，更无一物可以上之……独于蟹螯一物，心能嗜之，口能甘之，无论终身一日皆不能忘之。"这话说得一点都不过分。

白蟹含有丰富的蛋白质、较少的脂肪和碳水化合物，富含钙、磷、钾、钠、镁、硒等微量元素，以及大量维生素 D，系滋补之物。我们生在海边，大多数人都喜欢吃蟹。

买白蟹是个技术活，外祖母、母亲都是买白蟹能手。母亲无数次指导我如何买蟹：一是看色，肥了的白蟹，蟹腿肚的色泽若肤色，同时注意"三点红"，即肚皮红，面朝肚皮两个蟹角、两头颜色隐隐有红色，那叫"蟹膏"，还看蟹肚皮，若上面的纹理比较深，凹凸感明显，那就是肥；二是掂重量，如果沉甸甸的，那十有八九是肥的；三是用手捏一下蟹肚脐及蟹两侧，若蟹壳结实，手感硬，则蟹较肥；四是拿起白蟹在灯光或太阳下照一照，如果壳的边沿挤得满满的，照起来没有一点儿空缝儿，那必是肥蟹。

十几年实践下来，兄弟们都学会了，唯独我榆木脑袋不开窍，还是半桶水，不能百分百买到最肥的螃蟹。

去年一段时间，流传一个谣言：小贩为使螃蟹养活得久一些，打了激素。我们不敢买，不敢吃，好懊恼。为探个究竟，经常去菜市场验证事实。先到卖大螃蟹的摊上翻查了十几只，每只螃蟹的肚皮好似都有

针灸的痕迹，有一个孔的，也有两个孔的，难道真的是打了药？是不是所有卖家都打了药？带着疑问，又去另一家卖小螃蟹的摊上再次验证，也翻开肚皮仔细搜索，检查了十几只，并无发现有针孔。我不禁猜测起来：是因为大螃蟹死了一只，损失大，小贩就丧尽天良，给蟹打药？平时，先生爱吃蟹，去买菜时只要看到蟹，十有八九要买几只。难道我们天天是在吃激素？那时，我恨死了小贩，现在吃什么能让人放心？毒姜、毒虾蟹、毒水果、毒菜……只有自家种的、自家养的才放心。食品安全何以保障？可恶的黑心贩！

后来，专家对此进行了辟谣。原来，白蟹外壳两边尖尖的，捕捞过程中，它们相互挤压就会扎到身体，从而产生一个个像针眼的洞。而小白蟹力气小，就不会产生这样的效果。这才放心购买，又天天吃起来。

烧蟹的方法很多，水煮蟹、清蒸蟹、炒蟹、炝蟹等，我最喜欢清蒸葱油蟹。据人说，清蒸使膏脂不致流入汤中，可最大程度保留蟹的原味与营养，配上新鲜的姜末、豆枝酱油和鸡蛋，再用食品膜捂着，蒸个十来分钟，掀开膜，那袅袅升起的热气，浓浓的蟹味伴着蛋味在空中氤氲开来，再加上青翠的葱段，最后烧至七八分的热油，浇在蟹和蛋上，鲜艳的蟹膏、白色的蛋清、黄色的蛋黄、绿色的碎葱，好是诱人！闻闻都醉了，要是夹几丝入口，那妙不可言的鲜在唇齿间久久留香。

外祖母家在村东，我们家在村西，相距不到五分钟的路程。小时候，老人家经常在午后三四点钟，挎着菜篮向我们家走来。我就知道又可以大饱口福了。我们家人口多，穷。外祖母隔三岔五来接济，不是送海鲜，就是送猪肉。记得有一天，外祖母送来了七只煮熟的大白蟹，那蟹壳红红的，看得我直咽口水。那晚，我们兄弟姐妹每人分到一只，剥开，那肥美的蟹膏黄得透亮，夹着蟹肉一丝丝，蘸一蘸醋，塞进嘴里，那鲜味没齿难忘。我破天荒吃了两大碗饭，满足得嘴巴都笑弯了。也许喜欢吃白蟹，就是从那一刻起。

北宋"苏门四学士"之一的秦观曾做过一首诗："左手执蟹螯，举觞属云汉，天生此神物，为我洗忧患。"先生也是这样吃蟹，左手执白蟹，右手握杯。他吃得不雅，喜欢用嘴咬，我笑他是懒人吃法。他则自认为：这样吃蟹，胜似活神仙。我因胃不好，不能喝酒，所以就眼巴巴看他一口酒、一口蟹，眯着眼，那浓郁的酒香、鲜美的蟹香纠缠在一起，美妙绝伦。酒不醉，人自醉，即使有什么烦心事，也早已忘到九霄云外了。

我吃蟹，喜欢用手剥，剥得很精细，蟹嘴、蟹腮等都一一舍去，再用筷子夹出一丝丝的蟹肉，不是立刻吃，而是积存在蟹壳里，再把醋倒在蟹壳里，拌一拌，慢慢地品。所以，平时我吃一只蟹，先生已经两只或三只下肚了。他则笑我傻，不懂享受。

每年入秋，桂花飘香，落日熔金，来一场蟹之约，是人生最曼妙的事。年年都神往这样日子，可以体验舌尖上的幸福。

母亲的手擀面

陌上飞鸿

走过不少的地方，也吃过很多很多的面，有意大利面、炒面、湖北热干面、臊子面、四川担担面、上海阳春面、刀削面、兰州拉面、北京的炸酱面和打卤面……但味道总不及母亲做的手擀面。母亲的手擀面，纯手工制造，无任何添加剂，汤水清淋，面条筋道，很是有嚼劲，总让我无比留恋。

母亲经营着一家小小的面馆。在店铺林立的杜桥小镇上，各种各样装潢精美的面馆多得数也数不清。母亲这老旧的、小小的没有招牌的小面馆，挤在杜川路的一个小小角落里，显得寒酸，且不起眼。可是母亲的手擀面也算是当地众多面条品种里的一个特色，生意虽然谈不上门庭若市，可总有很多回头客。

母亲是个干净又利落的人。在我孩提时代，她好像是无所不能的。她会做馒头、会摊席饼、会做重阳糕、会做肉圆、会包扁食……她的手擀面更是香得让人垂涎三尺，难以让人忘怀！

母亲的手擀面每道工序下足了功夫，擀面的每个动作都是力求认真仔细。印象中，母亲总是天不亮时就起来干活，日复一日重复着称面粉、和面、醒面、擀面、切面这一系列工序，动作娴熟，尤其擀面的动作，更是行云流水，美妙至极。每一次擀面就是一次别开生面的行为艺

术。其实，做手擀面是要花很大的力气的，看着容易，实则很难。母亲
经营的手擀面不同于我们自家吃的手擀面，一斤多的面粉当然擀得容
易，可她一次要擀十多斤的面粉，而且以同样的制作方法，每天早上要
反复好几次。每次擀完面，她就像是做了一次健身运动。只见她用力搓
揉着大大的面团，一遍又一遍地，慢慢就成为一个大面团。她将面团放
在长长的案板上，撒上一些玉米粉，再用擀面杖慢慢来回滚动着面团。
面团擀开了些，就用擀面杖卷起并擀平，一边改卷的方向，一边慢慢擀
开。只见面团由厚厚的一团慢慢变薄，再由小变大，很快，就魔术般地
成为且大、且薄、且匀的铺满整个案板的大面皮。我和小妹都帮母亲擀
过面，可谁都做不到母亲干活时的利索，擀的面不是这边薄了，就是那
边厚了，而且母亲总嫌我们姐妹做事笨手笨脚，擀面的事情一点了不让
我们沾手。事实上，我们不给母亲帮倒忙，她就已经很高兴了。

擀面是个技术活，切面也是个技术活。只见母亲先将大面片叠成
"Z"字，再用干净干燥的利刀，干净利落地用直切法快而均匀地切成

细细的条条，切完后，再撒上玉米粉，抖落开，这面条就算擀好了。

当大锅里的水烧得翻起白烟，母亲就手脚麻利地将面条下到锅里，再抓一把青菜到锅里。当软硬适中的面条配上那鲜艳欲滴的绿油油的青菜，以及母亲用猪大骨熬制好久的高汤和鲜香的肉丝，并散发着浓烈麦香，热气腾腾的一碗面条端到顾客面前时，顾客总会"呼噜呼噜"地吃起来，那叫一个香呀！

小女最喜欢吃面。可每当她吃着我给煮的面条时，总会来上一句："妈妈做的面不如外婆的面好吃，真想念外婆的面啊！"

这个年初四，我们带着小女去看望母亲，母亲照例会给我们煮上几碗热腾腾的手擀面，而她就在旁边笑眯眯地看着我们吃，目光里总是透着丝丝柔情。小女端坐在桌前，面对眼前的面，总是先闻一下，做深情状，来上一句："嗯，好香的面呀！"这才拿起筷子慢悠悠地将面条送进嘴里，一副非常享受的样子。她吃完面，总是不忘拍拍外婆的马屁："外婆的面真好吃，这是全天下最好吃的面！"而此刻，母亲的脸上总是乐开了花。

母亲的手擀面呀，总是饱含着浓浓的亲情，以及对我们浓浓的牵挂！母亲的手擀面呀，就像她的品格一样刚柔并济，且透着浓浓的母爱！吃着母亲的手擀面，是那样的酣畅淋漓！是那样的回味无穷！这就是浓烈的只属于母亲的味道！母亲的手擀面，是这世间最好的味道！

最爱食饼筒

吴夏娟

家乡人偏爱食饼筒。

清明吃青团，端午吃粽子，八月十五吃月饼，冬至吃圆。唯独食饼筒在不知不觉中成了每个节日的标配，节前节后都可以上桌。朋友相聚吃，亲人团圆吃，连我们办公室聚餐，它也一直是主角。平时，只要人数超过四五个，吃它也甚好。

这食饼筒到底凭啥特别之处博得大伙儿的青睐呢？究其原因，源自它是一道有情有义有品性的吃食。

说到食饼筒之情义，追根溯源，它起源于晋朝，兴于唐朝。唐人于立春日做春饼，卷上春蒿、黄韭，互为赠送，取迎新之意，谓春饼；因皮薄如锡纸，又名锡饼。你看，创立之初，它便起到传情达意、互表祝福之功效。将近两千年了，改朝换代都不知多少次了，这家伙不仅没被湮没在滚滚的历史车轮里，反因蕴含着迎新团圆热闹之意，受欢迎程度还越来越广了。立春吃、清明吃、端午吃、八月十五吃、冬至吃、过年吃……有时为了让贤，端午的主食——粽子直接退居幕后了。若不是人们对它用情至深、用情之专，岂有今日？

这食饼筒，又是如何与各位建立深情厚谊的呢？各位看官请移目：准备菜单时，犹如诸葛孔明布阵般，细细推敲，既要兼顾大家之口味——老年人的嫩、中年人的味、青年人的香、少年人的色，又要考虑荤素搭配、食材应季之鲜香。做食饼筒时，打得是老幼齐上阵的仗。三岁的摘葱，五岁的剥蒜，十五岁的洗，二十岁的捞，三十岁的切，四十岁的炒……就算七十、八十的，灶前亦可抱个柴、烧个火。还没烧呢，嗅着手上的葱香，闻着指尖的蒜味，擦拭着剥洋葱留下的眼泪，每个人已和它建立了初级感情。

烧制各种小菜时，大伙儿各自发挥特长。你家姑娘摊蛋皮，他家媳妇煎豆腐；老妈来个卤肉，老爸做个"指头吮落"（红烧猪肝）……几位主厨落实主菜，指挥大局，控制咸淡。"姜要切碎，蒜要切片——""好嘞！""肉丝！""来了——"此处一声起，那边一声和。

厨房内，水汽氤氲，香味扑鼻；烟雾中，人来人往，杂而不乱。实在插不上手的，动嘴呀——讲个笑话，菜里便掉进了笑声；说个故事，肉里便加上了情节；过来加个油，火里便添了温度；路过点个赞，便可见捧菜的脚步轻盈得就像跳快步舞似的，切菜的节奏就像弹土耳其进行曲似的，炒菜的小铲子重量就像没有似的，那烧炉灶人的脸，红得像第一次见初恋似的。最后，舍身取义的食饼筒、淳朴憨厚的番薯烧、体贴除腻的炒米粥，加上平时没得机会说的交心话，在推杯换盏、觥筹交错中把食饼筒之亲情、友情、同事情、师生情……推向了高潮。

食饼筒是有品性之士。食饼皮是包子、饺子的姊妹兄弟，都是由普通小麦粉一母所生。饺子平滑、包子自大，偏它最百折不挠，品性专一。揉面时，吸的水比其他姊妹兄弟多，揉得面团却比其他的来得韧。水中的它还得一个劲地朝顺时针或逆时针方向打，打到柔而不断为止。你若顺一圈、逆一圈地想让它学会圆滑，它就让你提这儿破，包那儿碎，秘密一览无余。打好后，还非得沾上油，泡在水里半天一夜后捞起来再打。总算不挨这"颠骨算命掌"了，马上平底鏊锅上走起。巧手主妇沾起一团又韧又滑的面团浆，顺时针或逆时针走几圈，"滴刮圆"的饼皮便成型了。经过严刑拷打、坐过水牢、挨过火刑的食饼皮，皮薄剔

透，麦香浓郁。别看它长着弹指可破的样儿，它却牢记自己的职责，韧性不改，勇于担当。

食饼筒具有"海纳百川，有容乃大"的品性。说到食品中

的包容性，食饼筒若排第二，其他食物不敢称第一。春夏秋冬、大江南北的蔬菜，您好哪一口儿？清滑爽口的蒿菜，长瘦不一的黄绿豆芽，纤细爽嫩的蒜薹，矮胖鲜美的茭白，"如果你愿意，一层一层剥开我的心"之洋葱，"如果我愿意，要一层一层掩藏我的心"之包心菜，下饭必点之土豆丝，饱腹感最强之软糯芋头，颜色艳丽之红萝卜、鸡蛋丝，深沉内敛之黑木耳……国人最常食用的猪肉，您要哪部分？盐烧的猪肝香喷喷、水煮的猪肝滑又嫩、五香的猪肝嘛——看名字呗！猪肉，炖炒煎煮，配不同的菜，吃出不同的味儿。猪骨头加上平日里嫌弃的猪皮，成了萝卜丝的绝配。告诉你，萝卜丝里的肉，那才叫好吃得流油！连平日剧本里的路人甲——猪油渣，此刻也反转成了大主角。海里的虾仁、鱿鱼、墨鱼、蛏、海带，屈尊就卑地坐到了一家。内陆的黄鳝，主食里的豆腐、豆面、米面、炒饭，好像能想出的、可以不带汤水的食材，只要你喜欢，一个字——上！在家乡，人们对葱和菜放在一起极其鄙视。但到了食饼筒里，可以葱、姜、蒜、韭菜齐上阵，好不快意！

　　"好了，开吃！"你看看，这薄薄的食饼皮，一摊；你喜好的各种食料，一放；一掬一卷中，饼皮肚内已包罗万象；一捧一送一咬，口中已齿颊留香。你们说，食饼筒这肚皮之韧、肚量之大、协调能力之强，有谁与之相当？更奇怪的是，这食饼筒馅料多几种好吃，少几种也好吃。不管复杂简单，主食荤素搭配必不可少。其中的道理，聪明的你肯定也懂得不少。

　　约个时间，我们一起做这道有情有义有品性的食饼筒，可好？

一洲龙虾

老白

能让人念念不忘、盼望早日开门的只有"一洲龙虾"。

"一洲龙虾"在杜桥凤凰山脚。每年清明节前开张，国庆节后关门，满打满算只半年营业。这是随龙虾走的。龙虾上市了，"一洲"就开业，龙虾壳硬了、肉瘦了，"一洲"就收摊。剩下那半年，让食客们流着口水回忆，在数落各大饭店、排档种种糟蹋美好食材的抱怨中期待来年。

而老板一洲并非闲着数钱。这另外的半年里，他带着一帮徒弟，穿梭在远近乡村红白喜事的帐篷里，用自己的手艺展现民间厨官的烹饪技巧，烘云托月般呈现主人待客的真诚与热情。

"一洲龙虾"当然主打龙虾。每日下午，七八个伙计拿着板刷洗净龙虾，掐头抽筋，除杂去腥后，扔在箩筐里。十几个箩筐就这样静静地候着，无头龙虾却依然挣扎着，仿佛想逃回遥远的、水草丰美的故乡池沼，可怜道阻且长，只能变成微辣、中辣、重辣、特辣、麻辣，在食客们的饕餮中梦回唐朝。

我们一般都吃中辣和麻辣，并且各要两份，因为一份不够。不是量不够，而是意犹未尽。服务员一端上龙虾，一洲龙虾特有的香味立即在简陋的包间内弥漫开来。红的虾、黄的姜、绿的葱叶、白的葱根、褐色的花椒，在晶亮的蚝油调和中隐现着热气，简直就是一幅俄罗斯静物油

画，偏又是活的，触手可及。请不要迫不及待地夹走龙虾往嘴里送，先尝尝那嫩烂的葱根吧！葱的香、虾的鲜、汁的美，如此天衣无缝的融合，一下子让你的味蕾绽放，撩拨着你的每一根神经，挑逗起你豪迈的食欲。咬开鲜红的虾壳，雪白的虾肉 Q 弹滚烫，口腔像开满鲜花的草原，满是芬芳。胃是暖的，额头上微微渗汗，辣得恰到好处，麻得恰到好处。正像一首抖音神曲，好嗨哟，感觉人生已到高潮；好嗨哟，感觉人生已到巅峰。

"一洲"不仅龙虾品味自成一派，海鲜肉类蔬菜也烧得入香入味。泛着黄油的鸡肉切成碎块，和着姜粒、椒末猛火翻炒，不老不嫩，皮脆肉紧，带籽的白虾、肥硕的藤壶、天青色的海蛳在滚水里清烫，原汁原味，就连最质朴的芋梗配着虾酱家烧，胭红浓香，哪像鲁迅说得难以下咽？那是吃冷饭团的日本人暴殄天物。

有菜哪能没有酒呢？来三箱科罗娜吧！再切上一盘青柠檬片，麦芽的微香与青柠的酸涩如此绝配，硬是把天台红石梁喝出了墨西哥的味道。谁还能说"一洲"没档次、没品位？酒喝半醺，国际民生、股市走势、陈年情史在觥筹交错中泛滥成灾。北岛说，如今深夜饮酒，杯子碰到一起，都是梦破碎的声音。那是诗人的忧郁与孤独。今夜，在"一洲"，我不关心人类，只想和亲如兄弟的朋友饮一壶秋。

喝着喝着，总会有人起头划拳，亦有人应战。飞花令不行，划几拳总可以吧！欢乐就在今宵。于是，在雄壮的"福禄福禄，大家福禄"的前奏声中拉开了助酒兴、赛酒量、斗技巧、比胆量的划拳大战。从椒江拳到两好，从三拳两胜一杯到一瓶，从一只手到两只手，划的人喊声惊天地泣鬼神，手势如梦如幻如闪电，看的人指点江山，激扬文字。我从来没有见过服输的，哪怕输了几十年，也茶壶摔碎嘴硬，赢的更是笑傲江湖，问天下谁是英雄。

带着唇齿的留香，迈着摇晃的八仙醉步，勾肩搭背，我等鱼贯而出。就这样，归来仿佛三更，个个都是东坡了。而"一洲龙虾"依然在凤凰山脚忙碌着，不问夜色是否阑珊。

我的一个朋友说，每次见到你们来杜桥喝酒，都比过年还高兴。其实，我们吃的不是龙虾，喝的不是酒，想听的只是杯子碰到一起的声音。

后记

　　杜桥文学协会从成立到现在，已经整整六年。这六年我们一直有个心愿：为了宣传家乡文化，构建大美杜桥，让更多的人体验到乡景、乡情、乡味。年初，我们准备编写一本有着故土情结的书——《杜桥有味道》

　　说干就干，我们成立编委，分工合作。几年前，曾经举办过东海翔征文大赛，那些获过奖的文章，我们都选编在书里。同时还特别邀请本土老作家为我们写稿，很快一些稿子汇集在一起。翻开目录，看着这些字，亲切，自然，柔软而温暖。它们安静，诗意，江南。每一个词条都是一处风景，村庄的宁静，生活的恬淡，真真实实。书中的一草一木，一砖一瓦，透过文字能嗅出熟悉的味道。这味道幽远绵长，像一首明亮的城市奏鸣曲。

　　生活在杜桥的人，对杜桥都有一份眷恋之情。山水小城，鱼米丰乐。改革开放以来，杜桥人凭着"敢为天下先"的勇气和激情，各行各业涌现出许多可歌可泣的动人故事。他们以自强自立的精神默默地打拼着，使杜桥这座山水小城，有了新的变化。这本散文集以不同的角度，将每个人心中的杜桥呈现在世人面前。

　　此书在编纂过程中，得到了各界人士的大力支持。首先要感谢东海翔集团有限公司和杜桥镇乡贤会为此书的出版提供赞助。感谢杜桥镇卢树威镇长，感谢乡贤会会长金良水先生，名誉会长董晓燕先生，乡贤会副会长林兴来先生，乡贤会秘书长周桂连先生，临海市经济开发区规划分局局长王吕成先生。是他们热情、无私地为我们搭桥沟通，给予帮助。感谢台州作协金岳清主席为此书作序。感谢提供照片的杜桥摄影协会会员。在此一一致谢。相信大家阅读这本书后，会留下美好的乡土记忆。

当然，书中难免有错漏之处，敬请读者予以指正和包涵。

编者

2019.8